मानसरोवर-2

प्रेमचंद की मशहूर कहानियाँ

प्रेमचंद

जनरल प्रैस

Published by
GENERAL PRESS
4805/24, Fourth Floor, Krishna House
Ansari Road, Daryaganj, New Delhi - 110002
Ph : 011-23282971, 45795759
E-mail : generalpressindia@gmail.com

www.generalpress.in

First Edition : 2018

ISBN : 9789387669093

Published by Azeem Ahmad Khan for General Press

Printed at Repro Knowledgecast Limited, India

अनुक्रम

प्रेमचंद-जीवन परिचय

प्रेमचंद का जन्म 31 जुलाई, 1880 को वाराणसी के निकट लम्ही ग्राम में हुआ था। उनके पिता अजायब राय पोस्ट ऑफ़िस में क्लर्क थे। वे अजायब राय व आनन्दी देवी की चौथी संतान थे। पहली दो लड़कियाँ बचपन में ही चल बसी थीं। तीसरी लड़की के बाद वे चौथे स्थान पर थे। माता-पिता ने उनका नाम धनपत राय रखा।

सात साल की उम्र में उन्होंने एक मदरसे से अपनी पढ़ाई-लिखाई की शुरुआत की जहाँ उन्होंने एक मौलवी से उर्दू और फ़ारसी सीखी। जब वे केवल आठ साल के थे तभी लम्बी बीमारी के बाद आनन्दी देवी का स्वर्गवास हो गया। उनके पिता ने दूसरी शादी कर ली परंतु प्रेमचंद को नई माँ से कम ही प्यार मिला। धनपत को अकेलापन सताने लगा।

किताबों में जाकर उन्हें सुकून मिला। उन्होंने कम उम्र में ही उर्दू, फ़ारसी और अँग्रेज़ी साहित्य की अनेकों किताबें पढ़ डालीं। कुछ समय बाद उन्होंने वाराणसी के क्वींस कॉलेज में दाख़िला ले लिया।

1895 में पंद्रह वर्ष की आयु में उनका विवाह कर दिया गया। तब वे नवीं कक्षा में पढ़ रहे थे। लड़की एक सम्पन्न ज़मीदार परिवार से थी और आयु में उनसे बढ़ी थी। प्रेमचंद ने पाया कि वह स्वभाव से बहुत झगड़ालू है और कोई ख़ास सुंदर भी

नहीं है। उनका यह विवाह सफ़ल नहीं रहा। उन्होंने विधवा-विवाह का समर्थन करते हुए 1906 में बाल-विधवा शिवरानी देवी से दूसरा विवाह कर लिया। उनकी तीन संताने हुईं—श्रीपत राय, अमृत राय और कमला देवी श्रीवास्तव।

1897 में अजायब राय भी चल बसे। प्रेमचंद ने जैसे-तैसे दूसरे दर्जे से मैट्रिक की परीक्षा पास की। तंगहाली और गणित में कमज़ोर होने की वजह से पढ़ाई बीच में ही छूट गई। बाद में उन्होंने प्राइवेट से इंटर व बी.ए. की परीक्षा उत्तीर्ण की।

वाराणसी के एक वकील के बेटे को 5 रु. महीना पर ट्यूशन पढ़ाकर ज़िंदगी की गाड़ी आगे बढ़ी। कुछ समय बाद 18 रु. महीना की स्कूल टीचर की नौकरी मिल गई। सन् 1900 में सरकारी टीचर की नौकरी मिली और रहने को एक अच्छा मकान भी मिल गया।

धनपत राय ने सबसे पहले उर्दू में 'नवाब राय' के नाम से लिखना शुरू किया। बाद में उन्होंने हिंदी में प्रेमचंद के नाम से लिखा। उन्होंने 14 उपन्यास, 300 से अधिक कहानियाँ, नाटक, समीक्षा, लेख, सम्पादकीय व संस्मरण आदि लिखे। उनकी कहानियों का अनुवाद विश्व की अनेक भाषाओं में हुआ है। उन्होंने मुंबई में रहकर फ़िल्म 'मज़दूर' की पटकथा भी लिखी।

प्रेमचंद काफ़ी समय से पेट के अलसर से बीमार थे, जिसके कारण उनका स्वास्थ्य दिन-पर-दिन गिरता जा रहा था। इसी के चलते 8 अक्तूबर, 1936 को क़लम के इस सिपाही ने संसार से विदा ले ली।

1

पंच-परमेश्वर

जुम्मन शेख और अलगू चौधरी में गाढ़ी मित्रता थी। साझे में खेती होती थी। कुछ लेन-देन में भी साझा था। एक को दूसरे पर अटल विश्वास था। जुम्मन जब हज करने गए थे, तब अपना घर अलगू को सौंप गए थे और अलगू जब कभी बाहर जाते तो जुम्मन पर अपना घर छोड़ देते थे। उनमें न खान-पान का व्यवहार था, न धर्म का नाता; केवल विचार मिलते थे। मित्रता का मूल मंत्र भी यही है।

इस मित्रता का जन्म उसी समय हुआ, जब दोनों मित्र बालक ही थे; और जुम्मन के पूज्य पिता जुमराती उन्हें शिक्षा प्रदान करते थे। अलगू ने गुरुजी की बहुत सेवा की थी, ख़ूब रकाबियाँ माँजी, ख़ूब प्याले धोए। उनका हुक्का एक क्षण के लिए भी विश्राम न लेने पाता था, क्योंकि प्रत्येक चिलम अलगू को आध घंटे तक किताबों से अलग कर देती थी। अलगू के पिता पुराने विचारों के मनुष्य थे। उन्हें शिक्षा की विद्या की अपेक्षा गुरु की सेवा-शुश्रूषा पर अधिक विश्वास था। वह कहते थे कि विद्या पढ़ने से नहीं आती, जो कुछ होता है, गुरु के आशीर्वाद से। बस गुरुजी की कृपा-दृष्टि चाहिए। अतएव यदि अलगू पर जुमराती शेख के आशीर्वाद अथवा सत्संग का कुछ फल न हुआ, तो यह मानकर संतोष कर लेंगे कि विद्योपार्जन में मैंने यथाशक्ति कोई बात उठा नहीं रखी, विद्या उसके भाग्य में ही न थी तो कैसे आती?

मगर जुमराती शेख स्वयं आशीर्वाद के कायल न थे। उन्हें अपने सोटे पर अधिक भरोसा था, और उसी सोटे के प्रताप से आज आस-पास के गाँवों में जुम्मन की पूजा होती थी। उनके लिखे हुए रेहननामे या बैनामे पर कचहरी का मुहर्रिर भी कमल न उठा सकता था। हलके का डाकिया, कांस्टेबल और तहसील का चपरासी—सब उनकी कृपा की आकांक्षा रखते थे। अतएव अलगू का मान उनके धन के कारण था, तो जुम्मन शेख अपनी अनमोल विद्या से ही सबके आदरपात्र बने थे।

जुम्मन शेख की एक बूढ़ी ख़ाला (मौसी) थी। उसके पास बहुत थोड़ी सी मिल्कियत थी; परंतु उसके निकट संबंधियों में कोई न थी। जुम्मन ने लंबे-चौड़े वादे करके वह मिल्कियत अपने नाम लिखवा ली थी। जब तक दानपत्र की रजिस्ट्री न हुई थी, तब तक ख़ालाजान का ख़ूब आदर-सत्कार किया गया। उन्हें ख़ूब स्वादिष्ट पकवान खिलाए गए। हलवे-पुलाव की वर्षा की गई; पर रजिस्ट्री की मोहर ने इन ख़ातिरदारियों पर भी मानो मोहर लगा दी। जुम्मन की पत्नी करीमन रोटियों के साथ कड़वी बातों के कुछ तेज़, तीख़े सालन भी देने लगी। जुम्मन शेख भी निष्ठुर हो गए। अब बेचारी ख़ालाजान को प्रायः नित्य ही ऐसी बातें सुननी पड़ती थीं—

'बुढ़िया न जाने कब तक जिएगी। दो-तीन बीघे ऊसर क्या दे दिया, मानो मोल ले लिया है! बघारी दाल के बिना रोटियाँ नहीं उतरतीं! जितना रुपया इसके पेट में झोंक चुके, उतने से तो अब तक गाँव मोल ले लेते।'

कुछ दिन ख़ालाजान ने सुना और सहा; पर जब न सहा गया तब जुम्मन से शिकायत की। जुम्मन ने स्थानीय कर्मचारी—गृहस्वामी के प्रबंध में दख़ल देना उचित न समझा। कुछ दिन तक और यों ही रो-धोकर काम चलता रहा। अंत में एक दिन ख़ाला ने जुम्मन से कहा, "बेटा! तुम्हारे साथ मेरा निर्वाह न होगा। तुम मुझे रुपए दे दिया करो, मैं अपना पका-खा लूँगी।"

जुम्मन ने धृष्टता के साथ उत्तर दिया, "रुपए क्या यहाँ फलते हैं?"

ख़ाला ने नम्रता से कहा, "मुझे कुछ रूखा-सूखा चाहिए भी कि नहीं?"

जुम्मन ने गंभीर स्वर में जवाब दिया, "तो कोई यह थोड़े ही समझा था कि तुम मौत से लड़कर आई हो?"

ख़ाला बिगड़ गईं। उन्होंने पंचायत करने की धमकी दी। जुम्मन हँसे, जिस तरह कोई शिकारी हिरन को जाल की तरफ जाते देखकर मन-ही-मन हँसता है। वह बोले, "हाँ, ज़रूर पंचायत करो। फ़ैसला हो जाए, मुझे भी यह रात-दिन की खट-खट पसंद नहीं।"

पंचायत में किसकी जीत होगी, इस विषय में जुम्मन को ज़रा भी संदेह न था। आस-पास के गाँवों में ऐसा कौन था, जो उसके अनुग्रहों का ऋणी न हो; ऐसा कौन था जो उसको शत्रु बनाने का साहस कर सके? किसमें इतना बल था, जो उसका सामना कर सके? आसमान के फ़रिश्ते तो पंचायत करने आवेंगे नहीं।

इसके बाद कई दिन तक बूढी ख़ाला हाथ में एक लकड़ी लिये आस-पास के गाँवों में घूमती रही। कमर झुककर कमान हो गई थी। एक-एक पग चलना दूभर था, मगर बात आ पड़ी थी, उसका निर्णय करना ज़रूरी था।

बिरला ही कोई भला आदमी होगा, जिसके सामने बुढ़िया ने दुःख के आँसू न बहाए हों। किसी ने तो यों ही ऊपरी मन से हूँ-हाँ करके टाल दिया, और किसी ने इस अन्याय पर ज़माने को गालियाँ दीं। कुछ ने कहा, "क़ब्र में पाँव लटके हुए हैं, आज मरे कल दूसरा दिन, पर हवस नहीं मानती। अब तुम्हें क्या चाहिए? रोटी खाओ और अल्लाह का नाम लो। तुम्हें अब खेती-बाड़ी से क्या काम है?" कुछ ऐसे सज्जन भी थे, जिन्हें हास्य-रस के रसास्वादन का अच्छा अवसर मिला। झुकी हुई कमर, पोपला मुँह, सन के से बाल, इतनी सामग्री एकत्र हो, तब हँसी क्यों न आवे? ऐसे न्यायप्रिय, दयालु, दीन-वत्सल पुरुष बहुत कम थे, जिन्होंने उस अबला के दुखड़े को गौर से सुना हो और उसको सांत्वना दी हो। चारों तरफ़ घूम-घामकर बेचारी अलगू चौधरी के पास आई। लाठी पटक दी और दम लेकर बोली, "बेटा, तुम भी दम भर के लिए मेरी पंचायत में चले आना।"

अलगू, "मुझे बुलाकर क्या करोगी ख़ाला? कई गाँव के आदमी तो आवेंगे ही।"

ख़ाला, "अपनी विपदा तो सबके आगे रो आई। अब आने न आने का इख़्तियार उनको है।"

अलगू, "अब इसका क्या जवाब दूँ? अपनी ख़ुशी। जुम्मन मेरा पुराना मित्र है। उससे बिगाड़ नहीं कर सकता।"

ख़ाला, "बेटा, क्या बिगाड़ के डर से ईमान की बात न कहोगे?"

हमारे सोए हुए धर्म-ज्ञान की सारी संपत्ति लुट जाए, तो उसे ख़बर नहीं होती, परंतु ललकार सुनकर वह सचेत हो जाता है, फिर उसे कोई जीत नहीं सकता। अलगू इस सवाल का कोई उत्तर न दे सका, पर उसके हृदय में ये शब्द गूँज रहे थे, "क्या बिगाड़ के डर से ईमान की बात न कहोगे?"

संध्या समय एक पेड़ के नीचे पंचायत बैठी। शेख जुम्मन ने पहले से ही फर्श बिछा रखा था। उन्होंने पान, इलायची, हुक्के-तंबाकू आदि का प्रबंध भी किया था। हाँ, वह स्वयं अलबत्ता अलगू चौधरी के साथ ज़रा दूरी पर बैठे हुए थे। जब पंचायत में कोई आ जाता था, तब दबे हुए सलाम से उसका स्वागत करते थे। जब सूर्य अस्त हो गया और चिड़ियों की कलरवयुक्त पंचायत पेड़ों पर बैठी, तब यहाँ भी पंचायत शुरू हुई। फर्श की एक-एक अंगुल ज़मीन भर गई; पर अधिकांश दर्शक ही थे। निमंत्रित महाशयों में से केवल वे ही लोग पधारे थे, जिन्हें जुम्मन से अपनी कुछ कसर निकालनी थी। एक कोने में आग सुलग रही थी। नाई ताबड़तोड़ चिलम भर रहा था। यह निर्णय करना असंभव था कि सुलगते हुए उपलों से अधिक धुआँ निकलता था या चिलम के दमों से। लड़के इधर-उधर दौड़ रहे थे। कोई आपस में गाली-गलौज करते और कोई रोते थे। चारों तरफ़ कोलाहल मच रहा था। गाँव के कुत्ते इस जमाव को भोज समझकर झुंड-के-झुंड जमा हो गए थे।

पंच लोग बैठ गए, तो बूढ़ी ख़ाला ने उनसे विनती की, "पंचो, आज तीन साल हुए, मैंने अपनी सारी जायदाद अपने भानजे जुम्मन के नाम लिख दी थी। इसे आप लोग जानते ही होंगे। जुम्मन ने मुझे ता-हयात रोटी-कपड़ा देना कबूल किया था। साल भर तो मैंने इसके साथ रो-धोकर काटा, पर अब रात-दिन का रोना नहीं सहा जाता। मुझे न पेट की रोटी मिलती है न तन का कपड़ा। बेकस बेवा हूँ, कचहरी-दरबार नहीं कर सकती। तुम्हारे सिवा और किसको अपना दुखड़ा सुनाऊँ? तुम लोग जो राह निकाल दो, उसी राह पर चलूँ। अगर मुझमें कोई ऐब देखो तो मेरे मुँह पर थप्पड़ मारो। जुम्मन में बुराई देखो, तो उसे समझाओ, क्यों एक बेकस की आह लेता है। मैं पंचों का हुक्म सिर-माथे पर चढ़ाऊँगी।

रामधन मिश्र, जिनके कई आसामियों को जुम्मन ने अपने गाँव में बसा लिया था, बोले, "जुम्मन मियाँ, किसे पंच बदते हो? अभी से इसका निपटारा कर लो, फिर जो कुछ पंच कहेंगे, वही मानना पड़ेगा।"

जुम्मन को इस समय पंचायत के सदस्यों में विशेषकर वे ही लोग दीख पड़े, जिनसे किसी-न-किसी कारण उनका वैमनस्य था। जुम्मन बोले, "पंचों का हुक्म अल्लाह का हुक्म है। ख़ालाजान जिसे चाहें, उसे बदें। मुझे कोई उज़्र नहीं।"

ख़ाला ने चिल्लाकर कहा, "अरे अल्लाह के बंदे! पंचों का नाम क्यों नहीं बता देता? कुछ मुझे भी तो मालूम हो।"

जुम्मन ने क्रोध में कहा, "अब इस वक़्त मेरा मुँह न खुलवाओ। तुम्हारी बन पड़ी है, जिसे चाहो, पंच बदो।"

ख़ालाजान जुम्मन के आक्षेप को समझ गई, बोली, "बेटा, ख़ुदा से डरो। पंच न किसी के दोस्त होते हैं, न किसी के दुश्मन। कैसी बात करते हो! और तुम्हारा किसी पर विश्वास न हो तो जाने दो; अलगू चौधरी को तो मानते हो? लो, मैं उन्हीं को सरपंच बदती हूँ।"

जुम्मन शेख आनंद से फूल उठे, परंतु भावों को छिपाकर बोले, "अलगू ही सही, मेरे लिए जैसे रामधन वैसे अलगू।"

अलगू इस झमेले में फँसना नहीं चाहते थे। वे कन्नी काटने लगे।

बोले, "ख़ाला, तुम जानती हो कि मेरी जुम्मन से गाढ़ी दोस्ती है।"

ख़ाला ने गंभीर स्वर में कहा, "बेटा, दोस्ती के लिए कोई अपना ईमान नहीं बेचता। पंच के दिल में ख़ुदा बसता है। पंचों के मुँह से जो बात निकलती है, वह ख़ुदा की तरफ़ से निकलती है।"

अलगू चौधरी सरपंच हुए। रामधन मिश्र और जुम्मन के दूसरे विरोधियों ने बुढ़िया को मन में बहुत कोसा।

अलगू चौधरी बोले, "शेख जुम्मन! हम और तुम पुराने दोस्त हैं। जब काम पड़ा, तुमने हमारी मदद की है और हम भी जो कुछ बन पड़ा, तुम्हारी सेवा करते रहे हैं, मगर इस समय तुम व बूढी ख़ाला, दोनों हमारी निगाह में बराबर हो। तुमको पंचों से कुछ अर्ज़ करना हो, करो।"

जुम्मन को पूरा विश्वास था कि अब बाज़ी मेरी है। अलगू यह सब दिखावे की बातें कर रहा है। अतएव शांतचित्त होकर बोले, "पंचों, तीन साल हुए ख़ालाजान ने अपनी जायदाद मेरे नाम हिब्बा कर दी थी। मैंने उन्हें ता-हयात खाना-कपड़ा देना कबूल किया था। ख़ुदा गवाह है, आज तक ख़ालाजान को कोई तकलीफ़ नहीं दी। मैं उन्हें अपनी माँ के समान समझता हूँ। उनकी ख़िदमत करना मेरा फ़र्ज़ है; मगर औरतों में ज़रा अनबन रहती है, उसमें मेरा क्या बस है? ख़ालाजान मुझसे माहवार ख़र्च अलग माँगती हैं। जायदाद जितनी है, वह पंचों से छिपी नहीं। उससे इतना मुनाफ़ा नहीं होता है कि माहवार ख़र्च दे सकूँ। इसके अलावा हिब्बानामे में माहवार ख़र्च का कोई ज़िक्र नहीं। नहीं तो मैं भूलकर भी इस झमेले में न पड़ता। बस, मुझे यही कहना है। आइंदा पंचों को इख़्तियार है, जो फ़ैसला चाहें, करें।"

अलगू चौधरी को हमेशा कचहरी में काम पड़ता था। अतएव वह पूरा कानूनी आदमी था। उसने जुम्मन से जिरह शुरू की। एक-एक प्रश्न जुम्मन के हृदय पर हथौड़े की चोट की तरह पड़ता था। रामधन मिश्र इन प्रश्नों पर मुग्ध हुए जाते थे। जुम्मन चकित थे कि अलगू को क्या हो गया। अभी यह अलगू मेरे साथ बैठा हुआ कैसी-कैसी बातें कर रहा था। इतनी ही देर में ऐसी कायापलट हो गई कि मेरी जड़ खोदने पर तुला हुआ है। न मालूम कब की कसर निकाल रहा है? क्या इतने दिनों की दोस्ती भी काम न आवेगी?

जुम्मन शेख तो इसी संकल्प-विकल्प में पड़े हुए थे कि इतने में अलगू ने फ़ैसला सुनाया, "जुम्मन शेख! पंचों ने इस मामले पर विचार किया। उन्हें यह नीति-संगत मालूम होता है कि ख़ालाजान को माहवार ख़र्च दिया जाए। हमारा विचार है कि ख़ाला की जायदाद से इतना मुनाफ़ा अवश्य होता है कि माहवार ख़र्च दिया जा सके। बस, यही हमारा फ़ैसला है, अगर जुम्मन को ख़र्च देना मंज़ूर न हो, तो हिब्बानामा रद्द समझा जाए।"

यह फ़ैसला सुनते ही जुम्मन सन्नाटे में आ गए। जो अपना मित्र हो, वह शत्रु का व्यवहार करे और गले पर छुरी फेरे, इसे समय के हेर-फेर के सिवा और क्या कहें? जिस पर पूरा भरोसा था, उसने समय पड़ने पर धोखा दिया। ऐसे ही अवसरों पर झूठे-सच्चे मित्रों की परीक्षा की जाती है। यही कलियुग की दोस्ती है। अगर लोग ऐसे कपटी-धोखेबाज़ न होते, तो देश में आपत्तियों का प्रकोप कियों होता? यह हैज़ा-प्लेग आदि व्याधियाँ दुष्कर्मों के ही दंड हैं।

मगर रामधन मिश्र और अन्य पंच अलगू चौधरी की इस नीति-परायणता की प्रशंसा जी खोलकर कर रहे थे। वे कहते थे, "इसका नाम पंचायत है। दूध-का-दूध और पानी-का-पानी कर दिया। दोस्ती दोस्ती की जगह है, किंतु धर्म का पालन करना मुख्य है। ऐसे ही सत्यवादियों के बल पर पृथ्वी ठहरी है, नहीं तो वह कब की रसातल को चली जाती।"

इस फ़ैसले ने अलगू और जुम्मन की दोस्ती की जड़ हिला दी। अब वे साथ-साथ बातें करते नहीं दिखाई देते थे। इतना पुराना मित्रता-रूपी वृक्ष सत्य का एक झोंका भी न सह सका। सचमुच वह बालू की ही ज़मीन पर खड़ा था।

उनमें अब शिष्टाचार का अधिक व्यवहार होने लगा। एक-दूसरे की आवभगत ज़्यादा करने लगे। वे मिलते-जुलते थे, मगर उसी तरह, जैसे तलवार से ढाल मिलती है। यही चिंता रहती थी कि किसी तरह बदला लेने का अवसर मिले।

अच्छे कामों की सिद्धि में बड़ी देर लगती है; पर बुरे कामों की सिद्धि में यह बात नहीं होती। जुम्मन को भी बदला लेने का अवसर जल्द ही मिल गया। पिछले साल अलगू चौधरी बटेसर से बैलों की एक बहुत अच्छी जोड़ी मोल लाए थे। बैल पछाही जाति के सुंदर, बड़े-बड़े सींगवाले थे। महीनों तक आस-पास के गाँव के लोग दर्शन करते रहे। दैवयोग से जुम्मन की पंचायत के एक महीने के बाद इस जोड़ी का एक बैल मर गया। जुम्मन ने दोस्तों से कहा, "यह दगाबाज़ी की सज़ा है। इंसान सब्र भले ही कर जाए, पर ख़ुदा नेक-बद सब देखता है।" अलगू को संदेह हुआ कि जुम्मन ने बैल को विष दिला दिया है। चौधराइन ने भी जुम्मन पर ही इस दुर्घटना का दोषारोपण किया। उसने कहा, "जुम्मन ने कुछ कर-करा दिया है।" चौधराइन और करीमन में इस विषय पर एक दिन ख़ूब ही वाद-विवाद हुआ। दोनों देवियों ने शब्द-बाहुल्य की नदी बहा दी। व्यंग्य, वक्रोक्ति, अन्योक्ति और उपमा आदि अलंकारों में बातें हुईं। जुम्मन ने किसी तरह शांति स्थापित की। उन्होंने अपनी पत्नी को डाँट-डपटकर समझा दिया। वह उसे उस रणभूमि से हटा भी ले गए। उधर अलगू चौधरी ने समझाने-बुझाने का काम अपने तर्कपूर्ण सोटे से लिया।

अब अकेला बैल किस काम का? उसका जोड़ बहुत ढूँढा गया, पर न मिला। निदान, यह सलाह ठहरी कि इसे बेच डालना चाहिए। गाँव में एक समझू साहू थे, वह इक्का-गाड़ी हाँकते थे। गाँव से गुड़-घी लादकर मंडी ले जाते, मंडी से तेल-नमक

भर लाते और गाँव में बेचते। इस बैल पर उनका मन लहराया। उन्होंने सोचा, यह हाथ लगे तो दिन भर में बेखटके तीन खेप हों। आजकल तो एक ही खेप के लाले पड़े रहते हैं। बैल देखा, गाड़ी में दौड़ाया, बाल-भौंरी की पहचान कराई, मोल-तोल किया और उसे लाकर द्वार पर बाँध ही दिया। एक महीने में दाम चुकाने का वादा ठहरा। चौधरी को भी गरज थी ही, घाटे की परवाह न की।

समझू साहू ने नया बैल पाया तो लगे उसे रगेदने। वह दिन में तीन-तीन, चार-चार खेपें करने लगे। न चारे की फ़िक्र थी, न पानी की, बस खेपों से काम था। मंडी ले गए, वहाँ कुछ सूखा भूसा सामने डाल दिया। बेचारा जानवर अभी दम भी न लेने पाया कि फिर जोत दिया। अलगू चौधरी के घर था तो चैन की वंशी बजती थी। बैलराम छठे-छमाहे कभी बहली में जोते जाते थे। ख़ूब उछलते-कूदते और कोसों तक दौड़ते चले जाते थे। वहाँ बैलराम का रातिब था, साफ पानी, दली हुई अरहर की दाल और भूसे के साथ खली और यही नहीं, कभी-कभी घी का स्वाद भी चखने को मिल जाता था। शाम-सबेरे एक आदमी खरहरे करता, पोंछता और सहलाता था। वहाँ वह सुख-चैन, कहाँ यह आठों पहर की खपत! महीने भर ही में वह पिस सा गया। इक्के का जुआ देखते ही उसका लहू सूख जाता था। एक-एक पग दूभर था, हड्डियाँ निकल आई थीं; पर था वह पानीदार, मार की बरदाश्त थी।

एक दिन चौथी खेप में साहूजी ने दूना बोझ लादा। दिन भर थका जानवर, पैर न उठते थे, पर साहूजी कोड़े फटकारने लगे। बस फिर क्या था, बैल कलेजा तोड़कर चला। कुछ दूर दौड़ा और चाहा कि ज़रा दम ले लूँ, पर साहुजी को जल्द पहुँचने की फ़िक्र थी, अतएव उन्होंने कई कोड़े बड़ी निर्दयता से फटकारे। बैल ने एक बार फिर ज़ोर लगाया; पर अबकी बार शक्ति ने जवाब दे दिया। वह धरती पर गिर पड़ा, और ऐसा गिरा कि फिर न उठा। साहूजी ने बहुत पीटा, टाँग पकड़कर खींचा, नथुनों में लकड़ी ठूँस दी, पर कहीं मृतक भी उठ सकता है? तब साहूजी को कुछ शक हुआ। उन्होंने बैल को गौर से देखा, खोलकर अलग किया और सोचने लगे कि गाड़ी कैसे घर पहुँचे। बहुत चीखे चिल्लाए; पर देहात का रास्ता बच्चों की आँख की तरह साँझ होते ही बंद हो जाता है। कोई नज़र न आया। आस-पास कोई गाँव भी न था। मारे क्रोध के उन्होंने मरे हुए बैल पर और दुर्रे लगाए और लगे कोसने, "अभागे! तुझे मरना ही था तो घर पहुँचकर मरता, ससुरा बीच रास्ते ही में मर गया! अब गाड़ी कौन खींचे?" इस तरह साहूजी ख़ूब जले-भुने। कई बोरे गुड़ और घी के कनस्तर

उन्होंने बेचे थे; दो-ढाई सौ रुपए कमर में बँधे थे। इसके अलावा गाड़ी पर कई बोरे नमक के थे; अतएव छोड़कर जा भी न सकते थे। लाचार बेचारे गाड़ी पर ही लेट गए। वहीं रतजगा करने की ठान ली। चिलम पी या फिर हुक्का पिया। इस तरह साहूजी आधी रात तक नींद को बहलाते रहे। अपनी जान में तो वह जागते ही रहे, पर पौ फटते ही जो नींद टूटी और कमर पर हाथ रखा तो थैली गायब! घबराकर इधर-उधर देखा, तो कई कनस्तर तेल भी नदारद। अफ़सोस में बेचारे ने सिर पीट लिया और पछाड़ खाने लगा। प्रातःकाल रोते-बिलखते घर पहुँचे। साहुआइन ने जब यह बुरी सुनावनी सुनी, तब पहले तो रोई, फिर अलगू चौधरी को गालियाँ देने लगी, "निगोड़े ने ऐसा कुलच्छनी बैल दिया कि जन्म भर की कमाई लुट गई।"

इस घटना को हुए कई महीने बीत गए। अलगू जब अपने बैल के दाम माँगते, तब साहू और साहुआइन, दोनों ही झल्लाए हुए कुत्ते की तरह चढ़ बैठते और अंडबंड बकने लगते, "वाह! यहाँ तो सारे जन्म की कमाई लुट गई, सत्यानाश हो गया, इन्हें दामों की पड़ी है। मुरदा बैल दिया था, उस पर दाम माँगने चले हैं। आँखों में धूल झोंक दी, सत्यानाशी बैल गले बाँध दिया, हमें निरा पोंगा ही समझ लिया है। हम भी बनिए के बच्चे हैं, ऐसे बुद्धू कहीं और होंगे, पहले जाकर किसी गड्ढे में मुँह धो आओ, तब दाम लेना। न जी मानता हो तो हमारा बैल खोल ले जाओ। महीना भर के बदले दो महीना जोत लो, और क्या लोगे?"

चौधरी के अशुभचिंतकों की कमी न थी। ऐसे अवसरों पर वे भी एकत्र हो जाते और साहूजी के बर्राने की पुष्टि करते। परंतु डेढ़ सौ रुपए से इस तरह हाथ धो लेना आसान न था। एक बार वह भी गरम पड़े। साहूजी बिगड़कर लाठी ढूँढ़ने घर चले गए। अब साहुआइन ने मैदान लिया। प्रश्नोत्तर होते-होते हाथापाई की नौबत आ पहुँची। साहुआइन ने घर में घुसकर किवाड़ बंद कर लिये। शोरगुल सुनकर गाँव के भलेमानस जमा हो गए। उन्होंने दोनों को समझाया। साहूजी को दिलासा देकर घर से निकाला। वह परामर्श देने लगे कि इस तरह से काम न चलेगा, पंचायत कर लो, जो कुछ तय हो जाए, उसे स्वीकार कर लो। साहूजी राज़ी हो गए। अलगू ने भी हामी भर ली।

पंचायत की तैयारियाँ होने लगीं। दोनों पक्षों ने अपने-अपने दल बनाने शुरू कर दिए। इसके बाद तीसरे दिन उसी वृक्ष के नीचे पंचायत बैठी। वही संध्या का समय था। खेतों में कौए पंचायत कर रहे थे। विवादग्रस्त विषय यह था कि मटर की फलियों पर उनका कोई स्वत्व है या नहीं? और जब तक यह प्रश्न हल न हो जाए, तब तक वे रखवाले की पुकार पर अपनी अप्रसन्नता प्रकट करना आवश्यक समझते थे। पेड़ की डालियों पर बैठी शुक-मंडली में प्रश्न छिड़ा हुआ था कि मनुष्यों को उन्हें बेमुरौव्वत कहने का क्या अधिकार है, जब उन्हें स्वयं अपने मित्रों से दगा करने में भी संकोच नहीं होता।

पंचायत बैठ गई, तो रामधन मिश्र ने कहा, "अब देरी क्या है? पंचों का चुनाव हो जाना चाहिए। बोलो चौधरी, किस-किस को पंच बदते हो?" अलगू ने दीन भाव से कहा, "समझू साहू ही चुन लें।" समझू खड़े हुए और कड़ककर बोले, "मेरी ओर से जुम्मन शेख।" जुम्मन का नाम सुनते ही अलगू चौधरी का कलेजा धक्-धक् करने लगा, मानो किसी ने अचानक थप्पड़ मार दिया हो। रामधन अलगू के मित्र थे, वह बात को ताड़ गए। पूछा, "क्यों चौधरी, तुम्हें कोई उज्र तो नहीं?"

चौधरी ने निराश होकर कहा, "नहीं, मुझे क्या उज्र होगा?"

अपने उत्तरदायित्व का ज्ञान बहुधा हमारे संकुचित व्यवहारों का सुधारक होता है। जब हम राहें भूलकर भटकने लगते हैं, तब यही ज्ञान हमारा विश्वसनीय पथ-प्रदर्शक बन जाता है।

पत्र-संपादक अपनी शांति कुटी में बैठा हुआ कितनी धृष्टता और स्वतंत्रता के साथ अपनी प्रबल लेखनी से मंत्रिमंडल पर आक्रमण करता है। परंतु ऐसे अवसर आते हैं, जब वह स्वयं मंत्रिमंडल में सम्मिलित होता है। मंडल के भवन में पग धरते ही उसकी लेखनी कितनी मर्मज्ञ, कितनी विचारशील, न्यायपरायण हो जाती है। इसको उत्तरदायित्व का ज्ञान कहा जाता है। नवयुवक युवावस्था में कितना उद्दंड रहता है। माता-पिता उसकी ओर से कितने चिंतित रहते हैं, वे उसे कुल-कंलक समझते हैं, परंतु थोड़े ही समय में परिवार का बोझ सिर पर पड़ते ही वही अव्यस्थित-चित्त उन्मत्त युवक कितना धैर्यशील, कैसा शांतचित्त हो जाता है। यह भी उत्तरदायित्व के ज्ञान का फल है।

जुम्मन शेख के मन में भी सरपंच का उच्च स्थान ग्रहण करते ही अपनी ज़िम्मेदारी का भाव पैदा हुआ। उसने सोचा, मैं इस वक़्त न्याय और धर्म के सर्वोच्च आसन पर बैठा हूँ। मेरे मुँह से इस समय जो कुछ निकलेगा, वह देववाणी के सदृश है—और देववाणी में मेरे मनोविकारों का कदापि समावेश न होना चाहिए। मुझे सत्य से जौ भर भी टलना उचित नहीं।

पंचों ने दोनों से सवाल-जवाब करने शुरू किए। बहुत देर तक दोनों दल अपने-अपने पक्ष का समर्थन करते रहे। इस विषय में तो सब सहमत थे कि समझू को बैल का मूल्य देना चाहिए। परंतु दो महाशय इस कारण रियायत करना चाहते थे कि बैल के मर जाने से समझू को हानि हुई। इसके प्रतिकूल दो महाश्य सभ्य मूल्य के अतिरिक्त समझू को दंड भी देना चाहते थे, जिससे फिर किसी को पशुओं के साथ ऐसी निर्दयता करने का साहस न हो। अंत में जुम्मन ने फ़ैसला सुनाया, "अलगू चौधरी और समझू साहू, पंचों ने तुम्हारे मामले पर अच्छी तरह विचार किया। समझू के लिए उचित है कि बैल का पूरा दाम दें। जिस वक़्त उन्होंने बैल लिया, उसे कोई बीमारी न थी। अगर उसी समय दाम दे दिए जाते तो आज समझू उसे फेर लेने का आग्रह न करते। बैल की मृत्यु केवल इस कारण हुई कि उससे बड़ा कठिन परिश्रम लिया गया और उसके दाने-चारे का कोई अच्छा प्रबंध न किया गया।"

रामधन मिश्र बोले, "समझू ने बैल जान-बूझकर मारा है, अतएव उससे दंड लेना चाहिए।" जुम्मन बोले, "यह दूसरा सवाल है। हमको इससे कोई मतलब नहीं।"

झगड़ू साहू ने कहा, "समझू के साथ कुछ रियायत होनी चाहिए।"

जुम्मन बोले, "यह अलगू चौधरी की इच्छा पर निर्भर है। वह रियायत करें, तो उनकी भलमनसी।"

अलगू चौधरी फूले न समाए। उठ खड़े हुए और ज़ोर से बोले, "पंच-परमेश्वर की जय!"

इसके साथ ही चारों ओर से प्रतिध्वनि हुई, "पंच-परमेश्वर की जय!"

प्रत्येक मनुष्य जुम्मन की नीति को सराहता था, "इसे कहते हैं न्याय! यह मनुष्य का काम नहीं। पंच में परमेश्वर वास करते हैं, यह उन्हीं की महिमा है। पंच के सामने खोटे को कौन खरा कह सकता है?"

थोड़ी देर के बाद जुम्मन अलगू चौधरी के पास आए और उनके गले लिपटकर बोले, "भैया, जब से तुमने मेरी पंचायत की, तब से मैं तुम्हारा प्राणघातक शत्रु बन गया था; पर आज मुझे ज्ञात हुआ कि पंच के पद पर बैठकर न कोई किसी का दोस्त होता है, न दुश्मन। न्याय के सिवा और कुछ नहीं सूझता। आज मुझे विश्वास हो गया कि पंच की ज़ुबान से ख़ुदा बोलता है।" अलगू रोने लगे। इस पानी से दोनों के दिलों का मैल धुल गया। मित्रता की मुरझाई हुई लता फिर हरी हो गई।

2

बड़े घर की बेटी

बेनीमाधव सिंह गौरीपुर गाँव के ज़मींदार और नम्बरदार थे। उनके पितामह किसी समय बड़े धन-धान्य सम्पन्न थे। गाँव का पक्का तालाब और मंदिर, जिनकी अब मरम्मत भी मुश्किल थी, उन्हीं के कीर्ति-स्तम्भ थे। कहते हैं, इस दरवाज़े पर हाथी झूमता था, अब उसकी जगह एक बूढ़ी भैंस थी, जिसके शरीर में अस्थि-पंजर के सिवा और कुछ न रहा था, पर दूध शायद बहुत देती थी, क्योंकि एक न एक आदमी हाँड़ी लिये उसके सिर पर सवार ही रहता था। बेनीमाधव सिंह अपनी आधी से अधिक सम्पत्ति वकीलों को भेंट कर चुके थे। उनकी वर्तमान आय एक हज़ार रुपये वार्षिक से अधिक न थी। ठाकुर साहब के दो बेटे थे। बड़े का नाम श्रीकण्ठ सिंह था। उसने बहुत दिनों के परिश्रम और उद्योग के बाद बी.ए. की डिग्री प्राप्त की थी। अब एक दफ़्तर में नौकर था। छोटा लड़का लालबिहारी सिंह दोहरे बदन का, सजीला जवान था। भरा हुआ मुखड़ा, चौड़ी छाती। भैंस का दो सेर ताज़ा दूध वह उठ कर सवेरे पी जाता था। श्रीकण्ठ सिंह की दशा बिल्कुल विपरीत थी। इन नेत्रप्रिय गुणों को उन्होंने 'बी.ए.'–इन्हीं दो अक्षरों पर न्योछावर कर दिया था। इन दो अक्षरों ने उनके शरीर को निर्बल और चेहरे को कान्तिहीन बना दिया था। इसी से वैद्यक ग्रंथों पर उनका विशेष प्रेम था। आयुर्वेदिक औषधियों पर उनका अधिक

विश्वास था। शाम-सवेरे उनके कमरे से प्राय: खरल की सुरीली कर्णमधुर ध्वनि सुनाई दिया करती थी। लाहौर और कलकत्ते के वैद्यों से बड़ी लिखा-पढ़ी रहती थी।

श्रीकण्ठ इस अँग्रेज़ी डिग्री के अधिपति होने पर भी अँग्रेज़ी सामाजिक प्रथाओं के विशेष प्रेमी न थे, इसी से गाँव में उनका बड़ा सम्मान था। दशहरे के दिनों में वह बड़े उत्साह से रामलीला में सम्मिलित होते और स्वयं किसी न किसी पात्र का पार्ट लेते थे। गौरीपुर में रामलीला के वही जन्मदाता थे। प्राचीन हिन्दू सभ्यता का गुणगान उनकी धार्मिकता का प्रधान अंग था। सम्मिलित कुटुम्ब के तो वह एकमात्र उपासक थे। आजकल स्त्रियों को कुटुम्ब में मिल-जुल कर रहने की जो अरुचि होती है, उसे वह जाति और देश दोनों के लिए हानिकारक समझते थे। यही कारण था कि गाँव की ललनाएँ उनकी निन्दक थीं। कोई-कोई तो उन्हें अपना शत्रु समझने में भी संकोच न करती थीं। स्वयं उनकी पत्नी को ही इस विषय में उनसे विरोध था। यह इसलिए नहीं कि उसे अपने सास-ससुर, देवर या जेठ आदि से घृणा थी, बल्कि उसका विचार था कि यदि बहुत कुछ सहने और तरह देने पर भी परिवार के साथ निर्वाह न हो सके, तो आए-दिन की कलह से जीवन को नष्ट करने की अपेक्षा यही उत्तम है कि अपनी खिचड़ी अलग पकाई जाए।

आनन्दी एक बड़े उच्च कुल की लड़की थी। उसके बाप एक छोटी-सी रियासत के ताल्लुकेदार थे। विशाल भवन, एक हाथी, तीन कुत्ते, बाज़, बहरी-शिकरे, झाड़-फ़ानूस, आनरेरी मजिस्ट्रेटी और ऋण, जो एक प्रतिष्ठित ताल्लुकेदार के भोग्य पदार्थ हैं, सभी यहाँ विद्यमान थे। नाम था भूपसिंह। बड़े उदार-चित्त और प्रतिभाशाली पुरुष थे। पर, दुर्भाग्य से लड़का एक भी न था। सात लड़कियाँ हुईं और दैवयोग से सब की सब जीवित रहीं। पहली उमंग में तो उन्होंने तीन ब्याह दिल खोल कर किए, पर पंद्रह-बीस हज़ार रुपयों का कर्ज़ सिर पर हो गया, तो आँखें खुलीं, हाथ समेट लिया। आनन्दी चौथी लड़की थी। वह अपनी सब बहनों से अधिक रूपवती और गुणवती थी। इससे ठाकुर भूपसिंह उसे बहुत प्यार करते थे। सुन्दर संतान को कदाचित् उसके माता-पिता भी अधिक चाहते हैं। ठाकुर साहब बड़े धर्म-संकट में थे कि इसका विवाह कहाँ करें? न तो यही चाहते थे कि ऋण का बोझ बढ़े और न यही स्वीकार था कि उसे अपने को भाग्यहीन समझना पड़े। एक दिन श्रीकण्ठ उनके पास किसी चंदे का रुपया माँगने आए। शायद नागरी-प्रचार का चंदा था। भूपसिंह उनके स्वभाव पर रीझ गये और धूमधाम से श्रीकण्ठ सिंह का आनन्दी के साथ ब्याह हो गया।

आनन्दी अपने नये घर में आई, तो यहाँ का रंग-ढंग कुछ और ही देखा। जिस टीम-टाम की उसे बचपन से ही आदत पड़ी हुई थी, वह यहाँ नाम-मात्र को भी न थी। हाथी-घोड़ों का तो कहना ही क्या, कोई सजी हुई सुंदर बहली तक न थी। रेशमी स्लीपर साथ लाई थी, पर यहाँ बाग कहाँ? मकान में खिड़कियाँ तक न थीं, न ज़मीन पर फ़र्श, न दीवार पर तस्वीरें। यह एक सीधा-सादा देहाती गृहस्थ का मकान था, किंतु आनन्दी ने थोड़े ही दिनों में अपने को इस नई अवस्था में ऐसा अनुकूल बना लिया, मानो उसने विलास के सामान कभी देखे ही न थे।

एक दिन दोपहर के समय लालबिहारी सिंह दो चिड़िया लिए हुए आया और भावज से बोला, "जल्दी से पका दो, मुझे भूख लगी है।" आनन्दी भोजन बना कर उसकी राह देख रही थी। अब वह नया व्यंजन बनाने बैठी। हाँडी में देखा, तो घी पाव-भर से अधिक न था। बड़े घर की बेटी, किफ़ायत क्या जाने। उसने सब घी माँस में डाल दिया। लालबिहारी खाने बैठा, तो दाल में घी न था, बोला, "दाल में घी क्यों नहीं छोड़ा?"

आनन्दी ने कहा, "घी सब माँस में पड़ गया।" लालबिहारी ज़ोर से बोला, "अभी परसों घी आया है। इतना जल्द उठ गया?"

आनन्दी ने उत्तर दिया, "आज तो कुल पाव-भर रहा होगा। वह सब मैंने माँस में डाल दिया।"

जिस तरह सूखी लकड़ी जल्दी से जल उठती है, उसी तरह क्षुधा से बावला मनुष्य ज़रा-ज़रा सी बात पर तिनक जाता है। लालबिहारी को भावज की यह ढिठाई बहुत बुरी मालूम हुई, तिनक कर बोला, "मैके में तो चाहे घी की नदी बहती हो!"

स्त्री गालियाँ सह लेती है, मार भी सह लेती है, पर मैके की निंदा उससे नहीं सही जाती। आनन्दी मुँह फेर कर बोली, "हाथी मरा भी, तो नौ लाख का। वहाँ इतना घी नित्य नाई-कहार खा जाते हैं।"

लालबिहारी जल गया, थाली उठाकर पलट दी, और बोला, "जी चाहता है, जीभ पकड़ कर खींच लूँ।"

आनन्दी को भी क्रोध आ गया। मुँह लाल हो गया, बोली, "वह होते तो आज इसका मज़ा चख़ाते।"

अब अनपढ़ उजड्ड ठाकुर से न रहा गया। उसकी स्त्री एक साधारण ज़मींदार की बेटी थी। जब जी चाहता, उस पर हाथ साफ़ कर लिया करता था। खड़ाऊँ उठाकर आनन्दी की ओर ज़ोर से फेंकी और बोला, "जिसके गुमान पर भूली हुई हो, उसे भी देखूँगा और तुम्हें भी।"

आनन्दी ने हाथ से खड़ाऊँ रोकी, सिर बच गया, पर उँगली में बड़ी चोट आई। क्रोध के मारे हवा में हिलते पत्ते की भाँति काँपती हुई अपने कमरे में आकर खड़ी हो गई। स्त्री का बल और साहस, मान और मर्यादा पति तक है। उसे अपने पति के ही बल और पुरुषत्व का घमण्ड होता है। आनन्दी ख़ून का घूँट पीकर रह गई।

श्रीकण्ठ सिंह शनिवार को घर आया करते थे। बृहस्पति को यह घटना हुई थी। दो दिन तक आनन्दी कोप-भवन में रही। न कुछ खाया न पिया। उनकी बाट देखती रही। अंत में शनिवार को वह नियमानुकूल संध्या समय घर आए और बैठकर कुछ इधर-उधर की बातें, कुछ देश-काल संबंधी समाचार तथा कुछ नये मुकदमों आदि की चर्चा करने लगे। यह वार्तालाप दस बजे रात तक होता रहा। गाँव के भद्र पुरुषों को इन बातों में ऐसा आनंद मिलता था कि खाने-पीने की भी सुधि न रहती थी। श्रीकण्ठ को पिंड छुड़ाना मुश्किल हो जाता था। ये दो-तीन घंटे आनन्दी ने बड़े कष्ट से काटे। किसी तरह भोजन का समय आया। पंचायत उठी। एकांत हुआ, तो लालबिहारी ने कहा, "भैया! आप ज़रा भाभी को समझा दीजिएगा कि मुँह संभाल कर बातचीत किया करें, नहीं तो एक दिन अनर्थ हो जाएगा।"

बेनीमाधव सिंह ने बेटे की ओर से साक्षी दी, "हाँ, बहू-बेटियों का यह स्वभाव अच्छा नहीं कि मर्दों के मुँह लगें।"

लालबिहारी, "वह बड़े घर की बेटी हैं, तो हम भी कोई कुरमी-कहार नहीं हैं।"

श्रीकण्ठ ने चिंतित स्वर से पूछा, "आख़िर बात क्या हुई?"

लालबिहारी ने कहा, "कुछ भी नहीं, यों आप ही आप उलझ पड़ीं। मैके के सामने हम लोगों को कुछ समझती ही नहीं।"

श्रीकण्ठ खा-पीकर आनन्दी के पास गये। वह भरी बैठी थी। यह हज़रत भी कुछ तीख़े थे। आनन्दी ने पूछा, "चित्त तो प्रसन्न है।"

श्रीकण्ठ बोले, "बहुत प्रसन्न है, पर तुमने आजकल घर में यह क्या उपद्रव मचा रखा है?"

आनन्दी की त्योरियों पर बल पड़ गये, झुँझलाहट के मारे बदन में ज्वाला सी दहक उठी। बोली, "जिसने तुमसे यह आग लगाई है, उसे पाऊँ, तो मुँह झुलस दूँ।"

श्रीकण्ठ, "इतनी गरम क्यों होती हो, बात तो कहो।"

आनन्दी, "क्या कहूँ, यह मेरे भाग्य का फेर है, नहीं तो गँवार छोकरा, जिसको चपरासीगिरी करने का भी शऊर नहीं, मुझे खड़ाऊँ से मारकर यों ना अकड़ता।"

श्रीकण्ठ, "सब हाल साफ़-साफ़ कहो, तो मालूम हो। मुझे तो कुछ पता नहीं।"

आनन्दी, "परसों तुम्हारे लाडले भाई ने मुझसे माँस पकाने को कहा। घी हाँडी में पाव-भर से अधिक न था। वो सब मैंने माँस में डाल दिया। जब खाने बैठा, तो कहने लगा, 'दाल में घी क्यों नहीं है?' बस, इसी पर मैके को बुरा-भला कहने लगा। मुझसे न रहा गया। मैंने कहा कि वहाँ इतना घी तो नाई-कहार खा जाते हैं और किसी को जान भी नहीं पड़ता। बस इतनी-सी बात पर इस अन्यायी ने मुझ पर खड़ाऊँ फेंक मारी। यदि हाथ से न रोक लूँ, तो सिर फट जाए। उसी से पूछो, मैंने जो कुछ कहा है, वह सच है या झूठ।"

श्रीकण्ठ की आँखें लाल हो गईं। बोले, "यहाँ तक हो गया, इस छोकरे का यह साहस।"

आनन्दी स्त्रियों के स्वभावनुसार रोने लगी, क्योंकि आँसू उनकी पलकों पर रहते हैं। श्रीकण्ठ बड़े धैर्यवान् और शांत पुरुष थे। उन्हें कदाचित् ही कभी क्रोध आता था। स्त्रियों के आँसू पुरुष की क्रोधाग्नि भड़काने में तेल का काम देते हैं। रात भर करवटें बदलते रहे। उद्विग्नता के कारण पलक तक नहीं झपकी। प्रातःकाल अपने बाप के पास जाकर बोले, "दादा! अब इस घर में मेरा निबाह न होगा।"

इस तरह की विद्रोह-पूर्ण बातें कहने पर श्रीकण्ठ ने कितनी ही बार अपने कई मित्रों को आड़े हाथों लिया था, परंतु दुर्भाग्य, आज उन्हें स्वयं वे ही बातें अपने मुँह से कहनी पड़ीं। दूसरों को उपदेश देना भी कितना सहज है!

बेनीमाधव सिंह घबरा उठे और बोले, "क्यों?"

श्रीकण्ठ, "इसलिए कि मुझे भी अपनी मान-प्रतिष्ठा का कुछ विचार है। आपके घर में अब अन्याय और हठ का प्रकोप हो रहा है। जिनको बड़ों का आदर-सम्मान

करना चाहिए, वे उनके सिर चढ़ते हैं। मैं दूसरे का नौकर ठहरा, घर पर रहता नहीं। यहाँ मेरे पीछे स्त्रियों पर खड़ाऊँ और जूतों की बौछारें होती हैं। कड़ी बात तक चिंता नहीं। कोई एक की दो कह ले, वहाँ तक मैं सह सकता हूँ, किंतु यह कदापि नहीं हो सकता कि मेरे ऊपर लात-घूसे पड़ें और मैं दम न मारूँ।"

बेनीमाधव सिंह कुछ जवाब न दे सके। श्रीकण्ठ सदैव उनका आदर करते थे। उनके ऐसे तेवर देखकर एक बूढ़ा ठाकुर अवाक् रह गया। केवल इतना ही बोला, "बेटा, तुम बुद्धिमान होकर ऐसी बातें करते हो? स्त्रियाँ इस तरह घर का नाश कर देती हैं। उनको बहुत सिर चढ़ाना अच्छा नहीं।"

श्रीकण्ठ, "इतना मैं जानता हूँ। आपके आशीर्वाद से ऐसा मूर्ख नहीं हूँ। आप स्वयं जानते हैं कि मेरे ही समझाने-बुझाने से, इसी गाँव में कई घर सम्भल गए। पर जिस स्त्री की मान-प्रतिष्ठा का ईश्वर के दरबार में उत्तरदाता हूँ, उसके प्रति ऐसा घोर अन्याय और पशुवत् व्यवहार मुझे असह्य है। आप सच मानिये, मेरे लिए यही कुछ कम नहीं है कि लालबिहारी को कुछ दंड नहीं देता।"

अब बेनीमाधव सिंह भी गरमाये। ऐसी बातें और न सुन सके। बोले, "लालबिहारी तुम्हारा भाई है। उससे जब कभी भूल-चूक हो, उसके कान पकड़ो लेकिन...।"

श्रीकण्ठ, "लालबिहारी को मैं अपना भाई नहीं समझता।"

बेनीमाधव सिंह, "स्त्री के पीछे?"

श्रीकण्ठ, "जी नहीं, उसकी क्रूरता और अविवेक के कारण।"

दोनों कुछ देर चुप रहे। ठाकुर साहब लड़के का क्रोध शांत करना चाहते थे, लेकिन यह नहीं स्वीकार करना चाहते थे कि लालबिहारी ने कोई अनुचित काम किया है। इसी बीच में गाँव के और कई सज्जन हुक्के चिलम के बहाने वहाँ आ बैठे। कई स्त्रियों ने जब यह सुना कि श्रीकण्ठ पत्नी के पीछे पिता से लड़ने को तैयार हैं, तो उन्हें बड़ा हर्ष हुआ। दोनों पक्षों की मधुर वाणियाँ सुनने के लिए उनकी आत्माएँ तिलमिलाने लगीं। गाँव में कुछ ऐसे कुटिल मनुष्य भी थे, जो इस कुल की नीतिपूर्ण गति पर मन ही मन जलते थे। वह कहा करते थे, 'श्रीकण्ठ अपने बाप से दबता है, इसलिए वह दब्बू है। उसने विद्या पढ़ी, इसलिए वह किताबों का कीड़ा है। बेनीमाधव सिंह उसकी सलाह के बिना कोई काम नहीं करते, यह उनकी मूर्खता है।' इन महानुभाओं की शुभकामनाएँ आज पूरी होती दिखाई दीं। कोई हुक्का पीने

के बहाने और कोई लगान की रसीद दिखाने आकर बैठ गया। बेनीमाधव सिंह पुराने आदमी थे। इन भावों को ताड़ गए। उन्होंने निश्चय किया चाहे कुछ क्यों न हो, इन द्रोहियों को ताली बजाने का अवसर न दूँगा। तुरंत कोमल शब्दों में बोले, "बेटा, मैं तुमसे बाहर नहीं हूँ। तुम्हारा जी जो चाहे करो, अब तो लड़के से अपराध हो गया।"

इलाहाबाद का अनुभव-रहित झल्लाया हुआ ग्रेजुएट इस बात को न समझ सका। उसे डिबेटिंग-क्लब में अपनी बात पर अड़ने की आदत थी, इन हथकंडों की उसे क्या ख़बर? बाप ने जिस मतलब से बात पलटी थी, वह उसकी समझ में न आया। बोला, "लालबिहारी के साथ अब इस घर में नहीं रह सकता।"

बेनीमाधव, "बेटा, बुद्धिमान लोग मूर्खों की बात पर ध्यान नहीं देते। वह बेसमझ लड़का है। उससे जो कुछ भूल हुई, उसे तुम बड़े होकर क्षमा करो।"

श्रीकण्ठ, "उसकी इस दुष्टता को मैं कदापि नहीं सह सकता। या तो वही घर में रहेगा या मैं ही। आपको यदि वह अधिक प्यारा है, तो मुझे विदा कीजिए, मैं अपना भार अपने आप संभाल लूँगा। यदि मुझे रखना चाहते हैं, तो उससे कहिए, जहाँ चाहे चला जाए। बस यह मेरा अंतिम निश्चय है।"

लालबिहारी सिंह दरवाज़े की चौख़ट पर चुपचाप खड़ा बड़े भाई की बातें सुन रहा था। वह उनका बहुत आदर करता था। उसे कभी इतना साहस न हुआ था कि श्रीकण्ठ के सामने चारपाई पर बैठ जाए, हुक्का पी ले या पान खा ले। बाप का भी वह इतना मान न करता था। श्रीकण्ठ का भी उस पर हार्दिक स्नेह था। अपने होश में उन्होंने कभी उसे घुड़का तक न था। जब वह इलाहाबाद से आते, तो उसके लिए कोई न कोई वस्तु अवश्य लाते। मुगदर की जोड़ी उन्होंने ही बनवा दी थी। पिछले साल जब उसने अपने से ड्यौढ़े जवान को नागपंचमी के दिन दंगल में पछाड़ दिया, तो उन्होंने पुलकित होकर अखाड़े में ही जाकर उसे गले से लगा लिया था, पाँच रुपये के पैसे लुटाए थे। ऐसे भाई के मुँह से आज ऐसी हृदय-विदारक बात सुन कर लालबिहारी को बड़ी ग्लानि हुई। वह फूट-फूटकर रोने लगा। इसमें संदेह नहीं कि अपने किए पर पछता रहा था। भाई के आने से एक दिन पहले से उसकी छाती धड़कती थी कि देखूँ भैया क्या कहते हैं। मैं उनके सम्मुख कैसे जाऊँगा, उनसे कैसे बोलूँगा, मेरी आँखें उनके सामने कैसे उठेंगी। उसने समझा था कि भैया मुझे बुला कर समझा देंगे। इस आशा के विपरीत आज उसने उन्हें निर्दयता की मूर्ति बने हुए पाया। वह मूर्ख था। परंतु उसका मन कहता था कि भैया मेरे साथ अन्याय

कर रहे हैं। यदि श्रीकण्ठ उसे अकेले में बुला कर दो-चार बातें कह देते, इतना ही नहीं, दो-चार तमाचे भी लगा देते तो कदाचित् उसे इतना दुःख न होता। पर, भाई का यह कहना कि अब मैं इसकी सूरत नहीं देखना चाहता, लालबिहारी से सहा न गया। वह रोता हुआ घर आया। कोठरी में आकर कपड़े पहने, आँखें पोंछी, जिससे कोई यह न समझे कि रोता था। तब आनन्दी के द्वार पर आकर बोला, "भाभी! भैया ने निश्चय किया है कि वह मेरे साथ इस घर में न रहेंगे। अब वह मेरा मुँह नहीं देखना चाहते, इसलिए अब मैं जाता हूँ। उन्हें फिर न दिखाऊँगा! मुझसे जो कुछ अपराध हुआ, उसे क्षमा करना।"

यह कहते-कहते लालबिहारी का गला भर आया।

जिस समय लालबिहारी सिंह सिर झुकाए आनन्दी के द्वार पर खड़ा था, उसी समय श्रीकण्ठ सिंह आँखें लाल किए बाहर से आए। भाई को खड़ा देखा, तो घृणा से आँखें फेर लीं और कतरा कर निकल गए। मानो उसकी परछाई से दूर भागते हों।

आनन्दी ने लालबिहारी की शिकायत तो की थी, लेकिन अब मन में पछता रही थी। वह स्वभाव से ही दयावती थी। उसे इसका तनिक भी ध्यान न था कि बात इतनी बढ़ जाएगी। वह मन में अपने पति पर झुँझला रही थी कि यह इतने गरम क्यों होते हैं। उस पर यह भय भी लगा हुआ था कि कहीं मुझसे इलाहाबाद चलने को कहें, तो कैसे क्या करूँगी। इस बीच में जब उसने लालबिहारी को दरवाज़े पर खड़े यह कहते सुना कि अब मैं जाता हूँ, मुझसे जो कुछ अपराध हुआ, क्षमा करना, तो उसका रहा-सहा क्रोध भी पानी हो गया। वह रोने लगी। मन का मैल धोने के लिए नयन-जल से उपयुक्त और कोई वस्तु नहीं है।

श्रीकण्ठ को देखकर आनन्दी ने कहा, "लाला बाहर खड़े बहुत रो रहे हैं।"

श्रीकण्ठ, "तो मैं क्या करूँ?"

आनन्दी, "भीतर बुला लो। मेरी जीभ में आग लगे! मैंने कहाँ से यह झगड़ा उठाया।"

श्रीकण्ठ, "मैं न बुलाऊँगा।"

आनन्दी, "पछताओगे। उन्हें बहुत ग्लानि हो गई है, ऐसा न हो, कहीं चल दें।"

श्रीकण्ठ न उठे। इतने में लालबिहारी ने फिर कहा, "भाभी! भैया से मेरा प्रणाम कह दो। वह मेरा मुँह नहीं देखना चाहते, इसलिए मैं भी अपना मुँह उन्हें न दिखाऊँगा।"

लालबिहारी इतना कहकर लौट पड़ा और शीघ्रता से दरवाजे की ओर बढ़ा। अंत में आनन्दी कमरे से निकली और हाथ पकड़ लिया। लालबिहारी ने पीछे मुड़कर देखा और आँखों में आँसू भरे बोला, "मुझे जाने दो।"

आनन्दी, "कहाँ जाते हो?"

लालबिहारी, "जहाँ कोई मेरा मुँह न देखे।"

आनन्दी, "मैं न जाने दूँगी?"

लालबिहारी, "मैं तुम लोगों के साथ रहने योग्य नहीं हूँ।"

आनन्दी, "तुम्हें मेरी सौगंध, अब एक पग भी आगे न बढ़ाना।"

लालबिहारी, "जब तक मुझे यह मालूम न हो जाए कि भैया का मन मेरी तरफ़ से साफ़ हो गया, तब तक मैं इस घर में कदापि न रहूँगा।"

आनन्दी, "मैं ईश्वर को साक्षी देकर कहती हूँ कि तुम्हारी ओर से मेरे मन में तनिक भी मैल नहीं है।"

अब श्रीकण्ठ का हृदय भी पिघला। उन्होंने बाहर आकर लालबिहारी को गले लगा लिया। दोनो भाई ख़ूब फूट-फूटकर रोए। लालबिहारी ने सिसकते हुए कहा, "भैया! अब कभी मत कहना कि तुम्हारा मुँह न देखूँगा। इसके सिवा आप जो दंड देंगे, मैं सहर्ष स्वीकार करूँगा।"

श्रीकण्ठ ने काँपते हुए स्वर में कहा, "लल्लू! इन बातों को बिल्कुल भूल जाओ। ईश्वर चाहेगा, तो फिर ऐसा अवसर न आवेगा।"

बेनीमाधव सिंह बाहर से आ रहे थे। दोनों भाइयों को गले मिलते देखकर आनंद से पुलकित हो गए। बोल उठे, "बड़े घर की बेटियाँ ऐसी ही होती हैं। बिगड़ता हुआ काम बना लेती हैं।"

गाँव में जिसने वृत्तान्त सुना, उसी ने इन शब्दों में आनन्दी की उदारता को सराहा, "बड़े घर की बेटियाँ ऐसी ही होती हैं।"

3

कजाकी

मेरी बचपन की यादों में 'कजाकी' एक न मिटने वाला व्यक्ति है। आज चालीस वर्ष गुज़र गए, कजाकी की मूर्ति अभी तक मेरी आँखों के सामने नाच रही है। मैं उस समय अपने पिता के साथ आज़मगढ़ की एक तहसील में था। कजाकी जाति का पासी था, बड़ा ही हँसमुख, बड़ा ही ज़िंदादिल। वह रोज़ शाम को डाक का थैला लेकर आता, रात भर रहता और सुबह डाक लेकर चला जाता।

शाम को फिर उधर से डाक लेकर आ जाता। मैं दिन भर उद्विग्न हालत में उसकी राह देखा करता, ज्यों ही चार बजते, बेचैन होकर सड़क पर आकर खड़ा हो जाता। वह दूर से दौड़ता हुआ आता दिखलाई पड़ता। वह साँवले रंग का गठीला, लंबा जवान था। जिस्म साँचे में ऐसा ढला हुआ कि चतुर मूर्तिकार भी उसमें कोई दोष न निकाल सकता। उसकी छोटी-छोटी मूँछें उसके सुडौल मुँह पर बहुत ही अच्छी प्रतीत होती थीं।

मुझे देखकर वह और तेज़ दौड़ने लगता, उसकी झुँझुनी और तेज़ी से बजने लगती तथा मेरे दिल में ज़ोर से ख़ुशी की धड़कन होने लगती। हर्षातिरेक में मैं भी दौड़ पड़ता और एक पल में कजाकी का कंधा मेरा सिंहासन बन जाता। वह जगह मेरी अभिलाषाओं का स्वर्ग थी।

स्वर्ग के निवासियों को शायद वह आंदोलित आनंद नहीं मिलता होगा, जो मुझे कजाकी के विशाल कंधे पर मिलता था। दुनिया मेरी आँखों में तुच्छ हो जाती और कजाकी मुझे कंधे पर लिये हुए दौड़ने लगता, तब तो ऐसा महसूस होता, मानो मैं हवा के घोड़े पर उड़ा जा रहा हूँ।

कजाकी डाकख़ाने में पहुँचता तो पसीने से तर-बतर रहता; लेकिन आराम करने की आदत नहीं थी, थैला रखते ही वह हम लोगों को लेकर किसी मैदान में निकल जाता, कभी हमारे साथ खेलता, कभी बिरहे गाकर सुनाता और कभी-कभी कहानियाँ सुनाता। उसे चोरी तथा डाके, मारपीट, भूत-प्रेत की सैंकड़ों कहानियाँ याद थीं। मैं कहानियाँ सुनकर विचित्र आनंद में मग्न हो जाता; उसकी कहानियों के चोर और डाकू सच्चे योद्धा थे, जो धनी लोगों को लूटकर दीन-दुखी प्राणियों का पालन करते थे। मुझे उन पर नफ़रत के बदले श्रद्धा होती थी।

एक रोज़ कजाकी को डाक का थैला लेकर आने में देर हो गई। सूर्यास्त हो गया और वह दिखलाई नहीं पड़ा। मैं खोया हुआ सा सड़क पर दूर तक नेत्र फाड़-फाड़कर देखता था; पर वह परिचित रेखा न दिखलाई पड़ती थी। कान लगाकर सुनता था; 'झुन-झुन' की वह आमोदमय ध्वनि नहीं सुनाई देती थी। प्रकाश के साथ मेरी उम्मीद भी मलिन होती जाती थी। उधर से किसी को आते देखता तो पूछता, "कजाकी आता है?" मगर या तो कोई सुनता ही न था या फिर सिर हिला देता था।

अचानक 'झुन-झुन' की आवाज़ कानों में आई। मुझे अँधेरे में चारों ओर भूत ही दिखलाई देते थे। यहाँ तक कि माताजी के कमरे में ताक पर रखी हुई मिठाई भी अँधेरा हो जाने के पश्चात् मेरे लिए त्याज्य हो जाती थी; लेकिन वह आवाज़ सुनते ही मैं उसकी ओर ज़ोर से दौड़ा। हाँ, कजाकी ही था। उसे देखते ही मेरी विकलता गुस्से में बदल गई। मैं उसे मारने लगा, फिर रूठ करके अलग खड़ा हो गया।

कजाकी ने हँसकर कहा, "मारोगे तो मैं जो लाया हूँ, वह न दूँगा।"

मैंने साहस करके कहा, "जाओ मत देना, मैं लूँगा भी नहीं।"

कजाकी, "अभी दिखा दूँ, तो फिर दौड़कर गोद में उठा लोगे।"

मैंने पिघलकर कहा, "अच्छा, दिखा दो।"

कजाकी, "तो आकर मेरे कंधे के ऊपर बैठ जाओ, भाग चलूँ। आज काफ़ी देर हो गई है। बाबूजी गुस्सा हो रहे होंगे।"

मैंने अकड़कर कहा, "पहले दिखा तो दो।"

मेरी विजय हुई। यदि कजाकी को देर न होती और वह एक मिनट भी और रुक सकता, तो शायद पासा पलट जाता। उसने कोई चीज़ दिखाई, जिसे वह एक हाथ से सीने से चिपकाए हुए था। लंबा मुँह था, दो आँखें चमक रही थीं।

मैंने भाग कर कजाकी की गोद से उसे ले लिया। यह हिरन का बच्चा था। आह! मेरी उस प्रसन्नता का कौन अनुमान करेगा? तब से कठिन परीक्षाएँ पास कीं, अच्छा पद भी पाया, रायबहादुर भी हुआ, मगर वह ख़ुशी फिर भी न हासिल हुई। मैं उसे गोद में लिये, उसके कोमल स्पर्श का मज़ा उठाता हुआ घर की ओर दौड़ा। कजाकी को आने में क्यों इतनी देर हुई, इसका विचार ही न रहा।

मैंने पूछा, "यह कहाँ पर मिला कजाकी?"

कजाकी, "भैया, यहाँ से थोड़ी दूरी पर एक छोटा सा वन है, उसमें बहुत से हिरन हैं। मेरा बहुत दिल चाहता था कि कोई बच्चा मिल जाए तो तुम्हें दूँ। आज यह बच्चा हिरनों के झुंड के साथ दिखलाई दिया। मैं झुंड की तरफ़ दौड़ा तो बहुत दूर निकल गए, यही पीछे रह गया। मैंने इसे पकड़ लिया और इसी से इतनी देर हुई।"

इस तरह बात करते हम दोनों डाकख़ाने पहुँचे। बाबूजी ने मुझे न देखा, हिरन के बच्चे को भी न देखा, कजाकी पर ही उनकी दृष्टि पड़ी। बिगड़कर बोले, "आज इतनी देर कहाँ लगाई? अब थैला लेकर आया है, उसे लेकर मैं क्या करूँ? डाक तो चली गई। बता, तूने इतनी देर कहाँ पर लगाई?"

कजाकी के मुख से आवाज़ न निकली।

बाबूजी बोले, "तुझे शायद अब नौकरी नहीं करनी है। नीच है न, पेट भरा तो मोटा हो गया। जब भूखों मरने लगेगा तो नेत्र खुलेंगे।"

कजाकी ख़ामोश खड़ा रहा।

बाबूजी का गुस्सा और बड़ा। बोले, "अच्छा, थैला रख दे और अपने घर की राह ले। सुअर, अब डाक लेकर आया है। तेरा क्या बिगड़ेगा, जहाँ पर चाहेगा, मजूरी कर लेगा। माथे पर मेरे आएगी, उत्तर तो मुझसे तलब होगा।"

कजाकी ने रूँआसू होकर कहा, "हुज़ूर, अब कभी देर नहीं होगी।"

बाबूजी, "आज क्यों देर की, इसका उत्तर दे?"

कजाकी के पास इसका कोई जवाब न था। आश्चर्य तो यह था कि मेरी भी ज़बान बंद हो गई। बाबूजी बढ़े क्रोधी थे। उन्हें काम करना पड़ता था, इसी से बात-बात पर झुँझला पड़ते थे। मैं तो उनके सम्मुख कभी जाता ही न था। वह भी मुझे कभी प्यार न करते थे। घर में सिर्फ़ दो बार घंटे-घंटे भर के लिए भोजन करने आते थे, शेष सारे दिन दफ़्तर में लिखा करते थे। उन्होंने बार-बार एक सहकारी के लिए अफ़सरों से प्रार्थना की थी, पर इसका असर न हुआ था। यहाँ तक कि तातील (छुट्टी) के दिन भी बाबूजी दफ़्तर ही में रहते थे। सिर्फ़ माताजी उनका गुस्सा शांत करना जानती थीं। पर वह दफ़्तर में कैसे आतीं? बेचारा कजाकी उसी समय मेरे देखते-देखते निकाल दिया गया। उसका बल्लम, चपरास और साफ़ा छीन लिया गया और उसे डाकख़ाने से निकल जाने का नादिरी आदेश सुना दिया गया। आह! उस वक़्त मेरा ऐसा दिल चाहता था कि मेरे पास सोने की लंका होती तो कजाकी को दे देता और बाबूजी को दिखा देता कि तुम्हारे निकाल देने से कजाकी का बाल भी बाँका नहीं हुआ। किसी योद्धा को अपनी तलवार पर जितना गर्व होता है, उतना ही गर्व कजाकी को अपनी चपरासी पर था। जब वह चपरासी खोलने लगा तो उसके हाथ काँप रहे थे ओर नेत्रों से आँसू बह रहे थे, और इस सारे उपद्रव की जड़ वह कोमल चीज़ थी, जो मेरी गोद में मुँह छिपाए ऐसे चैन से बैठी हुई थी मानो माता की गोद में हो। जब कजाकी चला तो मैं आहिस्ता-आहिस्ता उसके पीछे चला। मेरे घर के दरवाज़े पर आकर कजाकी ने कहा, "भैया, अब घर जाओ। साँझ हो गई।"

मैं ख़ामोश खड़ा अपने आँसुओं के वेग को सारी ताक़त से दबा रहा था। कजाकी फिर बोला, "भैया, मैं कहीं बाहर थोड़े ही चला जाऊँगा, फिर आऊँगा तथा तुम्हें कंधे पर बैठाकर कुदाऊँगा, बाबूजी ने नौकरी ले ली है तो क्या इतना भी न करने देंगे! तुमको छोड़कर मैं कहीं नहीं जाऊँगा, भैया! जाकर अम्मा से कह दो, कजाकी जाता है। उसका कहा सुना क्षमा करें।"

मैं दौड़ा हुआ घर गया, किंतु अम्माजी से कुछ कहने के बदले बिलख-बिलखकर रोने लगा। अम्माजी किचन के बाहर निकलकर पूछने लगीं, "क्या हुआ बेटा? किसने मारा! बाबूजी ने भी कुछ कहा है? अच्छा; रह तो जाओ, आज घर आते हैं, पूछती हूँ, जब देखो मेरे लड़के को मारा करते हैं। ख़ामोश रहो बेटा, अब तुम उनके पास कभी न जाना।"

मैंने बड़ी कठिनता से आवाज़ सँभालकर कहा, "कजाकी!"

अम्मा ने समझा, कजाकी ने मारा है; कहने लगीं, "अच्छा आने दो कजाकी को, देखो, खड़े-खड़े निकलवा देती हूँ। हरकारा होकर मेरे राजा पुत्र को मारे! आज ही तो साफ़ा, बल्लम, सब छिनवाए लेती हूँ। वाह।"

मैंने शीघ्रता से कहा, "नहीं, कजाकी ने नहीं मारा। बाबूजी ने उसे निकाल दिया है। उसका साफ़ा, बल्लम छीन लिया, चपरास भी ले ली।"

अम्मा, "यह तुम्हारे बाबूजी ने बहुत बुरा किया। वह बेचारा अपने कार्य मे इतना सतर्क रहता है, फिर उसे क्यों निकाला?'

मैंने बताया, "आज उसे देर हो गई थी।"

इतना कहकर हिरन के बच्चे को गोद से उतार दिया। घर में उसके भाग जाने का डर न था। अब तक अम्माजी की निगाह भी उस पर न पड़ी थी। उसे फुदकते देखकर वह अचानक चौंक पड़ीं और लपककर मेरा हाथ पकड़ लिया कि कहीं यह भयानक जीव मुझे काट न खाए! मैं कहाँ तो फूट-फूटकर रो रहा था और कहाँ अम्मा की घबराहट देखकर खिलखिलाकर हँसने लगा।

अम्मा, "अरे, यह तो हिरन का बच्चा है! कहाँ मिला?"

मैंने हिरन के बच्चे का इतिहास और उसका भीषण अंजाम आदि से अंत तक कह सुनाया, "अम्मा, यह इतना तेज़ भागता था कि कोई अन्य होता तो पकड़ ही न सकता। सन्-सन् हवा की तरह उड़ता चला जाता था। कजाकी पाँच-छह घंटे तक इसके पीछे दौड़ता रहा, तब कहीं जाकर बच्चा मिला। अम्माजी, कजाकी की भाँति कोई संसार भर में नहीं दौड़ सकता, इसी से तो देर हो गई। इसलिए बाबूजी ने बेचारे को निकाल दिया, चपरास, साफ़ा, बल्लम, सब कुछ छीन लिया। अब बेचारा क्या करेगा? भूखों मर जाएगा।"

अम्मा ने पूछा, "कहाँ है कजाकी, ज़रा उसे बुलाकर तो लाओ।"

मैंने कहा, "बाहर तो खड़ा है। कहता था, अम्माजी से मेरा कहा-सुना माफ़ करवा देना।"

अब तक अम्माजी मेरे हाल को मज़ाक समझ रही थीं। शायद वह समझती थीं कि बाबूजी ने कजाकी को डाँटा होगा। मगर मेरा अंतिम वाक्य सुनकर संशय हुआ कि वाक़ई कजाकी बरख़ास्त तो नहीं कर दिया गया। बाहर आकर 'कजाकी,

कजाकी' पुकारने लगीं, किंतु कजाकी का कहीं पता नहीं था। मैंने बार-बार पुकारा, मगर कजाकी वहाँ न था।

भोजन तो मैनें खा लिया। बच्चे शोक में खाना नहीं छोड़ते, ख़ासकर जब रबड़ी भी सामने हो। लेकिन बड़ी रात तक पड़े-पड़े सोचता रहा, मेरे पास रुपए होते तो एक लाख रुपए कजाकी को दे देता और कहता, 'बाबूजी से कभी नहीं बोलना। बेचारा भूखों मर जाएगा! देखूँ, कल आता है कि नहीं। अब वह क्या करेगा आकर? लेकिन आने को तो कह गया है। मैं कल उसे अपने साथ खाना खिलाऊँगा।"

यही हवाई किले बनाते हुए मुझे नींद आ गई।

दूसरे रोज़ मैं दिन भर अपने हिरन के बच्चे की सेवा-सत्कार में व्यस्त रहा। पहले उसका नामकरण संस्कार हुआ और 'मुन्नू' नाम रखा गया, फिर मैंने उसका अपने सब दोस्तों और सहपाठियों से परिचय कराया, दिन भर में वह मुझसे इतना हिल गया कि मेरे पीछे-पीछे भागने लगा। इतनी ही देर में मैंने उसे अपनी ज़िंदगी में एक महत्त्वपूर्ण स्थान दे दिया। अपने भविष्य में बनने वाले विशाल भवन में उसके लिए अलग कमरा बनाने का भी फ़ैसला कर लिया; चारपाई, सैर करने की फिटन आदि की भी योजना बना ली।

लेकिन शाम होते ही मैं सबकुछ छोड़-छाड़कर सड़क पर जा खड़ा हुआ और कजाकी की बाट देखने लगा। जानता था कि कजाकी निकाल दिया गया है, अब उसे यहाँ आने की कोई आवश्यकता नहीं रही, फिर भी न जाने क्यों मुझे यह उम्मीद हो रही थी कि वह आ रहा है। अचानक मुझे ख़याल आया कि कजाकी भूखों मर रहा होगा। मैं फ़ौरन घर आया। अम्मा दीया-बत्ती कर रही थीं। मैंने चुपके से एक टोकरी में आटा निकाला। आटा हाथों में लपेटे हुए टोकरी से गिरते आटे की एक लकीर बनाता हुआ भागा। जाकर रास्ते पर खड़ा हुआ ही था कि कजाकी सामने से आता दिखलाई दिया। उसके निकट बल्लम भी था, कमर में चपरास भी थी, सिर पर साफ़ा भी बाँधा हुआ था। बल्लम में डाक का थैला भी बँधा हुआ था। मैं भागकर उसकी कमर में चिपट गया और हैरान होकर बोला, "तुम्हें चपरास और बल्लम कहाँ से मिल गया कजाकी?"

कजाकी ने मुझे उठाकर कंधे पर बिठाते हुए कहा, "वह चपरास किस काम की थी भैया? वह तो गुलामी की चपरास थी, यह पुरानी प्रसन्नता की चपरास है। पहले सरकार का नौकर था, अब तुम्हारा सेवक हूँ।"

यह कहते-कहते उसकी दृष्टि टोकरी पर पड़ी, जो वहीं रखी थी। बोला, "वह आटा कैसा है, भैया?"

मैंने झिझकते हुए कहा, "तुम्हारे लिए ही तो लाया हूँ। तुम भूखे होगे, आज क्या खाया होगा?"

कजाकी की आँखें तो मैं नहीं देख सकता, उसके कंधे पर बैठा हुआ था। हाँ उसकी आवाज़ से महसूस हुआ कि उसका गला भर आया है। बोला, "भैया, क्या रूखी ही रोटियाँ खाऊँगा? दाल, नमक, घी और कुछ नहीं है। मैं अपनी भूल पर काफ़ी शर्मिंदा हुआ। सच तो है, बेचारा रूखी रोटियाँ खाएगा? लेकिन नमक, दाल, घी कैसे लाऊँ? अब तो अम्मा रसोई में होंगी। आटा लेकर तो किसी तरह भाग आया था (अभी तक मुझे न पता था कि मेरी चोरी पकड़ ली गई है। आटे की लकीर ने सुराग दे दिया था) अब यह तीन-तीन वस्तुएँ कैसे लाऊँगा? अम्मा से माँगूँगा तो कभी न देंगी। एक-एक पैसे के लिए तो घंटों रूलाती हैं, इतनी सारी वस्तुएँ क्यों देने लगीं? एकाएक मुझे एक बात याद आई। मैंने अपनी पुस्तकों के बस्ते में कई आने पैसे रख छोड़े थे। मुझे पैसे इकट्ठा करके रखने में बड़ा आनंद आता था। मालूम नहीं अब वह आदत क्यों बदल गई! अब भी वह स्थिति होती तो शायद इतना फ़ाकेमस्त रहता। बाबूजी मुझे प्यार तो कभी नहीं करते थे, पर पैसे ख़ूब देते थे, शायद अपने कार्य में व्यस्त रहने के कारण, मुझसे पिंड छुड़ाने के लिए इसी नुस्ख़े को सबसे सरल समझते थे। इनकार करने में रोने और मचलने का भय था। इस विघ्न को वह दूर ही से टाल देते थे, अम्माजी का स्वभाव इससे ठीक प्रतिकूल था। उन्हें मेरे रोने तथा मचलने से किसी काम में बाधा पड़ने का डर न था। आदमी लेटे-लेटे दिन भर रोना सुन सकता है, हिसाब लगाते हुए ज़ोर की आवाज़ से ध्यान बँट जाता है। अम्मा मुझे प्रेम तो बहुत करती थीं, पर पैसे का नाम सुनते ही उनकी त्योंरीयाँ बदल जाती थीं। मेरे पास पुस्तकें न थीं। हाँ, एक बस्ता था, जिसमें डाकख़ाने के दो-चार फ़ार्म तह करके किताब के रूप में रखे हुए थे। मैंने सोचा-दाल, नमक और घी के लिए किया उतने पैसे काफ़ी नहीं होंगे?

मेरी तो मुट्ठी में नहीं आते। यह तय करके मैंने कहा, "अच्छा, मुझे उतार दो, मैं दाल और नमक ला दूँ, लेकिन रोज़ आया करोगे न?"

कजाकी, "भैया, खाने को दोगे तो क्यों नहीं आऊँगा।"

मैंने कहा, "मैं प्रतिदिन खाने को दूँगा।"

कजाकी बोला, "तो मैं रोज़ आऊँगा।"

मैं नीचे उतरा तथा दौड़कर सारी पूँजी उठा लाया। कजाकी को रोज़ बुलाने के लिए उस समय मेरे पास कोहिनूर हीरा भी होता तो उसकी भेंट करने में मुझे पसोपेश न होता।

कजाकी ने आश्चर्यचकित होकर पूछा, "यह पैसे कहाँ से पाए भैया?"

मैंने गर्वित होकर कहा, "मेरे ही तो हैं।"

कजाकी, "तुम्हारी अम्माजी तुमको मारेंगी, कहेंगी, कजाकी ने बहलाकर मँगवा लिये होंगे। भैया, इन पैसों की मिठाई ले लेना तथा मटके में रख देना। मैं भूखों नहीं मरता। मेरे दो हाथ हैं। मैं भला कभी भूखों मर सकता हूँ?"

मैंने बहुत कहा कि पैसे मेरे हैं, किंतु कजाकी ने न लिये, उसने बड़ी देर इधर-उधर सैर कराई, गीत सुनाए और मुझे घर पहुँचाकर चला गया। मेरे दरवाज़े पर आटे की टोकरी भी रख दी।

मैंने घर में पग रखा ही था कि अम्माजी ने डाँटकर कहा, "क्यों रे चोर! तू आटा कहाँ ले गया था? अब चोरी करना सीख गया? बता, किसको आटा दे आया, नहीं तो मैं तेरी ख़ाल उधेड़कर रख दूँगी।"

मेरी नानी मर गई। अम्मा गुस्से में सिंहनी हो जाती थीं। सिटपिटाकर बोला, "किसी को भी नहीं दिया।"

अम्मा, "तूने आटा नहीं निकाला? देख, कितना आटा पूरे आँगन में बिखरा पड़ा है?"

मैं ख़ामोश खड़ा था। वह कितना ही धमकाती थीं। पूचकारती थीं, पर मेरी ज़बान न खुलती थी। आने वाली मुसीबत के भय से प्राण सूख रहे थे। यहाँ तक कि यह भी कहने की हिम्मत नहीं पड़ती थी कि बिगड़ती क्यों हो, आटा तो द्वार

पर रखा हुआ है, और न उठाकर लाते ही बनता था, मानो क्रिया-शक्ति ही गायब हो गई हो, मानो पाँवों में हिलने की सामर्थ्य न रही हो।

सहसा कजाकी ने आवाज़ लगाई, "बहूजी, आटा द्वार पर रखा हुआ है। भैया मुझे देने को ले गए थे।"

यह सुनते ही अम्मा दरवाज़े की ओर चली गई। कजाकी से वह परदा न करती थीं, उन्होंने कजाकी से कोई बात की अथवा नहीं, यह तो मैं नहीं जानता; लेकिन अम्माजी ख़ाली टोकरी लेकर घर में आईं, फिर कोठरी में जाकर संदूक से कुछ निकाला और दरवाज़े की ओर गईं।

मैंने देखा कि उनकी मुट्ठी बंद थी। अब मुझसे वहाँ खड़ा नहीं रहा गया।

अम्माजी के पीछे-पीछे मैं भी गया। अम्मा ने दरवाज़े पर कई बार पुकारा, मगर कजाकी वहाँ से चला गया था।

मैंने बड़ी व्याकुलता से कहा, मैं बुलाकर लाऊँ, अम्माजी?" अम्माजी ने किवाड़ बंद करते हुए कहा, "तुम अँधेरे में कहाँ जाओगे, अभी तो यहीं खड़ा हुआ था, मैंने कहा कि यहाँ रहना मैं आती हूँ, तब तक न जाने कहाँ खिसक गया। बड़ा संकोची लड़का है, आटा तो लेता ही नहीं था। न जाने बेचारे के मकान में कुछ खाने को है कि नहीं। रुपए लाई थी कि दे दूँगी, पर न जाने कहाँ चला गया।" अब तो मुझे भी थोड़ा साहस हुआ। मैंने अपनी चोरी की पूरी कहानी कह डाली। बच्चों के साथ समझदार बच्चे बनकर माँ-बाप उन पर जितना प्रभाव डाल सकते हैं, जितनी शिक्षा दे सकते हैं, उतने बूढ़े बनकर नहीं।

अम्माजी ने कहा, "तुमने मुझसे पूछ क्यों नहीं लिया? क्या मैं कजाकी को थोड़ा सा आटा नहीं देती?"

मैंने इसका जवाब न दिया। दिल ने कहा, 'इस वक़्त तुम्हें कजाकी पर दया आ गई है, जो चाहे दे डालो।' किंतु मैं माँगता तो मारने दौड़तीं। हाँ, यह सोचकर चित्त ख़ुश हुआ कि अब कजाकी भूखा न मरेगा। अम्माजी उसे रोज़ खाने को देंगी और वह नित्य मुझे कंधे पर बिठाकर सैर कराएगा।

दूसरे दिन मैं दिन भर मुन्नू के साथ खेलता रहा। शाम को सड़क पर जाकर खड़ा हो गया, लेकिन अँधेरा हो गया और कजाकी का कहीं पता नहीं। दीये जल गए, मार्ग में सन्नाटा छा गया, पर कजाकी न आया।

मैं रोता हुआ घर आया, अम्माजी ने कहा, "क्यों रोते हो, बेटा? क्या कजाकी नहीं आया?"

मैं और ज़ोर से रोने लगा। अम्माजी ने मुझे सीने से लगा लिया। मुझे ऐसा महसूस हुआ कि उनका कंठ भी रूँआसा हो गया है।

उन्होंने कहा, "बेटा, शांत हो जाओ, मैं कल किसी हरकारे को भेजकर कजाकी को बुलाऊँगी।"

मैं रोते-रोते सो गया। सवेरे जैसे ही आँखें खुलीं, मैंने अम्माजी से कहा, "कजाकी को बुलवा दो।"

अम्मा ने कहा, "आदमी गया है, बेटा। कजाकी आता होगा।"

मैं प्रसन्न होकर खेलने लगा। मुझे मालूम था कि अम्माजी जो बात कहती हैं, उसे पूरा आवश्य करती हैं। उन्होंने सवेरे ही एक हरकारे को भेज दिया था। दस बजे जब मैं मुन्नू को लिये हुए घर आया, मालूम हुआ कि कजाकी अपने घर पर नहीं मिला। वह रात को भी घर नहीं गया था। उसकी स्त्री रो रही थी कि न जाने कहाँ चले गए। उसे डर था कि वह कहीं भाग गया है।

बालकों का मन कितना कोमल होता है, इसका अनुमान दूसरा नहीं कर सकता। उनमें भावों को ज़ाहिर करने के लिए शब्द नहीं होते। उन्हें यह भी ज्ञात नहीं होता कि कौन सी बात उन्हें विकल कर रही है, कौन सा काँटा उनके दिल में खटक रहा है, क्यों बार-बार रोना आता है, क्यों वे हृदय मारे बैठे रहते हैं, क्यों खेलने में मन नहीं लगता? मेरी भी यही दशा थी। कभी घर में आता, कभी बाहर जाता, कभी सड़क पर जा पहुँचता। आँखें कजाकी को तलाश कर रहीं थीं। वह कहाँ चला गया? कहीं भाग तो नहीं गया?

तीसरे पहर को मैं खोया हुआ सा सड़क पर खड़ा था। अचानक मैंने कजाकी को एक गली में देखा। हाँ, कजाकी ही था। मैं उसकी तरफ़ चिल्लाता हुआ दौड़ा, पर गली में उसका पता नहीं था, न जाने किधर गायब हो गया। मैंने गली के इस सिरे से उस सिरे तक देखा, लेकिन कहीं कजाकी की गंध तक न मिली।

घर जाकर मैंने अम्माजी से यह बात कही। मुझे ऐसा प्रतीत हुआ कि वह यह बात सुनकर बहुत फ़िक्रमंद हो गई थीं।

इसके बाद दो-तीन दिन तक कजाकी नहीं दिखाई दिया। मैं भी अब उसे कुछ-कुछ भूलने लगा। बच्चे पहले जितना प्रेम करते हैं, बाद को उतने ही निष्ठुर भी हो जाते हैं। जिस खिलौने पर जान देते हैं, उसी को दो-चार दिन बाद पटककर तोड़ भी डालते हैं।

दस-बारह रोज़ और बीत गए। दोपहर का समय था। बाबूजी खाना खा रहे थे। मैं मुन्नू के पाँवों में पीनस की पैजनियाँ बाँध रहा था। एक औरत घूँघट निकाले हुए आई और आँगन में खड़ी हो गई। उसके वस्त्र फटे हुए और मैले थे, पर गोरी सुंदर औरत थी। उसने मुझसे पूछा, "भैया, बहूजी कहाँ हैं?"

मैंने उसके निकट जाकर मुँह देखते हुए कहा, "तुम कौन हो, क्या बेचती हो?"

औरत, "कुछ बेचती नहीं हूँ, बस तुम्हारे लिए ये कमलगट्टे लाई हूँ। भैया, तुम्हें तो कमलगट्टे बड़े अच्छे लगते हैं न?"

मैंने उसके हाथ में लटकती हुई पोटली को उत्सुक आँखों से देखकर पूछा, "कहाँ से लाई हो? देखें।"

स्त्री, "तुम्हारे हरकारे ने भेजा है, भैया!"

मैंने उछलकर कहा, "कजाकी ने?"

स्त्री ने सिर हिलाकर 'हाँ' कहा और पोटली खोलने लगी। इतने में अम्माजी भी चौके से निकलकर आईं, उसने अम्मा के पैरों का स्पर्श किया। अम्मा ने पूछा, "तू कजाकी की पत्नी है?"

औरत ने अपना सिर झुका लिया।

अम्मा, "आजकल कजाकी क्या कर रहा है?"

औरत ने रोकर कहा, "बहूजी, जिस रोज़ से आपके पास से आटा लेकर गए हैं, उसी दिन से बीमार पड़े हुए हैं। बस भैया-भैया किया करते हैं। भैया में उनका मन बसा रहता है। चौंक-चौंककर भैया-भैया कहते हुए दरवाज़े की ओर दौड़ते हैं। न जाने उन्हें क्या हो गया है, बहूजी! एक दिन भी कुछ नहीं कहा, न सुना, पर रो चल दिए और एक गली में छिपकर भैया को देखते रहे। जिस समय भैया ने उन्हें देख लिया, तो भागे। तुम्हारे पास आते हुए शरमाते हैं।"

मैंने कहा, "हाँ-हाँ, मैंने उस रोज़ तुमसे जो कहा था, अम्माजी।"

अम्मा, "घर में कुछ खाने-पीने को भी है?"

औरत, "हाँ बहूजी, तुम्हारे आशीर्वाद से खाने-पीने का कष्ट नहीं है। आज सुबह उठे और तालाब की तरफ़ चले गए। बहुत कहती रही, बाहर मत जाओ, हवा लग जाएगी, लेकिन न माने। मारे कमज़ोरी के पैर काँपने लगते हैं, मगर तालाब में घुसकर यह कमलगट्टे तोड़ लाए। तब मुझसे कहा, ले जा, और भैया को दे आ। उन्हें कमलगट्टे बहुत अच्छे लगते हैं, कुशल-क्षेम भी पूछती आना।"

मैंने पोटली से कमलगट्टे निकाल लिए थे तथा मज़े से चख रहा था। अम्मा ने बहुत आँखें दिखाईं, किंतु यहाँ इतना सब्र कहाँ।

अम्मा ने कहा, "कह देना सब कुशल-क्षेम है।"

मैंने कहा, "यह भी कह देना कि भैया ने बुलाया है। नहीं जाओगे तो फिर तुमसे कभी न बोलेंगे, हाँ।"

बाबूजी खाना खा कर निकल आए थे। तौलिए से हाथ-मुँह पोंछते हुए कहने लगे, "और यह भी कह देना कि साहब ने तुमको बहाल कर दिया है। शीघ्र जाओ, नहीं तो कोई दूसरा व्यक्ति रख लिया जाएगा।"

औरत ने अपना वस्त्र उठाया और चली गई। अम्मा ने बहुत पुकारा, मगर वह न रुकी। शायद अम्माजी उसे कुछ देना चाहती थीं।

अम्मा ने पूछा, "वाकई बहाल हो गया?"

बाबूजी, "और क्या झूठे ही बुला रहा हूँ। मैंने तो पाँचवें ही रोज़ बहाली की रिपोर्ट की थी।"

अम्मा, "यह तुमने बड़ा अच्छा किया।"

बाबूजी, "उसकी बीमारी की भी यही दवा है।"

प्रातःकाल मैं उठा, तो क्या देखता हूँ कि कजाकी लाठी टेकता हुआ चला आ रहा है। वह बहुत कमज़ोर हो गया था, मालूम होता था, बूढ़ा हो गया है। हरा-भरा वृक्ष सूखकर ठूँठ हो गया था। मैं उसकी ओर दौड़ा और उसकी कमर से चिपट गया। कजाकी ने मेरे गाल चूमे और मुझे उठाकर कंधे पर बैठाने की कोशिश करने लगा; पर मैं न उठ सका। तब वह जानवरों की भाँति भूमि पर हाथों-घुटनों के बल खड़ा

हो गया और मैं उसकी पीठ पर सवार होकर डाकख़ाने की ओर चला। मैं उस समय फूला न समाता था और शायद कजाकी मुझसे भी अधिक ख़ुश था।

बाबूजी ने कहा, "कजाकी, तुम बहाल हो गए। अब कभी देर मत करना।" कजाकी रोता हुआ पिताजी की चरणों में गिर पड़ा; मगर शायद मेरे भाग्य में दोनों सुख भोगना नहीं लिखा था। मुन्नू मिला, तो कजाकी छूटा; कजाकी आया तो मुन्नू हाथ से गया और ऐसा गया कि आज तक उसके जाने का कष्ट है। मुन्नू मेरी ही थाली में खाता था। जब तक मैं खाने नहीं बैठूँ, वह भी कुछ नहीं खाता था। उसे भात में बहुत ही रूचि थी; किंतु जब तक ख़ूब घी न पड़ा हो, उसे संतोष न होता था। वह मेरे ही साथ सोता था और मेरे ही साथ उठता भी था। सफ़ाई तो उसे इतनी पसंद थी कि मल-मूत्र त्याग करने के लिए घर से बाहर मैदान में ही निकल जाता था, कुत्तों को घर में नहीं घुसने देता था। कुत्ते को देखते ही थाली से उठ जाता तथा उन्हें दौड़कर घर से बाहर निकाल देता था।

कजाकी को डाकख़ाने में छोड़कर जब मैं खाना खाने लगा तो मुन्नू भी आ बैठा। अभी दो-चार ही कौर खाए थे कि तभी एक बड़ा सा झबरा कुत्ता आँगन में दिखाई दिया। मुन्नू उसे देखते ही भागा। दूसरे घर में जाकर कुत्ता चूहा हो जाता है। झबरा कुत्ता उसे आते देखकर दौड़ा। मुन्नू को उसे घर से निकालकर भी इत्मीनान न हुआ। वह उसे घर के बाहर मैदान में भी दौड़ाने लगा। मुन्नू को शायद ध्यान न रहा कि यहाँ मेरी अमलदारी नहीं है। वह उस इलाके में पहुँच गया था, जहाँ झबरे का भी उतना ही अधिकार था जितना मुन्नू का। मुन्नू कुत्ते को भगाते-भगाते शायद अपने बाहुबल पर गर्व करने लगा था। वह यह नहीं समझता था की घर में उसकी पीठ पर घर के स्वामी का भय कार्य किया करता है, झबरे ने इस मैदान में आते ही उलटकर मुन्नू की गरदन दबा दी। बेचारे मुन्नू के मुख से आवाज़ तक न निकली। जब पड़ोसियों ने शोर मचाया तो मैं भागा। देखा तो मुन्नू मरा हुआ पड़ा है और झबरे का कहीं भी पता नहीं।

4

शतरंज के खिलाड़ी

वाजिद अली शाह का समय था। लखनऊ विलासिता के रंग में डूबा हुआ था। छोटे-बड़े, गरीब-अमीर सभी विलासिता में डूबे हुए थे। कोई नृत्य और गान की मजलिस सजाता था, तो कोई अफ़ीम की पीनक ही में मज़े लेता था। जीवन के प्रत्येक विभाग में आमोद-प्रमोद का प्राधान्य था। शासन-विभाग में, साहित्य-क्षेत्र में, सामाजिक अवस्था में, कला-कौशल में, उद्योग-धंधों में, आहार-व्यवहार में सर्वत्र विलासिता व्याप्त हो रही थी। राजकर्मचारी विषय-वासना में, कविगण प्रेम और विरह के वर्णन में, कारीगर कलाबत्तू और चिकन बनाने में, व्यवसायी सुरमे, इत्र, मिस्सी और उबटन का रोज़गार करने में लिप्त थे। सभी की आँखों में विलासिता का मद छाया हुआ था। संसार में क्या हो रहा है, इसकी किसी को ख़बर न थी। बटेर लड़ रहे हैं। तीतरों की लड़ाई के लिए पाली बदी जा रही है। कहीं चौसर बिछी हुई है; पौ-बारह का शोर मचा हुआ है। कहीं शतरंज का घोर संग्राम छिड़ा हुआ है। राजा से लेकर रंक तक इसी धुन में मस्त थे। यहाँ तक कि फ़कीरों को पैसे मिलते तो वे रोटियाँ न लेकर अफ़ीम खाते या मदक पीते। शतरंज, ताश, गंजीफ़ा खेलने से बुद्धि तीव्र होती है, विचार-शक्ति का विकास होता है, पेचीदा मसलों को सुलझाने की आदत पड़ती है। ये दलीलें ज़ोरों के साथ पेश की जाती थीं (इस सम्प्रदाय के लोगों

से दुनिया अब भी ख़ाली नहीं है)। इसलिए अगर मिरज़ा सज्जाद अली और मीर रौशन अली अपना अधिकांश समय बुद्धि तीव्र करने में व्यतीत करते थे, तो किसी विचारशील पुरुष को क्या आपत्ति हो सकती थी? दोनों के पास मौरूसी जागीरें थीं; जीविका की कोई चिंता न थी; कि घर में बैठे चख़ौतियाँ करते थे। आख़िर और करते ही क्या? प्रातःकाल दोनों मित्र नाश्ता करके बिसात बिछा कर बैठ जाते, मुहरे सज जाते, और लड़ाई के दाव-पेंच होने लगते। फिर ख़बर न होती थी कि कब दोपहर हुई, कब तीसरा पहर और कब शाम! घर के भीतर से बार-बार बुलावा आता कि खाना तैयार है। यहाँ से जवाब मिलता, "चलो, आते हैं, दस्तरख़्वान बिछाओ।" यहाँ तक कि बावरची विवश हो कर कमरे ही में खाना रख जाता था, और दोनों मित्र दोनों काम साथ-साथ करते थे। मिरज़ा सज्जाद अली के घर में कोई बड़ा-बूढ़ा न था, इसलिए उन्हीं के दीवानख़ाने में बाज़ियाँ होती थीं। मगर यह बात न थी कि मिरज़ा के घर के और लोग उनके इस व्यवहार से ख़ुश हों। घरवालों का तो कहना ही क्या, मुहल्लेवाले, घर के नौकर-चाकर तक नित्य द्वेषपूर्ण टिप्पणियाँ किया करते थे, 'बड़ा मनहूस खेल है; घर को तबाह कर देता है। ख़ुदा न करे, किसी को इसकी चाट पड़े, आदमी दीन-दुनिया किसी के काम का नहीं रहता, न घर का, न घाट का। बुरा रोग है।' यहाँ तक कि मिरज़ा की बेग़म साहेबा को इससे इतना द्वेष था कि अवसर खोज-खोजकर पति को लताड़ती थीं। पर उन्हें इसका अवसर मुश्किल से ही मिलता था। वह सोती रहती थीं, तब तक बाज़ी बिछ जाती थी। और रात को जब सो जाती थीं, तब कहीं मिरज़ाजी घर में आते थे। हाँ, नौकरों पर वह ज़रूर अपना गुस्सा उतारती रहती थीं, "क्या पान माँगे हैं? कह दो, आकर ले जाएँ। खाने की फ़ुरसत नहीं है? ले जाकर खाना सिर पर पटक दो, खायँ चाहे कुत्ते को खिलायें।" पर रूबरू वह भी कुछ न कह सकती थीं। उनको अपने पति से उतना मलाल न था, जितना मीर साहब से। उन्होंने उनका नाम मीर बिगाड़ू रख छोड़ा था। शायद मिरज़ाजी अपनी सफ़ाई देने के लिए सारा इलज़ाम मीर साहब ही के सर थोप देते थे।

एक दिन बेग़म साहेबा के सिर में दर्द होने लगा। उन्होंने लौंडी से कहा, "जाकर मिरज़ा साहब को बुला लो। किसी हकीम के यहाँ से दवा लाएँ। दौड़, जल्दी कर।" लौंडी गई तो मिरज़ाजी ने कहा, "चल, अभी आते हैं।" बेग़म साहेबा का मिज़ाज गरम था। इतनी ताब कहाँ कि उनके सिर में दर्द हो और पति शतरंज खेलता रहे।

चेहरा सुर्ख़ हो गया। लौंडी से कहा, "जाकर कह, अभी चलिए, नहीं तो वह आप ही हकीम के यहाँ चली जाएँगी।" मिरज़ाजी बड़ी दिलचस्प बाज़ी खेल रहे थे, दो ही किस्तों में मीर साहब की मात हुई जाती थी। झुँझलाकर बोले, "क्या ऐसा दम लबों पर है? ज़रा सब्र नहीं होता?"

मीर, "अरे, तो जाकर सुन ही आइए न। औरतें नाज़ुक-मिज़ाज होती ही हैं।"

मिरज़ा, "जी हाँ, चला क्यों न जाऊँ! दो किस्तों में आपकी मात होती है।"

मीर, "जनाब, इस भरोसे न रहिएगा। वह चाल सोची है कि आपके मुहरे धरे रहें और मात हो जाए। पर जाइए, सुन आइए। क्यों ख़ामख़्वाह उनका दिल दुखाइएगा?"

मिरज़ा, "इसी बात पर मात ही करके जाऊँगा।"

मीर, "मैं खेलूँगा ही नहीं। आप जाकर सुन आइए।"

मिरज़ा, "अरे यार, जाना पड़ेगा हकीम के यहाँ। सिर-दर्द ख़ाक नहीं है, मुझे परेशान करने का बहाना है।"

मीर, "कुछ भी हो, उनकी ख़ातिर तो करनी ही पड़ेगी।"

मिरज़ा, "अच्छा, एक चाल और चल लूँ।"

मीर, "हरगिज़ नहीं, जब तक आप सुन न आएँगे, मैं मुहरों को हाथ ही न लगाऊँगा।"

मिरज़ा साहब मजबूर होकर अंदर गये तो बेग़म साहेबा ने त्योरियाँ बदलकर, लेकिन कराहते हुए कहा, "तुम्हें निगोड़ी शतरंज इतनी प्यारी है! चाहे कोई मर ही जाए, पर उठने का नाम नहीं लेते! नौज, कोई तुम-जैसा आदमी हो!"

मिरज़ा, "क्या कहूँ, मीर साहेब मानते ही न थे। बड़ी मुश्किल से पीछा छुड़ाकर आया हूँ।"

बेग़म, "क्या जैसे वह ख़ुद निखट्टू हैं, वैसे ही सबको समझते हैं। उनके भी तो बाल-बच्चे हैं; या सबका सफ़ाया कर डाला?"

मिरज़ा, "बड़ा लती आदमी है। जब आ जाता है, तब मजबूर होकर मुझे भी खेलना ही पड़ता है।"

बेग़म, "दुत्कार क्यों नहीं देते?"

मिरज़ा, "बराबर के आदमी हैं; उम्र में, दर्जे में, मुझसे दो अंगुल ऊँचे। मुलाहिज़ा करना ही पड़ता है।"

बेग़म, "तो मैं ही दुत्कारे देती हूँ। नाराज़ हो जाएँगे, हो जाएँ। कौन किसी की रोटियाँ चला देता है। रानी रूठेंगी, अपना सुहाग लेंगी। हरिया, जा बाहर से शतरंज उठा ला। मीर साहब से कहना, मियाँ अब न खेलेंगे; आप तशरीफ़ ले जाइए।"

मिरज़ा, "हाँ-हाँ, कहीं ऐसा ग़ज़ब भी न करना! ज़लील करना चाहती हो क्या? ठहर हरिया, कहाँ जाती है।"

बेग़म, "जाने क्यों नहीं देते? मेरा ही ख़ून पिये, जो उसे रोके। अच्छा, उसे रोका, मुझे रोको, तो जानूँ?"

यह कहकर बेग़म साहेबा झल्लाई हुई दीवानख़ाने की तरफ़ चलीं। मिरज़ा बेचारे का रंग उड़ गया। बीबी की मिन्नतें करने लगे, "ख़ुदा के लिए, तुम्हें हज़रत हुसैन की क़सम। मेरी ही मैयत देखे, जो उधर जाए।" लेकिन बेग़म ने एक न मानी। दीवानख़ाने के द्वार तक गईं, पर एकाएक पर-पुरुष के सामने जाते हुए पाँव बँध-से गये। भीतर झाँका, संयोग से कमरा ख़ाली था। मीर साहब ने दो-एक मुहरे इधर-उधर कर दिए थे, और अपनी सफ़ाई जताने के लिए बाहर टहल रहे थे। फिर क्या था, बेग़म ने अंदर पहुँचकर बाज़ी उलट दी, मुहरे कुछ तख़्त के नीचे फेंक दिए, कुछ बाहर और किवाड़ अंदर से बंद करके कुंडी लगा दी। मीर साहब दरवाज़े पर तो थे ही, मुहरे बाहर फेंके जाते देखे, चूड़ियों की झनक भी कान में पड़ी। फिर दरवाज़ा बंद हुआ, तो समझ गए, बेग़म साहेबा बिगड़ गईं। चुपके से घर की राह ली।

मिरज़ा ने कहा, "तुमने ग़ज़ब किया।"

बेग़म, "अब मीर साहब इधर आए, तो खड़े-खड़े निकलवा दूँगी। इतनी लौ ख़ुदा से लगाते, तो वली हो जाते! आप तो शतरंज खेलें, और मैं यहाँ चूल्हे-चक्की की फ़िक्र में सिर खपाऊँ! जाते हो हकीम साहब के यहाँ कि अब भी ताम्मुल है।"

मिरज़ा घर से निकले, तो हकीम के घर जाने के बदले मीर साहब के घर पहुँचे और सारा वृत्तांत कहा। मीर साहब बोले, "मैंने तो जब मुहरे बाहर आते देखे, तभी ताड़ गया। फ़ौरन भागा। बड़ी गुस्सेवर मालूम होती हैं। मगर आपने उन्हें यों सिर चढ़ा रखा है, यह मुनासिब नहीं। उन्हें इससे क्या मतलब कि आप बाहर क्या करते हैं। घर का इंतज़ाम करना उनका काम है; दूसरी बातों से उन्हें क्या सरोकार?"

मिरज़ा, "ख़ैर, यह तो बताइए, अब कहाँ जमाव होगा?"

मीर, "इसका क्या ग़म है? इतना बड़ा घर पड़ा हुआ है। बस यहीं जमें।"

मिरज़ा, "लेकिन बेग़म साहेबा को कैसे मनाऊँगा? घर पर बैठा रहता था, तब तो वह इतना बिगड़ती थीं; यहाँ बैठक होगी, तो शायद ज़िंदा न छोड़ेंगी।"

मीर, "अजी बकने भी दीजिए, दो-चार रोज़ में आप ही ठीक हो जाएँगी। हाँ, आप इतना कीजिए कि आज से ज़रा तन जाइए।"

मीर साहब की बेग़म किसी अज्ञात कारण से मीर साहब का घर से दूर रहना ही उपयुक्त समझती थीं। इसलिए वह उनके शतरंज-प्रेम की कभी आलोचना न करती थीं; बल्कि कभी-कभी मीर साहब को जाने में देर हो जाती, तो याद दिला देती थीं। इन कारणों से मीर साहब को भ्रम हो गया था कि मेरी स्त्री अत्यंत विनयशील और गंभीर है। लेकिन जब दीवानख़ाने में बिसात बिछने लगी, और मीर साहब दिन-भर घर में रहने लगे, तो बेग़म साहेबा को बड़ा कष्ट होने लगा। उनकी स्वाधीनता में बाधा पड़ गई। दिन-भर दरवाज़े पर झाँकने को तरस जातीं।

उधर नौकरों में भी कानाफ़ूसी होने लगी। अब तक दिन-भर पड़े-पड़े मक्खियाँ मारा करते थे। घर में कोई आए, कोई जाए, उनसे कुछ मतलब न था। अब आठों पहर की धौंस हो गई। पान लाने का हुक्म होता, कभी मिठाई का। और हुक्का तो किसी प्रेमी के हृदय की भाँति नित्य जलता ही रहता था। वे बेग़म साहेबा से जा-जाकर कहते, 'हुज़ूर, मियाँ की शतरंज तो हमारे जी का जंजाल हो गई। दिन-भर दौड़ते-दौड़ते पैरों में छाले पड़ गए। यह भी कोई खेल कि सुबह को बैठे तो शाम कर दी। घड़ी आध घड़ी दिल-बहलाव के लिए खेल खेलना बहुत है। ख़ैर, हमें तो कोई शिकायत नहीं; हुज़ूर के ग़ुलाम हैं, जो हुक्म होगा, बजा ही लाएँगे; मगर यह खेल मनहूस है। इसका खेलनेवाला कभी पनपता नहीं; घर पर कोई-न-कोई आफ़त ज़रूर आती है। यहाँ तक कि एक के पीछे मुहल्ले-के-मुहल्ले तबाह होते देखे गए हैं।' सारे मुहल्ले में यही चर्चा रहती है। हुज़ूर का नमक खाते हैं, अपने आक़ा की बुराई सुन-सुनकर रंज होता है? मगर क्या करें? इस पर बेग़म साहेबा कहती हैं, "मैं तो ख़ुद इसको पसंद नहीं करती। पर वह किसी की सुनते ही नहीं, क्या किया जाए।"

मुहल्ले में भी जो दो-चार पुराने ज़माने के लोग थे, आपस में भाँति-भाँति की अमंगल कल्पनाएँ करने लगे, 'अब ख़ैरियत नहीं। जब हमारे रईसों का यह हाल है, तो मुल्क का ख़ुदा ही हाफ़िज़ है। यह बादशाहत शतरंज के हाथों तबाह होगी। आसार बुरे हैं।'

राज्य में हाहाकार मचा हुआ था। प्रजा दिन-दहाड़े लूटी जाती थी। कोई फ़रियाद सुननेवाला न था। देहातों की सारी दौलत लखनऊ में खिंची आती थी और वह वेश्याओं में, भाँडों में और विलासिता के अन्य अंगों की पूर्ति में उड़ जाती थी। अँग्रेज़ कंपनी का ऋण दिन-दिन बढ़ता जाता था। कमली दिन-दिन भीगकर भारी होती जाती थी। देश में सुव्यवस्था न होने के कारण वार्षिक कर भी वसूल न होता था। रेजीडेंट बार-बार चेतावनी देता था, पर यहाँ तो लोग विलासिता के नशे में चूर थे, किसी के कानों पर जूँ न रेंगती थी।

ख़ैर, मीर साहब के दीवानख़ाने में शतरंज होते कई महीने गुज़र गए। नये-नये नक्शे हल किए जाते; नये-नये क़िले बनाए जाते; नित्य नई व्यूह-रचना होती; कभी-कभी खेलते-खेलते झौड़ हो जाती; तू-तू, मैं-मैं तक की नौबत आ जाती; पर शीघ्र ही दोनों मित्रों में मेल हो जाता। कभी-कभी ऐसा भी होता कि बाज़ी उठा दी जाती; मिरज़ाजी रूठकर अपने घर चले जाते। मीर साहब अपने घर में जा बैठते। पर रात भर की निद्रा के साथ सारा मनोमालिन्य शांत हो जाता था। प्रातःकाल दोनों मित्र दीवानख़ाने में आ पहुँचते थे।

एक दिन दोनों मित्र बैठे हुए शतरंज की दलदल में गोते खा रहे थे कि इतने में घोड़े पर सवार एक बादशाही फ़ौज का अफ़सर मीर साहब का नाम पूछता हुआ आ पहुँचा। मीर साहब के होश उड़ गये। यह क्या बला सिर पर आई! यह तलबी किस लिए हुई है? अब ख़ैरियत नहीं नज़र आती। घर के दरवाज़े बंद कर लिए। नौकरों से बोले, "कह दो, घर में नहीं हैं।"

सवार, "घर में नहीं, तो कहाँ हैं?"

नौकर, "यह मैं नहीं जानता। क्या काम है?"

सवार, "काम तुझे क्या बताऊँगा? हुज़ूर में तलबी है। शायद फ़ौज के लिए कुछ सिपाही माँगे गये हैं। जागीरदार हैं कि दिल्लगी! मोरचे पर जाना पड़ेगा, तो आटे-दाल का भाव मालूम हो जाएगा!"

नौकर, "अच्छा, तो जाइए, कह दिया जाएगा?"

सवार, "कहने की बात नहीं है। मैं कल ख़ुद आऊँगा, साथ ले जाने का हुक्म हुआ है।"

सवार चला गया। मीर साहब की आत्मा काँप उठी। मिरज़ाजी से बोले, "कहिए जनाब, अब क्या होगा?"

मिरज़ा, "बड़ी मुसीबत है। कहीं मेरी तलबी भी न हो।"

मीर, "कम्बख़्त कल फिर आने को कह गया है।"

मिरज़ा, "आफ़त है, और क्या? कहीं मोरचे पर जाना पड़ा, तो बेमौत मरे।"

मीर, "बस, यही एक तदबीर है कि घर पर मिलो ही नहीं। कल से गोमती पर कहीं वीराने में नख़्शा जमे। वहाँ किसे ख़बर होगी। हज़रत आकर आप लौट जाएँगे।"

मिरज़ा, "वल्लाह, आपको ख़ूब सूझी! इसके सिवाय और कोई तदबीर ही नहीं है।"

इधर मीर साहब की बेग़म उस सवार से कह रही थीं, तुमने ख़ूब धता बताया।

उसने जवाब दिया, "ऐसे गावदियों को तो चुटकियों पर नचाता हूँ। इनकी सारी अक़्ल और हिम्मत तो शतरंज ने चर ली। अब भूल कर भी घर पर न रहेंगे।"

दूसरे दिन से दोनों मित्र मुँह अँधेरे घर से निकल खड़े होते। बगल में एक छोटी-सी दरी दबाए, डिब्बे में गिलौरियाँ भरे, गोमती पार की एक पुरानी वीरान मस्जिद में चले जाते, जिसे शायद नवाब आसफ़ उद्दौला ने बनवाया था। रास्ते में तम्बाकू, चिलम और मदरिया ले लेते, और मस्जिद में पहुँच, दरी बिछा, हुक्का भरकर शतरंज खेलने बैठ जाते थे। फिर उन्हें दीन-दुनिया की फ़िक्र न रहती थी। किश्त, शह आदि दो-एक शब्दों के सिवा उनके मुँह से और कोई वाक्य नहीं निकलता था। कोई योगी भी समाधि में इतना एकाग्र न होता होगा। दोपहर को जब भूख मालूम होती तो दोनों मित्र किसी नानबाई की दुकान पर जाकर खाना खाते, और एक चिलम हुक्का पीकर फिर संग्राम-क्षेत्र में डट जाते। कभी-कभी तो उन्हें भोजन का भी ख़्याल न रहता था।

इधर देश की राजनीतिक दशा भयंकर होती जा रही थी। कंपनी की फ़ौजें लखनऊ की तरफ़ बढ़ी चली आती थीं। शहर में हलचल मची हुई थी। लोग बाल-

बच्चों को लेकर देहातों में भाग रहे थे। पर हमारे दोनों खिलाड़ियों को इसकी ज़रा भी फ़िक्र न थी। वे घर से आते तो गलियों में होकर। डर था कि कहीं किसी बादशाही मुलाज़िम की निगाह न पड़ जाए, जो बेकार में पकड़े जाएँ। हज़ारों रुपये सालाना की जागीर मुफ़्त ही हज़म करना चाहते थे।

एक दिन दोनों मित्र मस्जिद के खंडहर में बैठे हुए शतरंज खेल रहे थे। मिरज़ा की बाज़ी कुछ कमज़ोर थी। मीर साहब उन्हें किश्त-पर-किश्त दे रहे थे। इतने में कंपनी के सैनिक आते हुए दिखाई दिए। वह गोरों की फ़ौज थी, जो लखनऊ पर अधिकार जमाने के लिए आ रही थी।

मीर साहब बोले, "अँग्रेज़ी फ़ौज आ रही है; ख़ुदा ख़ैर करे।"

मिरज़ा, "आने दीजिए, किश्त बचाइए। यह किश्त।"

मीर, "ज़रा देखना चाहिए, यहीं आड़ में खड़े हो जाएँ!"

मिरज़ा, "देख लीजिएगा, जल्दी क्या है, फिर किश्त!"

मीर, "तोपख़ाना भी है। कोई पाँच हज़ार आदमी होंगे; कैसे-कैसे जवान हैं। लाल बंदरों के-से मुँह। सूरत देखकर ख़ौफ़ मालूम होता है।"

मिरज़ा, "जनाब, हीले न कीजिए। ये चकमे किसी और को दीजिएगा। यह किश्त!"

मीर, "आप भी अजीब आदमी हैं। यहाँ तो शहर पर आफ़त आई हुई है और आपको किश्त की सूझी है! कुछ इसकी भी ख़बर है कि शहर घिर गया, तो घर कैसे चलेंगे?"

मिरज़ा, "जब घर चलने का वक़्त आएगा, तो देखा जाएगा, "यह किश्त! बस, अबकी शह में मात है।"

फ़ौज निकल गई। दस बजे का समय था। फिर बाज़ी बिछ गई।

मिरज़ा, "आज खाने की कैसे ठहरेगी?"

मीर, "अजी, आज तो रोज़ा है। क्या आपको ज़्यादा भूख मालूम होती है?"

मिरज़ा, "जी नहीं। शहर में न जाने क्या हो रहा है!"

मीर, "शहर में कुछ न हो रहा होगा। लोग खाना खा-खाकर आराम से सो रहे होंगे। हुज़ूर नवाब साहब भी ऐशगाह में होंगे।"

दोनों सज्जन फिर जो खेलने बैठे, तो तीन बज गए। अबकी मिरज़ा जी की बाज़ी कमज़ोर थी। चार का गजर बज ही रहा था कि फ़ौज की वापसी की आहट मिली। नवाब वाजिद अली पकड़ लिए गए थे, और सेना उन्हें किसी अज्ञात स्थान को लिए जा रही थी। शहर में न कोई हलचल थी, न मार-काट। एक बूँद भी ख़ून नहीं गिरा। आज तक किसी स्वाधीन देश के राजा की पराजय इतनी शांति से, इस तरह ख़ून बहे बिना न हुई होगी। यह वह अहिंसा न थी, जिस पर देवगण प्रसन्न होते हैं। यह वह कायरपन था, जिस पर बड़े-बड़े कायर भी आँसू बहाते हैं। अवध के विशाल देश का नवाब बंदी चला जाता था, और लखनऊ ऐश की नींद में मस्त था। यह राजनीतिक अध:पतन की चरम सीमा थी।

मिरज़ा ने कहा, "हुज़ूर नवाब साहब को ज़ालिमों ने क़ैद कर लिया है।"

मीर, "होगा, यह लीजिए शह।"

मिरज़ा, "जनाब ज़रा ठहरिए। इस वक़्त इधर तबीयत नहीं लगती। बेचारे नवाब साहब इस वक़्त ख़ून के आँसू रो रहे होंगे।"

मीर, "रोया ही चाहें। यह ऐश वहाँ कहाँ नसीब होगा। यह किश्त!"

मिरज़ा, "किसी के दिन बराबर नहीं जाते। कितनी दर्दनाक हालत है।"

मीर, "हाँ, सो तो है ही – यह लो, फिर किश्त! बस, अबकी किश्त में मात है, बच नहीं सकते।"

मिरज़ा, "ख़ुदा की क़सम, आप बड़े बेदर्द हैं। इतना बड़ा हादसा देखकर भी आपको दु:ख नहीं होता। हाय, ग़रीब वाजिद अली शाह!"

मीर, "पहले अपने बादशाह को तो बचाइए फिर नवाब साहब का मातम कीजिएगा। यह किश्त और यह मात! लाना हाथ!"

बादशाह को लिए हुए सेना सामने से निकल गई। उनके जाते ही मिरज़ा ने फिर बाज़ी बिछा दी। हार की चोट बुरी होती है। मीर ने कहा, "आइए, नवाब साहब के मातम में एक मरसिया कह डालें।" लेकिन मिरज़ा की राजभक्ति अपनी हार के साथ लुप्त हो चुकी थी। वह हार का बदला चुकाने के लिए अधीर हो रहे थे।

शाम हो गई। खंडहर में चमगादड़ों ने चीख़ना शुरू किया। अबाबीलें आ-आकर अपने-अपने घोसलों में चिमटीं। पर दोनों खिलाड़ी डटे हुए थे, मानो दो ख़ून के

प्यासे सूरमा आपस में लड़ रहे हों। मिरज़ाजी तीन बाज़ियाँ लगातार हार चुके थे; इस चौथी बाज़ी का रंग भी अच्छा न था। वह बार-बार जीतने का दृढ़ निश्चय करके सँभलकर खेलते थे लेकिन एक-न-एक चाल ऐसी बेढब आ पड़ती थी, जिससे बाज़ी ख़राब हो जाती थी। हर बार हार के साथ प्रतिकार की भावना और भी उग्र होती थी। उधर मीर साहब मारे उमंग के ग़ज़लें गाते थे, चुटकियाँ लेते थे, मानो कोई गुप्त धन पा गये हों। मिरज़ाजी सुन-सुनकर झुँझलाते और हार की झेंप को मिटाने के लिए उनकी दाद देते थे। पर ज्यों-ज्यों बाज़ी कमज़ोर पड़ती थी। धैर्य हाथ से निकला जाता था। यहाँ तक कि वह बात-बात पर झुँझलाने लगे, "जनाब, आप चाल बदला न कीजिए। यह क्या कि एक चाल चले, और फिर उसे बदल दिया। जो कुछ चलना हो एक बार चल दीजिए; यह आप मुहरे पर हाथ क्यों रखते हैं? मुहरे को छोड़ दीजिए। जब तक आपको चाल न सूझे, मुहरा छुइए ही नहीं। आप एक-एक चाल आध घंटे में चलते हैं। इसकी सनद नहीं। जिसे एक चाल चलने में पाँच मिनट से ज़्यादा लगे, उसकी मात समझी जाए। फिर आपने चाल बदली! चुप कर मुहरा वहीं रख दीजिए।"

मीर साहब का फरज़ी पिटता था। बोले, "मैंने चाल चली ही कब थी?"

मिरज़ा, "आप चाल चल चुके हैं। मुहरा वहीं रख दीजिए–उसी घर में!"

मीर, "उस घर में क्यों रखूँ? मैंने हाथ से मुहरा छोड़ा ही कब था?"

मिरज़ा, "मुहरा आप क़यामत तक न छोड़ें, तो क्या चाल ही न होगी? फ़रज़ी पिटते देखा तो धाँधली करने लगे।"

मीर, "धाँधली आप करते हैं। हार-जीत तक़दीर से होती है, धाँधली करने से कोई नहीं जीतता?"

मिरज़ा, "तो इस बाज़ी में तो आपकी मात हो गई।"

मीर, "मुझे क्यों मात होने लगी?"

मिरज़ा, "तो आप मुहरा उसी घर में रख दीजिए, जहाँ पहले रखा था।"

मीर, "वहाँ क्यों रखूँ? नहीं रखता।"

मिरज़ा, "क्यों न रखिएगा? आपको रखना होगा।"

तकरार बढ़ने लगी। दोनों अपनी-अपनी टेक पर अड़े थे। न यह दबता था न वह। अप्रासंगिक बातें होने लगीं।

मिरज़ा बोले, "किसी ने ख़ानदान में शतरंज खेली होती, तब तो इसके कायदे जानते। वे तो हमेशा, घास छीला करते, आप शतरंज क्या खेलिएगा। रियासत और ही चीज़ है। जागीर मिल जाने से ही कोई रईस नहीं हो जाता।"

मीर, "क्या? घास आपके अब्बाजान छीलते होंगे। यहाँ तो पीढ़ियों से शतरंज खेलते चले आ रहे हैं।"

मिरज़ा, "अजी, जाइए भी, ग़ाज़ीउद्दीन हैदर के यहाँ बावरची का काम करते-करते उम्र गुज़र गई; आज रईस बनने चले हैं। रईस बनना कोई दिल्लगी नहीं है।"

मीर, "क्यों अपने बुज़ुर्गों के मुँह पर कालिख लगाते हो – वे ही बावरची का काम करते होंगे। यहाँ तो हमेशा बादशाह के दस्तरख़्वान पर खाना खाते चले आए हैं।"

मिरज़ा, "अरे चल चरकटे, बहुत बढ़-बढ़कर बातें न कर।"

मीर, "ज़बान सँभालिए, वरना बुरा होगा। मैं ऐसी बातें सुनने का आदी नहीं हूँ। यहाँ तो किसी ने आँखें दिखाईं कि उसकी आँखें निकालीं। है हौसला।"

मिरज़ा, "आप मेरा हौसला देखना चाहते हैं, तो फिर, आइए। आज दो-दो हाथ हो जाएँ, इधर या उधर।"

मीर, "तो यहाँ तुमसे दबनेवाला कौन?"

दोनों दोस्तों ने कमर से तलवारें निकाल लीं। नवाबी ज़माना था। सभी तलवार, पेशकब्ज़, कटार वग़ैरह बाँधते थे। दोनों विलासी थे, पर कायर न थे। उनमें राजनीतिक भावों का अध:पतन हो गया था–बादशाह के लिए, बादशाहत के लिए क्यों मरें; पर व्यक्तिगत वीरता का अभाव न था। दोनों ज़ख़्म खाकर गिरे, और दोनों ने वहीं तड़प-तड़प कर जानें दे दीं। अपने बादशाह के लिए जिनकी आँखों से एक बूँद आँसू न निकला, उन्हीं दोनों प्राणियों ने शतरंज के वज़ीर की रक्षा में प्राण दे दिए।

अँधेरा हो चला था। बाज़ी बिछी हुई थी। दोनों बादशाह अपने-अपने सिंहासनों पर बैठे हुए मानो इन दोनों वीरों की मृत्यु पर रो रहे थे!

चारों तरफ़ सन्नाटा छाया हुआ था। खंडहर की टूटी हुई मेहराबें, गिरी हुई दीवारें और धूल-धूसरित मीनारें इन लाशों को देखतीं और सिर धुनती थीं।

5

बूढ़ी काकी

बुढ़ापा बहुधा बचपन का पुनरागमन हुआ करता है। बूढ़ी काकी में जिह्वा-स्वाद के सिवा और कोई चेष्टा न थी और न अपने कष्टों की ओर आकर्षित करने का और न रोने के अतिरिक्त कोई दूसरा सहारा ही। समस्त इंद्रियाँ, नेत्र, हाथ और पैर जवाब दे चुके थे। पृथ्वी पर पड़ी रहतीं और घर वाले कोई बात उनकी इच्छा के प्रतिकूल करते – भोजन का समय टल जाता या उसका परिमाण पूर्ण न होता अथवा बाज़ार से कोई वस्तु आती और न मिलती, तो वे रोने लगती थीं। उनका रोना-सिसकना साधारण रोना न था, वे गला फाड़-फाड़ कर रोती थीं।

उनके पतिदेव को स्वर्ग सिधारे कालांतर हो चुका था। बेटे तरुण हो-होकर चल बसे थे। अब एक भतीजे के सिवाय और कोई न था। उसी भतीजे के नाम उन्होंने अपनी सारी संपत्ति लिख दी। भतीजे ने सारी संपत्ति लिखाते समय ख़ूब लंबे-चौड़े वादे किए, किंतु वे सब वादे केवल कुली डिपो के दलालों के दिखाए हुए सब्ज़बाग थे। यद्यपि उस संपत्ति की वार्षिक आय डेढ़-दो सौ रुपए से कम न थी तथापि बूढ़ी काकी को पेट भर भोजन भी कठिनाई से मिलता था। इसमें उसके भतीजे पंडित बुद्धिराम का अपराध था अथवा उसकी अर्धांगिनी श्रीमती रूपा का, इसका निर्णय करना सहज नहीं। बुद्धिराम स्वभाव के सज्जन थे, किंतु उसी समय तक, जब कि

उनके कोष पर कोई आँच न आए। रूपा स्वभाव से तीव्र थी सही, पर ईश्वर से डरती थी। अतएव बूढ़ी काकी को उसकी तीव्रता उतनी न खलती, जितनी बुद्धिराम की भलमनसाहत।

बुद्धिराम को कभी-कभी अपने अत्याचार का खेद होता था। विचारते कि इसी संपत्ति के कारण मैं इस समय भलामानुष बना बैठा हूँ। यदि मौखिक आश्वासन और सूखी सहानुभूति से स्थिति में सुधार हो सकता हो, तो उन्हें कदाचित् कोई आपत्ति न होती, परंतु विशेष व्यय का भय उनकी सुचेष्टा को दबाए रखता था। यहाँ तक कि यदि द्वार पर कोई भला आदमी बैठा होता और बूढ़ी काकी उस समय अपना राग अलापने लगती, तो वह आग हो जाते और घर में आकर उन्हें ज़ोर से डाँटते। लड़कों को बुड्ढों से स्वाभाविक विद्वेष होता ही है और फिर जब माता-पिता का यह रंग देखते, तो वे बूढ़ी काकी को और सताया करते। कोई चुटकी काट कर भागता, कोई इन पर पानी की कुल्ली कर देता। काकी चीख़ मारकर रोतीं, परंतु यह बात प्रसिद्ध थी कि वह केवल खाने के लिए रोती हैं, अतएव उनके संताप और आर्तनाद पर कोई ध्यान नहीं देता था। हाँ, काकी क्रोधातुर होकर बच्चों को गालियाँ देने लगतीं, तो रूपा घटनास्थल पर पहुँचती। इस भय से काकी अपनी जिह्वा-कृपाण का कदाचित् ही प्रयोग करती थीं, यद्यपि उपद्रव-शांति का यह उपाय रोने से कहीं अचिक उपयुक्त था।

संपूर्ण परिवार में यदि काकी से किसी को अनुराग था, तो वह बुद्धिराम की छोटी लड़की लाडली थी। लाडली अपने दोनों भाइयों के भय से अपने हिस्से की मिठाई-चबैना बूढ़ी काकी के पास बैठकर खाया करती थी। यही उसका रक्षागार था और यद्यपि काकी की शरण उनकी लोलुपता के कारण बहुत महँगी पड़ती थी, तथापि भाइयों के अन्याय से कहीं सुलभ थी। इसी स्वार्थानुकूलता ने उन दोनों में सहानुभूति का आरोपण कर दिया था।

रात का समय था। बुद्धिराम के द्वार पर शहनाई बज रही थी और गाँव के बच्चों का झुंड विस्मयपूर्ण नेत्रों से गाने का रसास्वादन कर रहा था। चारपाइयों पर मेहमान विश्राम करते हुए नाइयों से मुक्कियाँ लगवा रहे थे। समीप खड़ा हुआ भाट विरुदावली सुना रहा था और कुछ भावज्ञ मेहमानों की "वाह, वाह" पर ऐसा ख़ुश हो रहा था मानो इस "वाह-वाह" का यथार्थ में वही अधिकारी है। दो-एक अँग्रेज़ी पढ़े

हुए नवयुवक इन व्यवहारों से उदासीन थे। वे इस गँवार मंडली में बोलना अथवा सम्मिलित होना अपनी प्रतिष्ठा के प्रतिकूल समझते थे।

आज बुद्धिराम के बड़े लड़के मुखराम का तिलक आया है। यह उसी का उत्सव है। घर के भीतर स्त्रियाँ गा रही थीं और रूपा मेहमानों के लिए भोजन के प्रबंध में व्यस्त थी। भट्ठियों पर कड़ाह चढ़ रहे थे। एक में पूड़िया-कचोड़ियाँ निकल रही थीं, दूसरे में अन्य पकवान बनते थे। एक बड़े हंडे में मसालेदार तरकारी पक रही थी। घी और मसाले की क्षुधवर्द्धक सुगंध चारों ओर फैली हुई थी।

बूढ़ी काकी अपनी कोठरी में शोकमय विचार की भाँति बैठी हुई थीं। यह स्वादमिश्रित सुगंध उन्हें बेचैन कर रही थी। वे मन ही मन विचार कर रही थीं, संभवतः मुझे पूड़ियाँ न मिलेंगी। इतनी देर हो गई, कोई भोजन लेकर नहीं आया। मालूम होता है, सब लोग भोजन कर चुके हैं। मेरे लिए कुछ न बचा। यह सोचकर उन्हें रोना आया, परंतु अशकुन के भय से वह रो न सकीं।

"आह! कैसी सुगंध है? अब मुझे कौन पूछता है। जब रोटियों ही के लाले पड़े हैं, तब ऐसे भाग्य कहाँ कि भरपेट पूड़ियाँ मिलें?" यह विचार कर उन्हें रोना आया, कलेजे में हूक-सी उठने लगी, परंतु रूपा के भय से उन्होंने फिर मौन धारण कर लिया।

बूढ़ी काकी देर तक इन्हीं दुःखदायक विचारों में डूबी रहीं। घी और मसालों की सुगंध रह-रह कर मन को आपे से बाहर किए देती थी। मुँह में पानी भर-भर आता था। पूड़ियों का स्वाद स्मरण करके हृदय में गुदगुदी होने लगती थी। किसे पुकारूँ, आज लाडली बेटी भी नहीं आई। दोनों छोकरे सदा दिक करते हैं। आज उनका भी कहीं पता नहीं। कुछ मालूम तो होता कि क्या बन रहा है।

बूढ़ी काकी की कल्पना में पूड़ियों की तस्वीर नाचने लगी। ख़ूब लाल-लाल फूली-फूली, नर्म-नर्म होंगी। रूपा ने भली-भाँति भोजन किया होगा। कचौड़ियों में अजवाइन और इलायची की महक आ रही होगी। एक पूड़ी मिलती, तो ज़रा हाथ में लेकर देखती। क्यों न चलकर कड़ाह के सामने ही बैठूँ। पूड़ियाँ छन-छन कर तैयार होंगी। कड़ाह से गरम-गरम निकालकर थाल में रखी जाती होंगी। फूल हम घर में भी सूँघ सकते हैं, परंतु वाटिका में कुछ और बात होती है। इस प्रकार निर्णय करके बूढ़ी काकी उकड़ूँ बैठकर हाथों के बल सरकती हुई बड़ी कठिनाई में चौखट से उतरीं

और धीरे-धीरे रेंगती हुई कड़ाह के पास आ बैठीं। यहाँ आने पर उन्हें उतना ही धैर्य हुआ, जितना भूखे कुत्ते को खाने वाले के सम्मुख बैठने में होता है।

रूपा उस समय कार्य-भार से उद्विग्न हो रही थी। कभी इस कोठे में जाती, कभी उस कोठे में। कभी कड़ाह के पास आती, कभी भंडार में जाती। किसी ने बाहर से आकर कहा, "महाराज ठंडाई माँग रहे हैं।" ठंडाई देने लगी। इतने में फिर किसी ने आकर कहा, "भाट आया है, उसे कुछ दे दो।" भाट के लिए सीधा निकाल रही थी कि एक तीसरे आदमी ने आकर पूछा, "अभी भोजन तैयार होंने में कितना विलंब है? ज़रा ढोल, मजीरा उतार दो।" बेचारी अकेली स्त्री दौड़ते-दौड़ते व्याकुल हो रही थी। झुँझलाती थी, कुढ़ती थी, परंतु क्रोध प्रकट करने का अवसर न पाती थी। भय होता, कहीं पड़ोसिनें यह न कहने लगें कि इतने में उबल पड़ी। प्यास से स्वयं कंठ सूख रहा था। गरमी के मारे फुँकी जाती थी, परंतु इतना अवकाश भी नहीं था कि ज़रा पानी पी ले अथवा पंखा लेकर झले। यह भी खटका था कि ज़रा आँख हटी और चीज़ों की लूट मची। इस अवस्था में उसने बूढ़ी काकी को कड़ाह के पास बैठी देखा, तो जल गई। क्रोध न रुक सका। इसका भी ध्यान न रहा कि पड़ोसिनें बैठी हुई हैं, मन में क्या कहेंगी, पुरुषों में लोग सुनेंगे तो क्या कहेंगे। जिस प्रकार मेढक केंचुए पर झपटता है, उसी प्रकार वह बूढ़ी काकी पर झपटी और उन्हें दोनों हाथों से झपटकर बोली, "ऐसे पेट में आग लगे। पेट है या भाड़? कोठरी में बैठते हुए क्या दम घुटता था? अभी मेहमानों ने नहीं खाया, भगवान को भोग नहीं लगा, तब तक धैर्य न हो सका? आकर छाती पर सवार हो गई? जल जाए ऐसी जीभ। दिन भर खाती न होती, तो न जाने किसकी हांडी में मुँह डालती? गाँव देखेगा तो कहेगा कि बुढ़िया भरपेट खाने को नहीं पाती, तभी तो इस तरह मुँह बाए फिरती है। डायन न मरे न माँचा छोड़े। नाम बेचने पर लगी है। नाक कटवा कर दम लेगी। इतनी ठूँसती है, न जाने कहाँ भस्म हो जाता है। भला चाहती हो, तो जाकर कोठरी में बैठो। जब घर के लोग खाने लगेंगे, तब तुम्हें भी मिलेगा। तुम कोई देवी नहीं हो कि चाहे किसी के मुँह में पानी न जाए, परंतु तुम्हारी पूजा पहले ही हो जाए।"

बूढ़ी काकी ने सिर उठाया। न रोईं न बोलीं। चुपचाप रेंगती हुई अपनी कोठरी में चली गईं। आवाज़ ऐसी कठोर थी कि हृदय और मस्तिष्क की सम्पूर्ण शक्तियाँ, सम्पूर्ण विचार और सम्पूर्ण भार उसी ओर आकर्षित हो गए थे। नदी में जब कगार

का कोई बृहद् खंड कट कर गिरता है, तो आस-पास का जलसमूह चारों ओर उसी स्थान को पूरा करने के लिए दौड़ता है।

भोजन तैयार हो गया है। आँगन में पत्तलें पड़ गईं, मेहमान खाने लगे। स्त्रियों ने जेवनार-गीत गाना आरम्भ कर दिया। मेहमानों के नाई और सेवकगण भी उसी मंडली के साथ, किंतु कुछ हटकर भोजन करने बैठे थे, परंतु सभ्यतानुसार जब तक सब के सब खा न चुके, कोई उठ नहीं सकता था। दो-एक मेहमान जो कुछ पढ़े-लिखे थे, सेवकों के दीर्घाहार पर झुँझला रहे थे। वे इस बंधन को व्यर्थ और बे-सिर-पैर की बात समझते थे।

बूढ़ी काकी अपनी कोठरी में जाकर पश्चाताप कर रही थीं कि मैं कहाँ से कहाँ गई। उन्हें रूपा पर क्रोध नहीं था, अपनी जल्दबाज़ी पर दुःख था। सच ही तो है, जब तक मेहमान लोग भोजन न कर चुकेंगे, घर वाले कैसे खाएँगे। मुझसे इतनी देर भी न रहा गया। सबके सामने पानी उतर गया। अब जब तक कोई बुलाने न आएगा, न जाऊँगी।

मन ही मन इस प्रकार का विचार कर वह बुलाने की प्रतीक्षा करने लगीं। परंतु घी की रुचिकर सुबास बड़ी धैर्य-परीक्षक प्रतीत हो रही थी। उन्हें एक-एक पल, एक-एक युग के समान मालूम होता था। अब पत्तल बिछ गई होगी, अब मेहमान आ गए होंगे। लोग हाथ-पैर धो रहे हैं, नाई पानी दे रहा है। मालूम होता है लोग खाने बैठ गए। जेवनार गाया जा रहा है, यह विचार कर वह मन को बहलाने के लिए लेट गईं। धीरे-धीरे एक गीत गुनगुनाने लगीं। उन्हें मालूम हुआ कि मुझे गाते देर हो गई। क्या इतनी देर तक लोग भोजन कर ही रहे होंगे। किसी की आवाज़ नहीं सुनाई देती। अवश्य ही लोग खा-पीकर चले गए। मुझे कोई बुलाने नहीं आया। रूपा चिढ़ गई है, क्या जाने न बुलाए। सोचती हो कि आप ही आवेंगी, वह कोई मेहमान तो नहीं, जो उन्हें बुलाऊँ। बूढ़ी काकी चलने के लिए तैयार हुईं। यह विश्वास कि एक मिनट मे पूड़ियाँ और मसालेदार तरकारियाँ सामने आएँगी, उनकी स्वादेन्द्रियों को गुदगुदाने लगा। उन्होंने मन में तरह-तरह के मंसूबे बाँधे, "पहले तरकारी से पूड़ियाँ खाऊँगी, फिर दही और शक्कर से। कचौरियाँ रायते के साथ मज़ेदार मालूम होंगी। चाहे कोई बुरा माने चाहे भला, मैं तो माँग-माँग कर खाऊँगी। यही न, लोग

कहेंगे कि इन्हें विचार नहीं। कहा करें, इतने दिन के बाद पूड़ियाँ मिल रही हैं, तो मुँह जूठा करके थोड़े ही उठ जाऊँगी।"

वह उकड़ूँ बैठकर हाथों के बल सरकती हुई आँगन में आईं। परंतु हाय दुर्भाग्य! अभिलाषा ने अपने पुराने स्वभाव के अनुसार समय की मिथ्या कल्पना की थी। मेहमान-मंडली अभी बैठी हुई थी। कोई खाकर उँगलियाँ चाटता था, कोई तिरछे नेत्रों से देखता था कि और लोग अभी खा रहे हैं या नहीं। कोई इस चिंता में था कि पत्तल पर पूड़ियाँ छूटी जाती हैं, किसी तरह इन्हें भीतर रख लेता। कोई दही खाकर जीभ चटकाता था, परंतु दूसरा दोना माँगता संकोच करता था कि इतने में बूढ़ी काकी रेंगती हुई उनके बीच में आ पहुँचीं। कई आदमी चौंककर उठ खड़े हुए। पुकारने लगे, "अरे यह बुढ़िया कौन है। यहाँ कहाँ से आ गई? देखो किसी को छू न दे।"

पंडित बुद्धिराम काकी को देखते ही क्रोध से तिलमिला गए। पूड़ियों का थाल लिए खड़े थे। थाल को ज़मीन पर पटक दिया और जिस प्रकार निर्दयी महाजन अपने किसी बेईमान और भगोड़े कर्ज़दार को देखते ही झपटकर उसका टेंटुआ पकड़ लेता है, उसी तरह लपक कर उन्होंने काकी के दोनों हाथ पकड़े और घसीटते हुए लाकर उन्हें अंधेरी कोठरी में धम् से पटक दिया। आशारूपी वाटिका लू के एक झोंके में नष्ट-विनष्ट हो गई।

मेहमानों ने भोजन किया। घरवालों ने भोजन किया। बाजे वाले, धोबी, चमार भी भोजन कर चुके, परंतु बूढ़ी काकी को किसी ने न पूछा। बुद्धिराम और रूपा दोनों ही बूढ़ी काकी को निर्लज्जता के लिए दंड देने का निश्चय कर चुके थे। उनके बुढ़ापे पर, दीनता पर, हतज्ञान पर किसी को करुणा न आई। अकेली लाडली उनके लिए कुढ़ रही थी।

लाडली को काकी से अत्यंत प्रेम था। बेचारी भोली लड़की थी। बाल-विनोद और चंचलता की उसमें गंध तक न थी। दोनों बार जब उसके माता-पिता ने काकी को निर्दयता से घसीटा, तो लाडली का हृदय ऐंठ कर रह गया। वह झुँझला रही थी कि हम लोग काकी को क्या बहुत-सी पूड़ियाँ नहीं देते। क्या मेहमान सब की सब खा जाएँगे? और यदि काकी ने मेहमानों से पहले खा लिया, तो क्या बिगड़ जाएगा? वह काकी के पास जाकर उन्हें धैर्य देना चाहती थी, परंतु माता के भय से न जाती थी। उसने अपने हिस्से की पूड़ियाँ बिल्कुल न खाई थीं। अपनी गुड़ियों की पिटारी में बंद कर रखी थीं। उन पूड़ियों को काकी के पास ले जाना चाहती थी।

उसका हृदय अधीर हो रहा था। बूढ़ी काकी मेरी बात सुनते ही उठ बैठेंगी, पूड़ियाँ देखकर कैसी प्रसन्न होंगी! मुझे ख़ूब प्यार करेंगी!

रात के ग्यारह बज गए थे। रूपा आँगन में पड़ी सो रही थी। लाडली की आँखों में नींद न आती थी। काकी को पूड़ियाँ खिलाने की ख़ुशी उसे सोने न देती थी। उसने गुड़ियों की पिटारी सामने रखी थी। जब विश्वास हो गया कि अम्मा सो रही हैं, तो वह चुपके से उठी और विचारने लगी, कैसे चलूँ। चारो और अंधेरा था। केवल चूल्हों में आग चमक रही थी और चूल्हों के पास एक कुत्ता लेटा हुआ था। लाडली की दृष्टि द्वार के सामने वाले नीम की ओर गई। उसे मालूम हुआ कि उस पर हनुमान जी बैठे हुए हैं। उनकी पूँछ, उनकी गदा, वह स्पष्ट दिखलाई दे रही है। मारे भय के उसने आँखें बंद कर लीं। इतने में कुत्ता उठ बैठा, लाडली को ढाढ़स हुआ। कई सोए हुए मनुष्यों के बदले एक भागता हुआ कुत्ता उसके लिए अधिक धैर्य का कारण हुआ। उसने पिटारी उठाई और बूढ़ी काकी की कोठरी की ओर चली।

बूढ़ी काकी को केवल इतना स्मरण था कि किसी ने मेरे हाथ पकड़ कर घसीटे, फिर ऐसा मालूम हुआ कि जैसे कोई पहाड़ पर उड़ाए लिए जाता है। उनके पैर बार-बार पत्थरों से टकराए, तब किसी ने उन्हें पहाड़ पर से पटका, वे मूर्च्छित हो गईं।

जब से सचेत हुईं, तो किसी की ज़रा भी आहट न मिलती थी। समझीं कि सब लोग खा-पीकर सो गए और उनके साथ मेरी तकदीर भी सो गई। रात कैसे कटेगी? हे राम! क्या खाऊँ? पेट में अग्नि धधक रही है। हा! किसी ने मेरी सुधि न ली। क्या मेरा पेट काटने से धन जुड़ जाएगा? इन लोगों को इतनी भी दया नहीं आती कि न जाने बुढ़िया कब मर जाए? उसका जी क्यों दुखावें? मैं पेट की रोटियाँ ही खाती हूँ कि और कुछ? इस पर यह हाल। मैं अंधी, अपाहिज ठहरी, न कुछ सुनूँ, न बूझूँ। यदि आँगन में चली गई, तो क्या बुद्धिराम से इतना कहते न बनता था कि काकी अभी लोग खा रहे हैं फिर आना। मुझे घसीटा, पटका। उन्हें पूड़ियों के लिए रूपा ने सबके सामने गालियाँ दीं। उन्हीं पूड़ियों के लिए इतनी दुर्गति करने पर भी उनका पत्थर का कलेजा न पसीजा। सबको खिलाया, मेरी बात तक न पूछी। जब तब ही न दीं, तब अब क्या देंगे?

यह विचार कर काकी निराशामय संतोष के साथ लेट गईं। ग्लानि से गला भर-भर आता था, परंतु मेहमानों के भय से रोती न थीं।

सहसा उनके कानों में आवाज़ आई, "काकी उठो! मैं पूड़ियाँ लाई हूँ।" काकी ने लाडली की बोली पहचानी। झटपट उठ बैठीं। दोनों हाथों से लाडली को टटोला और उसे गोद में बैठा लिया। लाडली ने पूड़ियाँ निकाल कर दीं।

काकी ने पूछा, "क्या तुम्हारी अम्मा ने दी हैं?"

लाडली ने कहा, "नहीं? यह मेरे हिस्से की हैं।"

काकी पूड़ियों पर टूट पड़ीं। पाँच मिनट में पिटारी ख़ाली हो गई। लाडली ने पूछा, "काकी पेट भर गया?"

जैसी थोड़ी-सी वर्षा ठंडक के स्थान पर और भी गर्मी पैदा कर देती है, उस भाँति पूड़ियों ने काकी की क्षुधा और इच्छा को और उत्तेजित कर दिया था। बोलीं, "नहीं बेटी! जाकर अम्मा से और माँग लाओ।"

लाडली ने कहा, "अम्मा सोती हैं, जगाऊँगी तो मारेंगी।"

काकी ने पिटारी को फिर टटोला। उसमें कुछ खुरचन गिरी थी। उन्हें निकाल कर वे खा गईं। बार-बार होंठ चाटती थीं, चटखारे भरती थीं।

हृदय मसोस रहा था कि और पूड़ियाँ कैसे पाऊँ। संतोष-सेतु जब टूट जाता है, तब इच्छा का बहाव अपरिमित हो जाता है। मतवालों को मद का स्मरण करना उन्हें मदान्ध बनाता है। काकी का अधीर मन इच्छा के प्रबल प्रवाह में बह गया। उचित और अनुचित का विचार जाता रहा। वे कुछ देर तक उस इच्छा को रोकती रहीं। सहसा लाडली से बोली, "मेरा हाथ पकड़कर वहाँ ले चलो, जहाँ मेहमानों ने बैठकर भोजन किया है।"

लाडली उनका अभिप्राय समझ न सकी। उसने काकी का हाथ पकड़ा और ले जाकर झूठे पत्तलों के पास बैठा दिया। क्षुधातुर, हतज्ञान बुढ़िया पत्तलों से पूड़ियों के टुकड़े चुन-चुन कर भक्षण करने लगी। ओह दही कितना स्वादिष्ट था, कचौड़ियाँ कितनी सलोनी, ख़स्ता कितने सुकोमल। काकी बुद्धिहीन होते हुए भी इतना जानती थीं कि मैं वह काम कर रही हूँ, जो मुझे कदापि न करना चाहिए। मैं दूसरों की जूठी पत्तल चाट रही हूँ। परंतु बुढ़ापा तृष्णा-रोग का अंतिम समय है, जब सम्पूर्ण इच्छाएँ एक ही केंद्र पर आ लगती हैं। बूढ़ी काकी में यह केंद्र उनकी स्वादेन्द्रिय थीं।

ठीक उसी समय रूपा की आँखें खुलीं। उसे मालूम हुआ कि लाडली मेरे पास नहीं है। वह चौंकी, चारपाई के इधर-उधर ताकने लगी कि कहीं नीचे तो नहीं गिर पड़ी। उसे वहाँ न पाकर वह उठी, तो देखती है कि लाडली जूठे पत्तलों के पास चुपचाप खड़ी है और बूढ़ी काकी पत्तलों पर से पूड़ियों के टुकड़े उठा-उठाकर चाट रही हैं। रूपा का हृदय सन्न हो गया। किसी गाय की गर्दन पर छुरी चलते देखकर जो अवस्था उसकी होती, वही उस समय हुई। एक ब्राह्मणी दूसरों की जूठी पत्तल टटोले, इससे अधिक शोकमय दृश्य असंभव था। पूड़ियों के कुछ ग्रासों के लिए उसकी चचेरी सास ऐसे पतित और निकृष्ट कर्म कर रही है! यह वह दृश्य था, जिसे देखकर देखने वालों के हृदय काँप उठते हैं। ऐसा प्रतीत होता मानो ज़मीन रुक गई, आसमान चक्कर खा रहा है। संसार पर कोई आपत्ति आने वाली है। रूपा को क्रोध न आया। शोक के सम्मुख क्रोध कहाँ? करुणा और भय से उसकी आँखें भर आईं। इस अधर्म के पाप का भागी कौन है? उसने सच्चे हृदय से गगन-मंडल की ओर हाथ उठाकर कहा, "परमात्मा! मेरे बच्चों पर दया करो। इस अधर्म का दंड मुझे मत दो, नहीं तो मेरा सत्यानाश हो जाएगा।"

रूपा को अपनी स्वार्थपरता और अन्याय इस प्रकार प्रत्यक्ष रूप में कभी न देख पड़े थे। वह सोचने लगी, "हाय! कितनी निर्दय हूँ। जिसकी सम्पत्ति से मुझे दो सौ रुपया वार्षिक आय हो रही है, उसकी यह दुर्गति! और मेरे कारण! हे दयामय! मुझसे बड़ी भारी चूक हुई है, मुझे क्षमा करो। आज मेरे बेटे का तिलक था। सैकड़ों मनुष्यों ने भोजन पाया। मैं उनके इशारों की दासी बनी रही। अपने नाम के लिए सैकड़ों रुपए व्यय कर दिए, परंतु जिसकी बदौलत हज़ारों रुपए खाए, उसे इस उत्सव में भी भरपेट भोजन न दे सकी। केवल इसी कारण तो, वह वृद्धा असहाय है।"

रूपा ने दिया जलाया, अपने भंडार का द्वार खोला और एक थाली में सम्पूर्ण सामग्रियाँ सजाकर लिए हुए बूढ़ी काकी की ओर चली।

आधी रात जा चुकी थी, आकाश पर तारों के थाल सजे हुए थे और उन पर बैठे हुए देवगण स्वर्गीय पदार्थ सजा रहे थे, परंतु उसमें किसी को वह परमानंद प्राप्त न हो सकता था, जो बूढ़ी काकी को अपने सम्मुख थाल देखकर प्राप्त हुआ। रूपा ने कंठावरुद्ध स्वर में कहा, "काकी! उठो, भोजन कर लो, मुझसे आज बड़ी भूल हुई, उसका बुरा न मानना। परमात्मा से प्रार्थना कर दो कि वह मेरा अपराध क्षमा कर दें।"

भोले-भाले बच्चे की भाँति, जो मिठाइयाँ पाकर मार और तिरस्कार सब भूल जाता है, बूढ़ी काकी वैसे ही सब भुलाकर बैठी हुई खाना खा रही थीं। उनके एक-एक रोयें से सच्ची सदिच्छाएँ निकल रही थीं और रूपा बैठी स्वर्गीय दृश्य का आनंद लेने में निमग्न थी।

6

नशा

ईश्वरी एक बड़े ज़मींदार का लड़का था और मैं एक ग़रीब क्लर्क था, जिसके पास मेहनत-मजूरी के सिवा और कोई जायदाद न थी। हम दोनों में परस्पर बहसें होती रहती थीं। मैं ज़मींदारों की बुराई करता, उन्हें हिंसक पशु और ख़ून चूसने वाली जोंक और वृक्षों की चोटी पर फूलनेवाला बंझा कहता। वह ज़मींदारों का पक्ष लेता; पर स्वभावतः उसका पहलू कुछ कमज़ोर होता था, क्योंकि उसके पास ज़मींदारों के अनुकूल कोई दलील न थी। यह कहना कि सभी मनुष्य बराबर नहीं होते, छोटे-बड़े हमेशा होते रहते हैं और होते रहेंगे, लचर दलील थी। किसी मानुषीय या नैतिक नियम से इस व्यवस्था का औचित्य सिद्ध करना कठिन था। मैं इस वाद-विवाद की गर्मा-गर्मी में अक्सर तेज़ हो जाता और लगने वाली बातें कह जाता; लेकिन ईश्वरी हारकर भी मुस्कुराता रहता था। मैंने उसे कभी गर्म होते नहीं देखा। शायद उसका कारण यह था कि वह अपने पक्ष की कमज़ोरी समझता था। नौकरों से वह सीधे मुँह बात न करता था। अमीरों में जो एक बेदर्दी और उद्दंडता होती है, उसका उसे भी प्रचुर भाग मिला था। नौकर ने बिस्तर लगाने में ज़रा भी देर की, दूध ज़रूरत से ज़्यादा गर्म या ठंडा हुआ, साइकिल अच्छी तरह साफ़ नहीं हुई, तो वह आपे से बाहर हो जाता। सुस्ती, बदतमीज़ी उसे ज़रा भी बर्दाश्त न थी, पर दोस्तों से

और विशेषकर मुझसे उसका व्यवहार सौहार्द और नम्रता से भरा होता था। शायद उसकी जगह मैं होता, तो मुझमें भी वही कठोरताएँ पैदा हो जातीं, जो उसमें थीं; क्योंकि मेरा लोक-प्रेम सिद्धांतों पर नहीं, निजी दशाओं पर टिका हुआ था; लेकिन वह मेरी जगह होकर भी शायद अमीर ही रहता, क्योंकि वह प्रकृति से ही विलासी और ऐश्वर्य-प्रिय था।

अबकी दशहरे की छुट्टियों में मैंने निश्चय किया कि घर न जाऊँगा। मेरे पास किराये के लिए रुपए न थे और न मैं घरवालों को तकलीफ़ देना चाहता था। मैं जानता हूँ वे मुझे जो कुछ देते हैं वह उनकी हैसियत से बहुत ज़्यादा है। इसके साथ ही परीक्षा का भी ख़याल था। अभी बहुत-कुछ पढ़ना बाकी था और घर जाकर कौन पढ़ता है। बोर्डिंग हाउस में भूत की तरह अकेले पड़े रहने को भी जी न चाहता था। लेकिन जब ईश्वरी ने मुझे अपने घर चलने का नेवता दिया, तो मैं बिना आग्रह के राज़ी हो गया। ईश्वरी के साथ परीक्षा की तैयारी ख़ूब हो जाएगी। वह अमीर होकर भी मेहनती और ज़हीन है।

उसने इसके साथ ही कहा, "लेकिन भाई एक बात का ख़याल रखना। वहाँ अगर ज़मींदारों की निंदा की तो मुआमला बिगड़ जाएगा और मेरे घरवालों को बुरा लगेगा। वह लोग तो असामियों पर इसी दावे से शासन करते हैं कि ईश्वर ने असामियों को उनकी सेवा के लिए पैदा किया है। असामी भी यही समझता है। अगर उसे सुझा दिया जाए कि ज़मींदार और असामी में कोई मौलिक भेद नहीं है, तो ज़मींदारों का कहीं पता न लगे।"

मैंने कहा, "तो क्या तुम समझते हो कि मैं वहाँ जाकर कुछ और हो जाऊँगा?"

"हाँ मैं तो यही समझता हूँ।"

"तो तुम ग़लत समझते हो।"

ईश्वरी ने इसका कोई जवाब न दिया। कदाचित् उसने इस मुआमले को मेरे विवेक पर छोड़ दिया और बहुत अच्छा किया। अगर वह अपनी बात पर अड़ता, तो मैं भी ज़िद पकड़ लेता।

सेकेंड क्लास तो क्या मैंने कभी इंटर क्लास में भी सफ़र न किया था। अबकी सेकेंड क्लास में सफ़र करने का सौभाग्य प्राप्त हुआ। गाड़ी तो नौ बजे रात को आती थी,

पर यात्रा के हर्ष में हम शाम को ही स्टेशन जा पहुँचे। कुछ देर इधर-उधर सैर करने के बाद रिफ़्रश्मेंट रूम में जाकर हम लोगों ने भोजन किया। मेरी वेश-भूषा और रंग-ढंग से पारखी खानसामों को यह पहचानने में देर न लगी कि मालिक कौन है और पिछलग्गू कौन; लेकिन न जाने मुझे उनकी गुस्ताख़ी बुरी लग रही थी। पैसे ईश्वरी के जेब से गए। शायद मेरे पिता को जो वेतन मिलता है, उससे ज़्यादा इन ख़ानसामों को इनाम-एकराम में मिल जाता हो। एक अठन्नी तो चलते समय ईश्वरी ही ने दी। फिर भी मैं उन सबों से उसी तत्परता और विनय की प्रतीक्षा करता था, जिससे वे ईश्वरी की सेवा कर रहे थे! ईश्वरी के हुक्म पर सब-के-सब क्यों दौड़ते हैं, लेकिन मैं कोई चीज़ माँगता हूँ तो इतना उत्साह नहीं दिखाते? मुझे भोजन में कुछ स्वाद न मिला। वह भेद मेरे ध्यान को सम्पूर्ण रूप से अपनी ओर खींचे हुए था।

गाड़ी आई, हम दोनों सवार हुए, ख़ानसामों ने ईश्वरी को सलाम किया। मेरी और देखा भी नहीं।

ईश्वरी ने कहा, "कितने तमीज़दार हैं ये सब। एक हमारे नौकर हैं कि कोई काम करने का ढंग नहीं।"

मैंने खट्टे मन से कहा, "इसी तरह अगर तुम अपने नौकरों को भी आठ आने रोज़ इनाम दिया करो तो शायद इससे ज़्यादा तमीज़दार हो जाएँ।"

"तो क्या तुम समझते हो, यह सब केवल इनाम के लालच से इतना अदब करते हैं?"

"जी नहीं, कदापि नहीं। तमीज़ और अदब तो इनके रक्त में मिल गया है!"

गाड़ी चली। डाक थी। प्रयाग से चली तो प्रतापगढ़ जाकर रुकी। एक आदमी ने हमारा कमरा खोला। मैं तुरंत चिल्ला उठा, "दूसरा दरजा है–सेकेंड क्लास है।"

उस मुसाफ़िर ने डब्बे के अंदर मेरी ओर एक विचित्र उपेक्षा की दृष्टि से देखकर कहा, "जी हाँ, सेवक भी इतना समझता है, और बीचवाले बर्थ पर बैठ गया। मुझे कितनी लज्जा आई, कह नहीं सकता।"

भोर होते-होते हम लोग मुरादाबाद पहुँचे। स्टेशन पर कई आदमी हमारा स्वागत करने के लिए खड़े थे। दो भद्र पुरुष थे। पाँच बेगार। बेगारों ने हमारा लगेज उठाया। दोनों भद्र पुरुष पीछे-पीछे चले। एक मुसलमान था, रियासत अली, दूसरा

ब्राह्मण था, रामहरख। दोनों ने मेरी ओर अपरिचित नेत्रों से देखा, मानो कह रहे हैं, 'तुम कौवे होकर हंस के साथ कैसे?'

रियासत अली ने ईश्वरी से पूछा, "यह बाबू साहब क्या आपके साथ पढ़ते हैं?"

ईश्वरी ने जवाब दिया, "हाँ, साथ पढ़ते हैं, और साथ रहते भी हैं? यों कहिए कि आप ही की बदौलत मैं इलाहाबाद पड़ा हुआ हूँ, नहीं कब का लखनऊ चला आया होता। अबकी मैं इन्हें घसीट लाया। इनके घर से कई तार आ चुके थे; मगर मैंने इनकारी जवाब दिलवा दिए। आख़िरी तार तो अर्जेंट था, जिसकी फ़ीस चार आने प्रति शब्द है; पर यहाँ से भी उसका जवाब इनकारी ही गया।"

दोनों सज्जनों ने मेरी ओर चकित नेत्रों से देखा। आतंकित हो जाने की चेष्टा करते हुए जान पड़े।

रियासत अली ने अर्द्ध शंका के स्वर में कहा, "लेकिन आप बड़े सादे लिबास में रहते हैं!"

ईश्वरी ने शंका निवारण की, "महात्मा गाँधी के भक्त हैं साहब! खद्दर के सिवा कुछ पहनते ही नहीं। पुराने सारे कपड़े जला डाले! यों कहो कि राजा हैं। ढाई लाख सालाना की रियासत है; पर आपकी सूरत देखो तो मालूम होता है, अभी अनाथालय से पकड़कर आए हैं।"

रामहरख बोले, "अमीरों का ऐसा स्वभाव बहुत कम देखने में आता है। कोई भाँप ही नहीं सकता।"

रियासत अली ने समर्थन किया, "आपने महाराज चाँगली को देखा होता, तो दाँतों उँगली दबाते। एक गाढ़े की मिर्जई और चमरौधे जूते पहने बाज़ारों में घूमा करते थे। सुनते हैं, एक बार बेगार में पकड़े गए थे और उन्हीं ने दस लाख से कालेज खोल दिया।"

मैं मन में कटा जा रहा था; पर न जाने क्या बात थी कि यह सफ़ेद झूठ उस वक़्त मुझे हास्यास्पद न जान पड़ा। उसके प्रत्येक वाक्य के साथ मानो मैं उस कल्पित वैभव के समीपतर आता जाता था।

मैं शहसवार नहीं हूँ। हाँ, लड़कपन में कई बार लद्दू घोड़ों पर सवार हुआ हूँ। यहाँ देखा तो दो कलाँ-रास घोड़े हमारे लिए तैयार खड़े थे। मेरी तो जान ही निकल गई। सवार तो हुआ; पर बोटियाँ काँप रही थीं। मैंने चेहरे पर शिकन न पड़ने दिया।

घोड़े को ईश्वरी के पीछे डाल दिया। ख़ैरियत यह हुई कि ईश्वरी ने घोड़े को तेज़ न किया, वरना शायद मैं हाथ-पाँव तुड़वाकर लौटता। संभव है, ईश्वरी ने समझ लिया हो कि वह कितने पानी में है।

ईश्वरी का घर क्या था, क़िला था। इमामबाड़े का-सा फाटक, द्वार पर पहरेदार टहलता हुआ, नौकरों का कोई हिसाब नहीं, एक हाथी बँधा हुआ। ईश्वरी ने अपने पिता, चाचा, ताऊ आदि सबसे मेरा परिचय कराया, और उसी अतिशयोक्ति के साथ। ऐसी हवा बाँधी कि कुछ न पूछिए। नौकर-चाकर ही नहीं, घर के लोग भी मेरा सम्मान करने लगे। देहात के ज़मींदार, लाखों का मुनाफ़ा, मगर पुलिस कांसटेबिल को भी अफ़सर समझने वाले। कई महाशय तो मुझे हुज़ूर-हुज़ूर कहने लगे।

जब ज़रा एकांत हुआ, तो मैंने ईश्वरी से कहा, "तुम बड़े शैतान हो यार, मेरी मिट्टी क्यों पलीद कर रहे हो?"

ईश्वरी ने सुदृढ़ मुस्कान के साथ कहा, "इन गधों के सामने यही चाल ज़रूरी थी; वरना सीधे मुँह बोलते भी नहीं।"

ज़रा देर बाद एक नाई हमारे पाँव दबाने आया। कुँवर लोग स्टेशन से आए हैं, थक गए होंगे। ईश्वरी ने मेरी ओर इशारा करके कहा, "पहले कुँवर साहब के पाँव दबा।"

मैं चारपाई पर लेटा हुआ था। मेरे जीवन में ऐसा शायद ही कभी हुआ हो कि किसी ने मेरे पाँव दबाए हों। मैं इसे अमीरों के चोंचले, रईसों का गधापन और बड़े आदमियों की मुटमरदी और जाने क्या-क्या कहकर ईश्वरी का परिहास किया करता और आज मैं पोतड़ों का रईस बनने का स्वाँग भर रहा था।

इतने में दस बज गए। पुरानी सभ्यता के लोग थे। नई रोशनी अभी केवल पहाड़ की चोटी तक पहुँच पाई थी। अंदर से भोजन का बुलावा आया। हम स्नान करने चले। मैं हमेशा अपनी धोती ख़ुद छाँट लिया करता हूँ; मगर यहाँ मैंने ईश्वरी की ही भाँति अपनी धोती भी छोड़ दी। अपने हाथों अपनी धोती छाँटते शर्म आ रही थी। अंदर भोजन करने चले। होटल में जूते पहने मेज़ पर डटते थे। यहाँ पाँव धोना आवश्यक था। कहार पानी लिए खड़ा था। ईश्वरी ने पाँव बढ़ा दिए। कहार ने उसके

पाँव धोए। मैंने भी पाँव बढ़ा दिए। कहार ने मेरे पाँव भी धोए। मेरा वह विचार न जाने कहाँ चला गया था।

सोचा था, वहाँ देहात में एकाग्र होकर ख़ूब पढ़ेंगे; पर वहाँ सारा दिन सैर-सपाटे में कट जाता था। कहीं नदी में बजरे पर सैर कर रहे हैं; कहीं मछलियों या चिड़ियों का शिकार खेल रहे हैं, कहीं पहलवानों की कुश्ती देख रहे हैं, कहीं शतरंज पर जमे हैं। ईश्वरी ख़ूब अंडे मँगवाता और कमरे में 'स्टोव' पर आमलेट बनते। नौकरों का एक जत्था हमेशा घेरे रहता। अपने हाथ-पाँव को हिलाने की कोई ज़रूरत नहीं। केवल एक ज़ुबान हिला देना काफ़ी है। नहाने बैठे तो आदमी नहलाने को हाज़िर, लेटे तो आदमी पंखा झलने को खड़े। मैं महात्मा गाँधी का कुँअर चेला मशहूर था। भीतर से बाहर तक मेरी धाक थी। नाश्ते में ज़रा भी देर न होने पाए, कहीं कुँअर साहब नाराज़ न हो जाएँ, बिछावन ठीक समय पर लग जाए, कुँवर साहब के सोने का समय आ गया। मैं ईश्वरी से भी ज़्यादा नाज़ुक दिमाग़ बन गया था, या बनने पर मजबूर किया गया था। ईश्वरी अपने हाथ से बिस्तर बिछा ले; लेकिन कुँवर मेहमान अपने हाथों से कैसे अपना बिछावन बिछा सकते हैं! उनकी महानता में बट्टा लग जाएगा।

एक दिन सचमुच यही बात हो गई। ईश्वरी घर में थे। शायद अपनी माता से कुछ बातचीत करने में देर हो गई। यहाँ दस बज गए। मेरी आँखें नींद से झपक रही थीं; मगर बिस्तर कैसे लगाऊँ? कुँअर जो ठहरा। कोई साढ़े ग्यारह बजे महरा आया। बड़ा मुँहलगा नौकर था। घर के धंधों में मेरा बिस्तर लगाने की उसे सुधि ही न रही। अब जो याद आई, तो भागा हुआ आया। मैंने ऐसी डाँट बताई कि उसने भी याद किया होगा।

ईश्वरी मेरी डाँट सुनकर बाहर निकल आया और बोला, "तुमने बहुत अच्छा किया। यह सब हरामखोर इसी व्यवहार के योग्य हैं।"

इसी तरह ईश्वरी एक दिन एक जगह दावत में गया हुआ था। शाम हो गई; पर लैम्प न जला। लैम्प मेज़ पर रखा हुआ था। दियासलाई भी वहीं थी; लेकिन ईश्वरी ख़ुद कभी लैम्प नहीं जलाता। फिर कुँअर साहब कैसे जलाएँ? मैं झुँझला रहा था। समाचार-पत्र आया रखा हुआ था। जी उधर लगा हुआ था; पर लैम्प नदारत। दैवयोग उसी वक़्त मुंशी रियासत अली आ निकले। मैं उन्हीं पर उबल पड़ा ऐसी

फटकार बताई कि बेचारा उल्लू हो गया, "तुम लोगों को इतनी फ़िक्र भी नहीं कि लैम्प जलवा दो! मालूम नहीं, ऐसे कामचोर आदमियों का यहाँ कैसे गुज़र होता है। मेरे यहाँ घंटे भर निर्वाह न हो। रियासत अली ने काँपते हुए हाथों से लैम्प जला दिया।"

वहाँ एक ठाकुर अक्सर आया करता था। कुछ मनचला आदमी था, महात्मा गाँधी का परम भक्त। मुझे महात्माजी का चेला समझकर मेरा लिहाज़ करता था; पर मुझसे कुछ पूछते संकोच करता था। एक दिन मुझे अकेला देखकर आया और हाथ बाँधकर बोला, "सरकार तो गाँधी बाबा के चेले हैं न? लोग कहते हैं कि यहाँ स्वराज्य हो जाएगा तो ज़मींदार न रहेंगे।"

मैंने शान जमाई, "ज़मींदारों के रहने की ज़रूरत ही क्या है? यह लोग ग़रीबों का ख़ून चूसने के सिवा और क्या करते हैं?"

ठाकुर ने फिर पूछा, "तो क्या सरकार, सब ज़मींदारों की ज़मीन छीन ली जाएगी?"

मैंने कहा, "बहुत से लोग ख़ुशी से दे देंगे। जो लोग ख़ुशी से न देंगे उनकी ज़मीन छीननी ही पड़ेगी। हम लोग तो तैयार बैठे हुए हैं। ज्यों ही स्वराज्य हुआ, अपने सारे इलाक़े असामियों के नाम हिब्बा कर देंगे।"

मैं कुरसी पर पाँव लटकाए बैठा था। ठाकुर मेरे पाँव दबाने लगा। फिर बोला, "आजकल ज़मींदार लोग बड़ा ज़ुल्म करते हैं सरकार! हमें भी हुज़ूर अपने इलाक़े में थोड़ी-सी ज़मीन दे दें; तो चलकर वहीं आपकी सेवा में रहें।"

मैंने कहा, "अभी तो मेरा कोई इख़्तियार नहीं है भाई, लेकिन ज्यों ही इख़्तियार मिला, मैं सबसे पहले तुम्हें बुलाऊँगा। तुम्हें मोटर-ड्राइवरी सिखाकर अपना ड्राइवर बना लूँगा।"

सुना, उस दिन ठाकुर ने ख़ूब भंग पी और अपनी स्त्री को ख़ूब पीटा और गाँव के महाजन से लड़ने पर तैयार हो गया।

छुट्टी इस तरह तमाम हुई और हम फिर प्रयाग चले। गाँव के बहुत से लोग हम लोगों को पहुँचाने आए। ठाकुर तो हमारे साथ स्टेशन तक आया। मैंने भी अपना पार्ट ख़ूब सफ़ाई से खेला और अपनी कुबेरोचित विनय और देवत्व की मुहर हरेक

हृदय पर लगा दी। जी तो चाहता था, हरेक को अच्छा इनाम दूँ, लेकिन यह सामर्थ्य कहाँ थी? वापसी टिकट था ही, केवल गाड़ी में बैठना था, पर गाड़ी आई तो ठसाठस भरी हुई। दुर्गा पूजा की छुट्टियाँ भोगकर सभी लोग लौट रहे थे। सेकेंड क्लास में तिल रखने की जगह नहीं। इंटर क्लास की हालत उससे भी बदतर। यह आख़िरी गाड़ी थी। किसी तरह रुक न सकते थे। बड़ी मुश्किल से तीसरे दर्जे में जगह मिली। हमारे ऐश्वर्य ने वहाँ अपना रंग जमा लिया; मगर मुझे उसमें बैठना बुरा लग रहा था। आए थे आराम से लेटे-लेटे, जा रहे थे सिकुड़े हुए। पहलू बदलने की भी जगह न थी।

कई आदमी पढ़े-लिखे भी थे। आपस में अँग्रेज़ी राज्य की तारीफ़ करते जा रहे थे। एक महाशय बोले, "ऐसा न्याय तो किसी राज्य में नहीं देखा। छोटे-बड़े सब बराबर। राजा भी किसी पर अन्याय करे, तो अदालत उसकी भी गर्दन दबा देती है।

दूसरे सज्जन ने समर्थन किया, "अरे साहब, आप ख़ुद बादशाह पर दावा कर सकते हैं! अदालत में बादशाह पर डिग्री हो जाती है।"

एक आदमी, जिसकी पीठ पर बड़ा-सा गट्ठर बँधा था, कलकत्ते जा रहा था। कहीं गठरी रखने की जगह न मिलती थी। पीठ पर बाँधे हुए था। इससे बेचैन होकर बार-बार द्वार पर खड़ा हो जाता। मैं द्वार के पास ही बैठा हुआ था। उसका बार-बार आकर मेरे मुँह को अपनी गठरी से रगड़ना मुझे बहुत बुरा लग रहा था। एक तो हवा यों ही कम थी, दूसरे उस गँवार का आकर मेरे मुँह पर खड़ा हो जाना मानो मेरा गला दबाना था। मैं कुछ देर ज़ब्त किए बैठा रहा। एकाएक मुझे क्रोध आ गया। मैंने उसे पकड़कर ढकेल दिया और दो तमाचे ज़ोर-ज़ोर से लगाए।

उसने आँखें निकालकर कहा, "क्यों मारते हो बाबूजी, हमने भी किराया दिया है।"

मैंने उठकर दो-तीन तमाचे और जड़ दिए।

गाड़ी में तूफ़ान आ गया। चारों ओर से मुझ पर बौछार पड़ने लगी।

"अगर इतने नाज़ुक मिज़ाज हो, तो अव्वल दर्जे में क्यों नहीं बैठे?"

"कोई बड़ा आदमी होगा तो अपने घर का होगा। मुझे इस तरह मारते, तो दिखा देता।"

"क्या कसूर किया था बेचारे ने? गाड़ी में साँस लेने की जगह नहीं, खिड़की पर ज़रा साँस लेने खड़ा हो गया तो उस पर इतना क्रोध! अमीर होकर क्या आदमी अपनी इंसानियत बिलकुल खो देता है?"

"यह भी अँग्रेज़ी राज है, जिसका आप बखान कर रहे थे!"

एक ग्रामीण बोला, "दफ़तरन माँ घुसन तो पावत नहीं, उस पर इत्ता मिज़ाज!"

ईश्वरी ने अँग्रेज़ी में कहा, "What an idiot you are Sir!"

और मेरा नशा कुछ-कुछ उतरता हुआ मालूम होता था।

7

सज्जनता का दंड

साधारण मनुष्य की तरह शाहजहाँपुर के डिस्ट्रिक्ट इंजीनियर सरदार शिवसिंह में भी भलाइयाँ और बुराइयाँ दोनों ही वर्तमान थीं। भलाई यह थी कि उनके यहाँ न्याय और दया में कोई अंतर न था। बुराई यह थी कि वे सर्वथा निर्लोभ और निःस्वार्थ थे। भलाई ने मातहतों को निडर और आलसी बना दिया था, बुराई के कारण उस विभाग के सभी अधिकारी उनकी जान के दुश्मन बन गए थे।

प्रातःकाल का समय था। वे किसी पुल की निगरानी के लिए तैयार खड़े थे। मगर साईस अभी तक मीठी नींद ले रहा था। रात को उसे अच्छी तरह सहेज दिया था कि पौ फटने के पहले गाड़ी तैयार कर लेना। लेकिन सुबह भी हुई, सूर्य भगवान् ने दर्शन भी दिए, शीतल किरणों में गर्मी भी आई, पर साईस की नींद अभी तक नहीं टूटी।

सरदार साहब खड़े-खड़े थक कर एक कुर्सी पर बैठ गए। साईस तो किसी तरह जागा, परंतु अर्दली के चपरासियों का पता नहीं। जो महाशय डाक लेने गए थे, वे एक ठाकुरद्वारा में खड़े चरणामृत की परीक्षा कर रहे थे। जो ठेकेदार को बुलाने गए थे वे बाबा रामदास की सेवा में बैठे गाँजे का दम लगा रहे थे।

धूप तेज़ होती जाती थी। सरदार साहब झुँझला कर मकान में चले गए और अपनी पत्नी से बोले, इतना दिन चढ़ आया, अभी तक एक चपरासी का भी पता नहीं। इनके मारे तो मेरे नाक में दम आ गया है।

पत्नी ने दीवार की ओर देख कर सरदार साहब से कहा, "यह सब उन्हें सिर चढ़ाने का फल है।"

सरदार साहब चिड़ कर बोले, "क्या करूँ, उन्हें फाँसी दे दूँ?"

सरदार साहब के पास मोटरकार का तो कहना ही क्या, कोई फिटन भी न थी। वे अपने इक्के से ही प्रसन्न थे, जिसे उनके नौकर-चाकर अपनी भाषा में उड़नखटोला कहते थे। शहर के लोग उसे इतना आदर-सूचक नाम न देकर छकड़ा कहना ही उचित समझते थे। इस तरह सरदार साहब अन्य व्यवहारों में भी बड़े मितव्ययी थे। उनके दो भाई इलाहाबाद में पढ़ते थे। विधवा माता बनारस में रहती थीं। एक विधवा बहिन भी उन्हीं पर अवलंबित थी। इनके सिवा कई ग़रीब लड़कों को छात्रवृत्तियाँ भी देते थे। इन्हीं कारणों से वे सदा ख़ाली हाथ रहते! यहाँ तक कि उनके कपड़ों पर भी इस आर्थिक दशा के चिह्न दिखाई देते थे! लेकिन यह सब कष्ट सह कर भी वे लोभ को अपने पास फटकने न देते थे! जिन लोगों पर उनका स्नेह था वे उनकी सज्जनता को सराहते थे और उन्हें देवता समझते थे। उनकी सज्जनता से उन्हें कोई हानि न होती थी, लेकिन जिन लोगों से उनके व्यावसायिक संबंध थे, वे उनके सदभाओं के ग्राहक न थे, क्योंकि उन्हें हानि होती थी। यहाँ तक कि उन्हें अपनी सहधर्मिणी से भी कभी-कभी अप्रिय बातें सुन्नी पड़ती थीं।

एक दिन वे दफ़्तर से आए तो उनकी पत्नी ने स्नेहपूर्ण ढंग से कहा, "तुम्हारी यह सज्जनता किस काम की, जब सारा संसार तुमको बुरा कह रहा है।"

सरदार साहब ने दृढ़ता से जवाब दिया, "संसार जो चाहे कहे, परमात्मा तो देखता है।"

रामा ने यह जवाब पहले ही सोच लिया। वह बोली, "मैं तुमसे विवाद तो करती नहीं, मगर ज़रा अपने दिल में विचार करके देखो कि तुम्हारी इस सच्चाई का दूसरों पर क्या असर पड़ता है? तुम तो अच्छा वेतन पाते हो। तुम अगर हाथ न बढ़ाओ तो तुम्हारा निर्वाह हो सकता है? रूखी रोटियाँ मिल ही जाएँगी, मगर ये दस-दस

पाँच-पाँच रुपए के चपरासी, मुहर्रिर, दफ़्तरी बेचारे कैसे गुज़र करें। उनके भी बाल-बच्चे हैं। उनके भी कुटुम्ब-परिवार हैं। शादी-गमी, तिथि-त्यौहार यह सब उनके पास लगे हुए हैं। भलमनसी का भेष बनाए काम नहीं चलता। बताओ उनका गुज़र कैसे हो? अभी रामदीन चपरासी की घरवाली आई थी। रोते-रोते आँचल भीगता था। लड़की सयानी हो गई है। अब उसका ब्याह करना पड़ेगा। ब्राह्मण की जाति–हज़ारों का ख़र्च। बताओ उसके आँसू किसके सिर पड़ेंगे?

ये सब बातें सच थीं। इनसे सरदार साहब को इनकार नहीं हो सकता था। उन्होंने स्वयं इस विषय में बहुत कुछ विचार किया था। यही कारण था कि वह अपने मातहतों के साथ बड़ी नर्मी का व्यवहार करते थे। लेकिन सरलता और शालीनता का आत्मिक गौरव चाहे जो हो, उनका आर्थिक मोल बहुत कम है। वे बोले, "तुम्हारी बातें सब यथार्थ हैं, किंतु मैं विवश हूँ। अपने नियमों को कैसे तोड़ूँ? यदि मेरा वश चले तो मैं उन लोगों का वेतन बढ़ा दूँ। लेकिन यह नहीं हो सकता कि मैं ख़ुद लूट मचाऊँ और उन्हें लूटने दूँ।"

रामा ने व्यंग्यपूर्ण शब्दों में कहा, "तो यह हत्या किस पर पड़ेगी?"

सरदार साहब ने तीव्र हो कर उत्तर दिया, "यह उन लोगों पर पड़ेगी जो अपनी हैसियत और आमदनी से अधिक ख़र्च करना चाहते हैं। अरदली बनकर क्यों वकील के लड़के से लड़की ब्याहने को ठानते हैं। दफ़्तरी को यदि टहलुवे की ज़रूरत हो तो यह किसी पाप कार्य से कम नहीं। मेरे साईस की स्त्री अगर चाँदी की सिल गले में डालना चाहे तो यह उसकी मूर्खता है। इस झूठी बड़ाई का उत्तरदाता मैं नहीं हो सकता।

इंजीनियरों का ठेकेदारों से कुछ ऐसा ही संबंध है जैसे मधु-मक्खियों का फूलों से। अगर वे अपने नियत भाग से अधिक पाने की चेष्टा न करें तो उनसे किसी को शिकायत नहीं हो सकती। यह मधु-रस कमीशन कहलाता है। रिश्वत लोक और परलोक दोनों का ही सर्वनाश कर देती है। उसमें भय है, चोरी है, बदमाशी है। मगर कमीशन एक मनोहर वाटिका है, जहाँ न मनुष्य का डर है, न परमात्मा का भय, यहाँ तक कि वहाँ आत्मा की छिपी हुई चुटकियों का भी गुज़र नहीं है। और कहाँ तक कहें उसकी ओर बदनामी आँख भी नहीं उठा सकती। यह वह बलिदान है, जो हत्या होते हुए भी धर्म का एक अंश है। ऐसी अवस्था में यदि सरदार शिवसिंह

अपने उज्ज्वल चरित्र को इस धब्बे से साफ़ रखते थे और उस पर अभिमान करते थे, तो क्षमा के पात्र थे।

मार्च का महीना बीत रहा था। चीफ़ इंजीनियर साहब ज़िले में मुआयना करने आ रहे थे। मगर अभी तक इमारतों का काम अपूर्ण था। सड़कें ख़राब हो रही थीं, ठेकेदारों ने मिट्टी और कंकड़ भी नहीं जमा किए थे।

सरदार साहब रोज़ ठेकेदारों को ताकीद करते थे, मगर इसका कुछ फल न होता था।

एक दिन उन्होंने सबको बुलाया। वे कहने लगे, "तुम लोग क्या यही चाहते हो कि मैं इस ज़िले से बदनाम होकर जाऊँ। मैंने तुम्हारे साथ कोई बुरा सलूक नहीं किया। मैं चाहता तो आपसे काम छीन कर ख़ुद करा लेता, मगर मैंने आपको हानि पहुँचाना उचित न समझा। उसकी मुझे यह सज़ा मिल रही है। ख़ैर!"

ठेकेदार लोग यहाँ से चले तो बातें होने लगीं। मिस्टर गोपालदास बोले, "अब आटे-दाल का भाव मालूम हो जाएगा।"

शाहबाज़ ख़ाँ ने कहा, "किसी तरह इसका जनाज़ा निकले तो यहाँ से..."

सेठ चुन्नीलाल ने फ़रमाया, "इंजीनियर से मेरी जान-पहचान है। मैं उसके साथ काम कर चुका हूँ। वह उन्हें ख़ूब लथेड़ेगा।

इस पर बूढ़े हरिदास ने उपदेश दिया, "यारो, स्वार्थ की बात है। नहीं तो सच यह है कि यह मनुष्य नहीं, देवता है। भला और नहीं तो साल भर में कमीशन के 10 हज़ार तो होते होंगे। इतने रुपयों को ठीकरे की तरह तुच्छ समझना क्या कोई सहज बात है? एक हम हैं कि कौड़ियों के पीछे ईमान बेचते फिरते हैं। जो सज्जन पुरुष हमसे एक पाई का रवादार न हो, सब प्रकार के कष्ट उठा कर भी जिसकी नियत डाँवाँडोल न हो, उसके साथ ऐसा नीच और कुटिल बरताव करना पड़ता है। इसे अपने अभाग्य के सिवा और क्या समझें।"

शाहबाज़ ख़ाँ ने फ़रमाया, "हाँ; इसमें तो कोई शक नहीं कि यह शख़्स नेकी का फ़रिश्ता है।"

सेठ चुन्नीलाल ने गंभीरता से कहा, "ख़ाँ साहब! बात तो वही है, जो तुम कहते हो। लेकिन किया क्या जाए? नेकनियती से तो काम नहीं चलता। यह दुनिया तो छल-कपट की है।"

मिस्टर गोपालदास बी.ए. पास थे। वे गर्व के साथ बोले, "इन्हें जब इस तरह रहना था तो नौकरी करने की क्या ज़रूरत थी? यह कौन नहीं जानता की नियत को साफ़ रखना अच्छी बात है। मगर यह भी तो देखना चाहिए कि इसका दूसरों पर क्या असर पड़ता है। हमको तो ऐसा आदमी चाहिए जो ख़ुद खाए और हमें भी खिलावे। ख़ुद हलुवा खाए, हमें रूखी रोटियाँ ही खिलावे। वह अगर एक रुपया कमीशन लेगा तो उसकी जगह पाँच का फ़ायदा कर देगा। इन महाशय के यहाँ क्या है? इसीलिए आप जो चाहें कहें, मेरी तो कभी इनसे निभ नहीं सकती।"

शाहबाज़ ख़ाँ बोले, "हाँ, नेक और पाक-साफ़ रहना ज़रूर अच्छी चीज़ है, मगर ऐसी नेकी ही क्या जो दूसरों की जान ले ले।"

बूढ़े हरिदास की बातों की जिन लोगों ने पुष्टि की थी वे सब गोपालदास की हाँ में हाँ मिलाने लगे! निर्बल आत्माओं में सच्चाई का प्रकाश जुगनू की चमक है।

सरदार साहब के एक पुत्री थी। उसका विवाह मेरठ के एक वकील के लड़के से ठहरा था। लड़का होनहार था। जाति-कुल का ऊँचा था। सरदार साहब ने कई महीने की दौड़-धूप में इस विवाह को तै किया था। और सब बातें तै हो चुकी थीं, केवल दहेज का निर्णय नहीं हुआ था। आज वकील साहब का एक पत्र आया। उसने इस बात का भी निश्चय कर दिया, मगर विश्वास, आशा और वचन के बिलकुल प्रतिकूल। पहले वकील साहब ने एक ज़िले के इंजीनियर के साथ किसी प्रकार का ठहराव व्यर्थ समझा। बड़ी सस्ती उदारता प्रकट की। इस लज्जित और घृणित व्यवहार पर ख़ूब आँसू बहाए। मगर जब ज़्यादा पूछताछ करने पर सरदार साहब के धन-वैभव का भेद खुल गया, तब दहेज का ठहराना आवश्यक हो गया। सरदार साहब ने आशंकित हाथों से पत्र खोला, पाँच हज़ार रुपए से कम पर विवाह नहीं हो सकता। वकील साहब को बहुत खेद और लज्जा थी कि वे इस विषय में स्पष्ट होने पर मजबूर किए गए। मगर वे अपने ख़ानदान के कई बूढ़े खुर्राट, विचारहीन, स्वार्थांध महात्माओं के हाथों बहुत तंग थे। उनका कोई वंश न था। इंजीनियर साहब ने एक लम्बी साँस खींची–सारी आशाएँ मिट्टी में मिल गईं। क्या सोचते थे, क्या हो गया। विकल होकर कमरे में टहलने लगे।

उन्होंने ज़रा देर पीछे पत्र को उठा लिया और अंदर चले गए। विचारा कि यह पत्र रामा को सुनावें, मगर फिर ख़्याल आया कि यहाँ सहानुभूति की कोई आशा नहीं।

क्यों अपनी निर्बलता दिखाऊँ? क्यों मूर्ख बनूँ? वह बिना बातों के बात न करेगी। यह सोचकर वे आँगन से लौट गए।

सरदार साहब स्वभाव के बड़े दयालु थे और कोमल हृदय आपत्तियों में स्थिर नहीं रह सकता। वे दुःख और ग्लानि से भरे हुए सोच रहे थे कि मैंने ऐसे कौन से बुरे काम किए हैं जिनका मुझे यह फल मिल रहा है। बरसों की दौड़-धूप के बाद जो कार्य सिद्ध हुआ था वह क्षण मात्र में नष्ट हो गया। अब वह मेरी सामर्थ्य से बाहर है। मैं उसे नहीं सँभाल सकता। चारों ओर अंधकार है। कहीं आशा का प्रकाश नहीं। कोई मेरा सहायक नहीं। उनके नेत्र सजल हो गए।

सामने मेज़ पर ठेकेदारों के बिल रखे हुए थे। वे कई सप्ताहों से यों ही पड़े थे। सरदार ने उन्हें खोल कर भी न देखा था। आज इस आत्मिक ग्लानि और नैराश्य की अवस्था में उन्होंने इन बिलों को सतृष्ण आँखों से देखा। ज़रा से इशारे पर ये सारी कठिनाइयाँ दूर हो सकती हैं। चपरासी और क्लर्क केवल मेरी सम्मति के सहारे सब कुछ कर लेंगे। मुझे ज़ुबान हिलाने की भी ज़रूरत नहीं। न मुझे लज्जित ही होना पड़ेगा। इन विचारों का इतना प्राबल्य हुआ कि वे वास्तव में बिलों को उठा कर गौर से देखने और हिसाब लगाने लगे कि उनमें कितनी निकासी हो सकती है।

मगर शीघ्र ही आत्मा ने उन्हें जगा दिया, "आह! मैं किस भ्रम में पड़ा हुआ हूँ? क्या उस आत्मिक पवित्रता को, जो मेरी जन्म-भर की कमाई है, केवल थोड़े से धन पर अर्पण कर दूँ? जो मैं अपने सहकारियों के सामने गर्व से सिर उठाए चलता था, जिससे मोटरकार वाले भ्रातृगण आँखें नहीं मिला सकते थे, वही मैं आज अपने उस सारे गौरव और मान को, अपनी सम्पूर्ण आत्मिक सम्पत्ति को दस-पाँच हज़ार रुपयों पर त्याग दूँ। ऐसा कदापि नहीं हो सकता।"

अब उस कुविचार को परास्त करने के लिए, जिसने क्षणमात्र के लिए उन पर विजय पा ली थी, वे उस सुनसान कमरे में ज़ोर से ठठा कर हँसे। चाहे यह हँसी उन बिलों ने और कमरे की दीवारों ने न सुनी हो, मगर उनकी आत्मा ने अवश्य सुनी। उस आत्मा को एक कठिन परीक्षा में पार पाने पर परम आनंद हुआ।

सरदार साहब ने उन बिलों को उठा कर मेज़ के नीचे डाल दिया। फिर उन्हें पैरों से कुचला। तब इस विजय पर मुस्कुराते हुए वे अंदर गए।

बड़े इंजीनियर साहब नियत समय पर शाहजहाँपुर आए। उनके साथ सरदार साहब का दुर्भाग्य भी आया। ज़िले के सारे काम अधूरे पड़े हुए थे। उनके ख़ानसामा ने कहा, "हुज़ूर! काम कैसे पूरा हो? सरदार साहब ठेकेदारों को बहुत तंग करते हैं।" हेड क्लर्क ने दफ़्तर के हिसाब को भ्रम और भूलों से भरा हुआ पाया। उन्हें सरदार साहब की तरफ़ से न कोई दावत दी गई न कोई भेंट। तो क्या वे सरदार साहब के नातेदार थे, जो ग़लतियाँ न निकालते।

ज़िले के ठेकेदारों ने एक बहुमूल्य डाली सजाई और उसे बड़े इंजीनियर साहब की सेवा में ले कर हाज़िर हुए। वे बोले, "हुज़ूर! चाहे गुलामों को गोली मार दें, मगर सरदार साहब का अन्याय अब नहीं सहा जाता। कहने को तो कमीशन नहीं लेते मगर सच पूछिए तो जान ले लेते हैं।"

चीफ़ इंजीनियर साहब ने मुआइने की किताब में लिखा, "सरदार शिवसिंह बहुत ईमानदार आदमी हैं। उनका चरित्र उज्ज्वल है, मगर वे इतने बड़े ज़िले के कार्य का भार नहीं सँभाल सकते।"

परिणाम यह हुआ कि वे एक छोटे-से ज़िले में भेज दिए गए और उनका दर्जा भी घटा दिया गया।

सरदार साहब के मित्रों और स्नेहियों ने बड़े समारोह से एक जलसा किया। उसमें उनकी धर्मनिष्ठा और स्वतंत्रता की प्रशंसा की। सभापति ने सजलनेत्र हो कर कम्पित स्वर में कहा, "सरदार साहब के वियोग का दुःख हमारे दिल में सदा खटकता रहेगा। यह घाव कभी न भरेगा।"

मगर 'फ़ेयरवेल डिनर' में यह बात सिद्ध हो गई कि स्वादिष्ट पदार्थों के सामने वियोग का दुःख दुस्सह नहीं।

यात्रा के सामान तैयार थे। सरदार साहब जलसे से आए तो रामा ने उन्हें बहुत उदास और मलिनमुख देखा। उसने बार-बार कहा था कि बड़े इंजीनियर के ख़ानसामा को इनाम दो, हेड क्लर्क की दावत करो; मगर सरदार साहब ने उसकी बात न मानी थी। इसलिए जब उसने सुना कि उनका दर्जा घटा और बदली भी हुई तब उसने बड़ी निर्दयता से अपने व्यंग्य-बाण चलाए। मगर इस वक़्त उन्हें उदास देख कर उससे न रहा गया। बोली, क्या इतने उदास हो? सरदार साहब ने उत्तर दिया, क्या करूँ हँसूँ? रामा ने गंभीर स्वर से कहा, "हँसना ही चाहिए। रोए तो वह जिसने कौड़ियों

पर अपनी आत्मा भ्रष्ट की हो—जिसने रुपयों पर अपना धर्म बेचा हो। यह बुराई का दंड नहीं है। यह भलाई और सज्जनता का दंड है, इसे सानंद झेलना चाहिए।

यह कह उसने पति की ओर देखा तो नेत्रों में सच्चा अनुराग भरा हुआ दिखाई दिया। सरदार साहब ने भी उसकी ओर स्नेहपूर्ण दृष्टि से देखा। उनकी हृदयेश्वरी का मुखारविंद सच्चे आमोद से विकसित था। उसे गले लगा कर वे बोले, "रामा! मुझे तुम्हारी ही सहानुभूति की ज़रूरत थी, अब मैं इस दंड को सहर्ष सहूँगा।"

४

आत्माराम

वेदों-ग्राम में महादेव सोनार एक सुविख्यात आदमी था। वह अपने सायबान में प्रातः से संध्या तक अँगीठी के सामने बैठा हुआ खटखट किया करता था। यह लगातार ध्वनि सुनने के लोग इतने अभ्यस्त हो गए थे कि जब किसी कारण से वह बंद हो जाती, तो जान पड़ता था, कोई चीज़ गायब हो गई। वह नित्य-प्रति एक बार प्रातःकाल अपने तोते का पिंजरा लिए कोई भजन गाता हुआ तालाब की ओर जाता था। उस धुँधले प्रकाश में उसका जर्जर शरीर, पोपला मुँह और झुकी हुई कमर देख कर किसी अपरिचित मनुष्य को उसके पिशाच होने का भ्रम हो सकता था। ज्यों ही लोगों के कानों में आवाज़ आती, "सत्त गुरुदत्त शिवदत्त दाता", लोग समझ जाते कि भोर हो गई।

महादेव का पारिवारिक जीवन सुखमय न था। उसके तीन पुत्र थे, तीन बहुएँ थीं, दर्जनों नाती-पोते थे, लेकिन उसके बोझ को हल्का करनेवाला कोई न था। लड़के कहते, "जब तक दादा जीते हैं, हम जीवन का आनंद भोग लें, फिर तो यह ढोल गले पड़ेगी ही।" बेचारे महादेव को कभी-कभी निराहार ही रहना पड़ता। भोजन के समय उसके घर में साम्यवाद का ऐसा गगनभेदी निर्घोष होता कि वह भूखा ही उठ जाता, और नारियल का हुक्का पीता हुआ सो जाता। उसका व्यावसायिक जीवन और

भी अशांतिकारक था। यद्यपि वह अपने काम में निपुण था, उसकी खटाई औरों से कहीं ज़्यादा शुद्धिकारक और उसकी रासायनिक क्रियाएँ कहीं ज़्यादा कष्टसाध्य थीं, तथापि उसे आए दिन शक्की और धैर्य-शून्य प्राणियों के अपशब्द सुनने पड़ते थे। पर महादेव अविचलित गाम्भीर्य से सिर झुकाए सब कुछ सुना करता था। ज्यों ही यह कलह शांत होता, वह अपने तोते की ओर देख कर पुकार उठता, "सत्त गुरुदत्त शिवदत्त दाता।" इस मंत्र को जपते ही उसके चित्त को पूर्ण शांति प्राप्त हो जाती थी।

एक दिन संयोगवश किसी लड़के ने पिंजरे का द्वार खोल दिया। तोता उड़ गया। महादेव ने सिर उठाकर जो पिंजरे की ओर देखा, तो उसका कलेजा सन्न-से हो गया। तोता कहाँ गया। उसने फिर पिंजरे को देखा, तोता ग़ायब था! महादेव घबरा कर उठा और इधर-उधर खपरैलों पर निगाह दौड़ाने लगा। उसे संसार में कोई वस्तु अगर प्यारी थी, तो वह यही तोता। लड़के-बालों, नाती-पोतों से उसका जी भर गया था। लड़कों की चुलबुल से उसके काम में विघ्न पड़ता था। बेटों से उसे प्रेम न था; इसलिए नहीं कि वे निकम्मे थे, बल्कि इसलिए कि उनके कारण वह अपने आनंददाई कुल्हड़ों की नियमित संख्या से वंचित रह जाता था। पड़ोसियों से उसे चिढ़ थी, इसलिए कि वे अँगीठी से आग निकाल ले जाते थे। इन समस्त विघ्न-बाधाओं से उसके लिए कोई पनाह थी, तो वह यही तोता था। इससे उसे किसी प्रकार का कष्ट न होता था। वह अब उस अवस्था में था जब मनुष्य को शांति भोग के सिवा और कोई इच्छा नहीं रहती।

तोता एक खपरैल पर बैठा था। महादेव ने पिंजरा उतार लिया और उसे दिखाकर कहने लगा, "आ-आ" "सत्त गुरुदत्त शिवदत्त दाता।" लेकिन गाँव और घर के लड़के एकत्र होकर चिल्लाने और तालियाँ बजाने लगे। ऊपर से कौओं ने काँव-काँव की रट लगाई? तोता उड़ा और गाँव से बाहर निकल कर एक पेड़ पर जा बैठा। महादेव ख़ाली पिंजरा लिए उसके पीछे दौड़ा, सो दौड़ा। लोगों को उसकी द्रुतगामिता पर अचम्भा हो रहा था। मोह की इससे सुंदर, इससे सजीव, इससे भावमय कल्पना नहीं की जा सकती।

दोपहर हो गई थी। किसान लोग खेतों से चले आ रहे थे। उन्हें विनोद का अच्छा अवसर मिला। महादेव को चिढ़ाने में सभी को मज़ा आता था। किसी ने कंकड़ फेंके, किसी ने तालियाँ बजाईं। तोता फिर उड़ा और वहाँ से दूर आम के बाग

में एक पेड़ की फुनगी पर जा बैठा। महादेव फिर ख़ाली पिंजरा लिए मेंढक की भाँति उचकता चला। बाग़ में पहुँचा तो पैर के तलुओं से आग निकल रही थी; सिर चक्कर खा रहा था। जब ज़रा सावधान हुआ, तो फिर पिंजरा उठा कर कहने लगा, "सत्त गुरुदत्त शिवदत्त दाता।" तोता फुनगी से उतर कर नीचे की एक डाल पर आ बैठा, किंतु महादेव की ओर सशक नेत्रों से ताक रहा था। महादेव ने समझा, डर रहा है। वह पिंजरे को छोड़ कर आप एक दूसरे पेड़ की आड़ में छिप गया। तोते ने चारों ओर ग़ौर से देखा, निश्शंक हो गया, उतरा और आ कर पिंजरे के ऊपर बैठ गया। महादेव का हृदय उछलने लगा। "सत्त गुरुदत्त शिवदत्त दाता" का मंत्र जपता हुआ धीरे-धीरे तोते के समीप आया और लपका कि तोते को पकड़ ले; किंतु तोता हाथ न आया, फिर पेड़ पर जा बैठा।

शाम तक यही हाल रहा। तोता कभी इस डाल पर जाता, कभी उस डाल पर। कभी पिंजरे पर आ बैठता, कभी पिंजरे के द्वार पर बैठ अपनी दाना-पानी की प्यालियों को देखता, और फिर उड़ जाता। बुड्ढा अगर मूर्तिमान मोह था, तो तोता मूर्तिमयी माया। यहाँ तक कि शाम हो गई। माया और मोह का यह संग्राम अंधकार में विलीन हो गया।

रात हो गई! चारों ओर निविड़ अंधकार छा गया। तोता न जाने पत्तों में कहाँ छिपा बैठा था। महादेव जानता था कि रात को तोता कहीं उड़ कर नहीं जा सकता और न पिंजरे ही में आ सकता है, फिर भी वह उस जगह से हिलने का नाम न लेता था। आज उसने दिन भर कुछ नहीं खाया। रात के भोजन का समय भी निकल गया, पानी की बूँद भी उसके कंठ में न गई; लेकिन उसे न भूख थी, न प्यास! तोते के बिना उसे अपना जीवन निस्सार, शुष्क और सूना जान पड़ता था। वह दिन-रात काम करता था; इसलिए कि यह उसकी अंत:प्रेरणा थी; जीवन के और काम इसलिए करता था कि आदत थी। इन कामों में उसे अपनी सजीवता का लेश-मात्र भी ज्ञान न होता था। तोता ही वह वस्तु था, जो उसे चेतना की याद दिलाता था। उसका हाथ से जाना जीव का देह-त्याग करना था।

महादेव दिन भर का भूखा-प्यासा, थका-माँदा, रह-रह कर झपकियाँ ले लेता था; किंतु एक क्षण में फिर चौंक कर आँखें खोल देता और उस विस्तृत अंधकार में उसकी आवाज़ सुनाई देती, "सत्त गुरुदत्त शिवदत्त दाता"।

आधी रात गुज़र गई थी। सहसा वह कोई आहट पाकर चौंका। देखा, एक दूसरे वृक्ष के नीचे एक धुँधला दीपक जल रहा है, और कई आदमी बैठे हुए आपस में कुछ बातें कर रहे हैं। वे सब चिलम पी रहे थे। तम्बाख़ू की महक ने उसे अधीर कर दिया। उच्च स्वर से बोला, "सत्त गुरुदत्त शिवदत्त दाता" और उन आदमियों की ओर चिलम पीने चला गया; किंतु जिस प्रकार बंदूक की आवाज़ सुनते ही हिरन भाग जाते हैं उसी प्रकार उसे आते देख सब-के-सब उठ कर भागे। कोई इधर गया, कोई उधर। महादेव चिल्लाने लगा, "ठहरो-ठहरो" एकाएक उसे ध्यान आ गया, ये सब चोर हैं। वह ज़ोर से चिल्ला उठा, "चोर-चोर, पकड़ो-पकड़ो।" चोरों ने पीछे फिर कर न देखा।

महादेव दीपक के पास गया, तो उसे एक कलसा रखा हुआ मिला जो मोर्चे से काला हो रहा था। महादेव का हृदय उछलने लगा। उसने कलसे में हाथ डाला, तो मोहरें थीं। उसने एक मोहर बाहर निकाली और दीपक के उजाले में देखा। हाँ, मोहर थी। उसने तुरंत कलसा उठा लिया, और दीपक बुझा दिया और पेड़ के नीचे छिप कर बैठा रहा। साहू से चोर बन गया।

उसे फिर शंका हुई, ऐसा न हो, चोर लौट आवें, और मुझे अकेला देखकर मोहरें छीन लें। उसने कुछ मोहरें कमर में बाँधीं, फिर एक सूखी लकड़ी से ज़मीन की मिट्टी हटा कर कई गड्ढे बनाए, उन्हें मोहरों से भर कर मिट्टी से ढाँक दिया।

महादेव के अंतर्नेत्रों के सामने अब एक दूसरा जगत् था, चिंताओं और कल्पना से परिपूर्ण। यद्यपि अभी कोष के हाथ से निकल जाने का भय था, पर अभिलाशाओं ने अपना काम शुरू कर दिया। एक पक्का मकान बन गया, सराफ़े की एक भारी दुकान खुल गई, निज संबंधियों से फिर नाता जुड़ गया, विलास की सामग्रियाँ एकत्रित हो गईं। तब तीर्थ-यात्रा करने चले, और वहाँ से लौट कर बड़े समारोह से यज्ञ, ब्रह्मभोज हुआ। इसके पश्चात् एक शिवालय और कुआँ बन गया, एक बाग़ भी लग गया और वह नित्यप्रति कथा-पुराण सुनने लगा। साधु-संतों का आदर-सत्कार होने लगा।

अकस्मात् उसे ध्यान आया। कहीं चोर आ जाएँ, तो मैं भागूँगा क्योंकर? उसने परीक्षा करने के लिए कलसा उठाया और दो सौ पग तक बेतहाशा भागा हुआ चला गया। जान पड़ता था, उसके पैरों में पर लग गए हैं। चिंता शांत हो गई।

इन्हीं कल्पनाओं में रात व्यतीत हो गई। उषा का आगमन हुआ, हवा जगी, चिड़ियाँ गाने लगीं। सहसा महादेव के कानों में आवाज़ आई–

"सत्त गुरुदत्त शिवदत्त दाता,

राम के चरण में चित्त लागा।"

यह बोल सदैव महादेव की जिह्वा पर रहता था। दिन में सहस्त्रों ही बार ये शब्द उसके मुँह से निकलते थे, पर उनका धार्मिक भाव कभी भी उसके अंतःकरण को स्पर्श न करता था। जैसे किसी बाजे से राग निकलता है, उसी प्रकार उसके मुँह से यह बोल निकलता था। निरर्थक और प्रभाव-शून्य। तब उसका हृदय-रूपी वृक्ष पत्र-पल्लव विहीन था। यह निर्मल वायु उसे गुंजित न कर सकती थी; पर अब उस वृक्ष में कोपलें और शाखाएँ निकल आई थीं। इस वायु-प्रवाह से झूम उठा, गुंजित हो गया।

अरुणोदय का समय था। प्रकृति एक अनुरागमय प्रकाश में डूबी हुई थी। उसी समय तोता पैरों को जोड़े हुए ऊँची डाल से उतरा, जैसे आकाश से कोई तारा टूटे और आ कर पिंजरे में बैठ गया। महादेव प्रफुल्लित हो कर दौड़ा और पिंजरे को उठा कर बोला, "आओ आत्माराम, तुमने कष्ट तो बहुत दिया, पर मेरा जीवन भी सफल कर दिया। अब तुम्हें चाँदी के पिंजरे में रखूँगा और सोने से मढ़ दूँगा।" उसके रोम-रोम से परमात्मा के गुणानुवाद की ध्वनि निकलने लगी। प्रभु तुम कितने दयावान् हो! यह तुम्हारा असीम वात्सल्य है, नहीं तो मुझ पापी, पतित प्राणी कब इस कृपा के योग्य था! इन पवित्र भावों से उसकी आत्मा विह्वल हो गई! वह अनुरक्त हो कर कह उठा—

"सत्त गुरुदत्त शिवदत्त दाता,

राम के चरण में चित्त लागा।"

उसने एक हाथ में पिंजरा लटकाया, बगल में कलसा दबाया और घर चला।

महादेव घर पहुँचा, तो अभी कुछ अँधेरा था। रास्ते में एक कुत्ते के सिवा और किसी से भेंट न हुई, और कुत्ते को मोहरों से विशेष प्रेम नहीं होता। उसने कलसे को एक नाद में छिपा दिया, और उसे कोयले से अच्छी तरह ढँक कर अपनी कोठरी में रख आया। जब दिन निकल आया तो वह सीधे पुरोहित के घर पहुँचा। पुरोहित पूजा

पर बैठे सोच रहे थे, 'कल ही मुक़दमे की पेशी है और अभी तक हाथ में कौड़ी भी नहीं'–यजमानों में कोई साँस भी नहीं लेता। इतने में महादेव ने पालागन की। पंडित जी ने मुँह फेर लिया। यह अमंगलमूर्ति कहाँ से आ पहुँची, मालूम नहीं, दाना भी मयस्सर होगा या नहीं। रुष्ट होकर पूछा, "क्या है जी, क्या कहते हो। जानते नहीं, हम इस समय पूजा पर रहते हैं।"

महादेव ने कहा, "महाराज, आज मेरे यहाँ सत्यनारायण की कथा है।"

पुरोहित जी विस्मित हो गए। कानों पर विश्वास न हुआ। महादेव के घर कथा का होना उतनी ही असाधारण घटना थी, जितनी अपने घर से किसी भिखारी के लिए भीख निकालना। पूछा, "आज क्या है?"

महादेव बोला, "कुछ नहीं, ऐसी इच्छा हुई कि आज भगवान् की कथा सुन लूँ।"

प्रभात ही से तैयारी होने लगी। वेदों के निकटवर्ती गाँवों में सुपारी फिरी। कथा के उपरांत भोज का भी नेवता था। जो सुनता आश्चर्य करता। आज रेत में दूब कैसे जमी।

संध्या समय जब सब लोग जमा हुए, और पंडित जी अपने सिंहासन पर विराजमान हुए, तो महादेव खड़ा होकर उच्च स्वर में बोला, "भाइयों, मेरी सारी उम्र छल-कपट में कट गई। मैंने न जाने कितने आदमियों को दगा दी, कितने खरे को खोटा किया; पर अब भगवान् ने मुझ पर दया की है, वह मेरे मुँह की कालिख को मिटाना चाहते हैं। मैं आप सब भाइयों से ललकार कर कहता हूँ कि जिसका मेरे ज़िम्मे जो कुछ निकलता हो, जिसकी जमा मैंने मार ली हो, जिसके चोखे माल को खोटा कर दिया हो, वह आ कर अपनी एक-एक कौड़ी चुका ले, अगर कोई यहाँ न आ सका हो, तो आप लोग उससे जा कर कह दीजिए, कल से एक महीने तक, जब जी चाहे, आए और अपना हिसाब चुकता कर ले। गवाही-साखी का काम नहीं।"

सब लोग सन्नाटे में आ गए। कोई मार्मिक भाव से सिर हिला कर बोला, "हम कहते न थे।" किसी ने अविश्वास से कहा, "क्या खा कर भरेगा, हज़ारों का टोटल हो जाएगा।"

एक ठाकुर ने ठठोली की, "और जो लोग सुरधाम चले गए।"

महादेव ने उत्तर दिया, "उसके घर वाले तो होंगे।"

किंतु इस समय लोगों को वसूली की इतनी इच्छा न थी, जितनी यह जानने की कि इसे इतना धन मिल कहाँ से गया। किसी को महादेव के पास आने का साहस न हुआ। देहात के आदमी थे, गड़े मुर्दे उखाड़ना क्या जानें। फिर प्रायः लोगों को याद भी न था कि उन्हें महादेव से क्या पाना है, और ऐसे पवित्र अवसर पर भूल-चूक हो जाने का भय उनका मुँह बंद किए हुए था। सबसे बड़ी बात यह थी कि महादेव की साधुता ने उन्हें वशीभूत कर लिया था।

अचानक पुरोहित जी बोले, "तुम्हें याद है, मैंने एक कंठा बनाने के लिए सोना दिया था, तुमने कई माशे तौल में उड़ा दिए थे।"

महादेव, "हाँ, याद है, आपका कितना नुकसान हुआ होगा?"

पुरोहित, "पचास रुपए से कम न होगा।"

महादेव ने कमर से दो मोहरें निकालीं और पुरोहित जी के सामने रख दीं।

पुरोहित जी की लोलूपता पर टीकाएँ होने लगीं। "यह बेईमानी है, बहुत हो, तो दो-चार रुपए का नुकसान हुआ होगा। बेचारे से पचास रुपए ऐंठ लिए। नारायण का भी डर नहीं। बनने को पंडित, पर नियत ऐसी ख़राब! राम-राम!!

लोगों को महादेव पर एक श्रद्धा-सी हो गई। एक घंटा बीत गया पर उन सहस्त्रों मनुष्यों में से एक भी खड़ा न हुआ। तब महादेव ने फिर कहा, "मालूम होता है, आप लोग अपना-अपना हिसाब भूल गए हैं, इसलिए आज कथा होने दीजिए। मैं एक महीने तक आपकी राह देखूँगा। इसके पीछे तीर्थ-यात्रा करने चला जाऊँगा। आप सब भाइयों से मेरी विनती है कि आप मेरा उद्धार करें।"

एक महीने तक महादेव लेनदारों की राह देखता रहा। रात को चोरों के भय से नींद न आती। अब वह कोई काम न करता। शराब का चसका भी छूटा। साधु-अभ्यागत जो द्वार पर आ जाते, उनका यथायोग्य सत्कार करता। दूर-दूर उसका सुयश फैल गया। यहाँ तक कि महीना पूरा हो गया, और एक आदमी भी हिसाब लेने न आया। अब महादेव को ज्ञान हुआ कि संसार में कितना धर्म, कितना सद्व्यवहार है। अब उसे मालूम हुआ कि संसार बुरों के लिए बुरा है और अच्छों के लिए अच्छा।

इस घटना को हुए पचास वर्ष बीत चुके हैं। आप वेदों जाइए, तो दूर ही से एक सुनहरा कलश दिखाई देता है। वह ठाकुरद्वारे का कलश है। उससे मिला हुआ एक

पक्का तालाब है, जिसमें ख़ूब कमल खिले रहते हैं। उसकी मछलियाँ कोई नहीं पकड़ता, तालाब के किनारे एक विशाल समाधि है। यही आत्माराम का स्मृति-चिह्न है, उसके संबंध में विभिन्न किंवदांतियाँ प्रचलित हैं। कोई कहता है, वह रत्नजड़ित पिंजरा स्वर्ग को चला गया, कोई कहता, वह "सत्त गुरुदत्त" कहता हुआ अंतर्धान हो गया, पर यथार्थ यह है कि उस पक्षी-रूपी चंद्र को किसी बिल्ली-रूपी राहू ने ग्रस लिया। लोग कहते हैं, आधी रात को अभी तक तालाब के किनारे आवाज़ आती है–

"सत्त गुरुदत्त शिवदत्त दाता,
राम के चरण में चित्त लागा।"

महादेव के विषय में भी कितनी ही जन-श्रुतियाँ हैं। उनमें सबसे मान्य यह है कि आत्माराम के समाधिस्थ होने के बाद वह कई संन्यासियों के साथ हिमालय चला गया, और वहाँ से लौट कर न आया। उसका नाम आत्माराम प्रसिद्ध हो गया।

९

घासवाली

मुलिया हरी-हरी घास का गट्ठा लेकर आई, तो उसका गेहुआँ रंग कुछ तमतमाया हुआ था और बड़ी-बड़ी मद-भरी आँखों में शंका समाई हुई थी। महावीर ने उसका तमतमाया हुआ चेहरा देखकर पूछा, "क्या है मुलिया, आज कैसा जी है?"

मुलिया ने कुछ जवाब न दिया–उसकी आँखें डबडबा गईं।

महावीर ने समीप आकर पूछा, "क्या हुआ है, बताती क्यों नहीं? किसी ने कुछ कहा है, अम्मा ने डाँटा है, क्यों इतनी उदास है?"

मुलिया ने सिसककर कहा, "कुछ नहीं, हुआ क्या है, अच्छी तो हूँ?"

महावीर ने मुलिया को सिर से पाँव तक देखकर कहा, "चुपचाप रोएगी, बताएगी नहीं?"

मुलिया ने बात टालकर कहा, "कोई बात भी हो, क्या बताऊँ।"

मुलिया इस ऊसर में गुलाब का फूल थी। गेहुआँ रंग था, हिरन की-सी आँखें, नीचे खिंचा हुआ चिबुक, कपोलों पर हल्की लालिमा, बड़ी-बड़ी नुकीली पलकें, आँखों में एक विचित्र आर्द्रता, जिसमें एक स्पष्ट वेदना, एक मूक व्यथा झलकती रहती थी। मालूम नहीं, चमारों के इस घर में वह अप्सरा कहाँ से आ गई थी। क्या उसका

कोमल फूल-सा गात इस योग्य था कि सर पर घास की टोकरी रखकर बेचने जाती? उस गाँव में भी ऐसे लोग मौजूद थे, जो उसके तलवे के नीचे आँखें बिछाते थे, उसकी एक चितवन के लिए तरसते थे, जिनसे अगर वह एक शब्द भी बोलती, तो निहाल हो जाते; लेकिन उसे आए साल-भर से अधिक हो गया, किसी ने उसे युवकों की तरफ़ ताकते या बातें करते नहीं देखा। वह घास लिए निकलती, तो ऐसा मालूम होता, मानो उषा का प्रकाश, सुनहरे आवरण में रंजित, अपनी छटा बिखेरता जाता हो। कोई ग़ज़लें गाता, कोई छाती पर हाथ रखता; पर मुलिया नीचे आँख किए अपनी राह चली जाती। लोग हैरान होकर कहते, "इतना अभिमान! महावीर में ऐसे क्या सुर्ख़ाब के पर लगे हैं, ऐसा अच्छा जवान भी तो नहीं, न जाने यह कैसे उसके साथ रहती है!"

मगर आज ऐसी बात हो गई, जो इस जाति की और युवतियों के लिए चाहे गुप्त संदेश होती, मुलिया के लिए हृदय का शूल थी। प्रभात का समय था, पवन आम की बौर की सुगंधि से मतवाला हो रहा था, आकाश पृथ्वी पर सोने की वर्षा कर रहा था। मुलिया सिर पर झौआ रक्खे घास छीलने चली, तो उसका गेहुआँ रंग प्रभात की सुनहरी किरणों से कुंदन की तरह दमक उठा। एकाएक ठाकुर चैनसिंह सामने से आता हुआ दिखाई दिया। मुलिया ने चाहा कि कतराकर निकल जाए; मगर चैनसिंह ने उसका हाथ पकड़ लिया और बोला, "मुलिया, तुझे क्या मुझ पर ज़रा भी दया नहीं आती?"

मुलिया का वह फूल-सा खिला हुआ चेहरा ज्वाला की तरह दहक उठा। वह ज़रा भी न डरी, ज़रा भी न झिझकी, झौआ ज़मीन पर गिरा दिया, और बोली, "मुझे छोड़ दो, नहीं मैं चिल्लाती हूँ।"

चैनसिंह को आज जीवन में एक नया अनुभव हुआ। नीची जातों में रूप-माधुर्य का इसके सिवा और काम ही क्या है कि वह ऊँची जातवालों का खिलौना बने। ऐसे कितने ही मार्के उसने जीते थे; पर आज मुलिया के चेहरे का वह रंग, उसका वह क्रोध, वह अभिमान देखकर उसके छक्के छूट गए। उसने लज्जित होकर उसका हाथ छोड़ दिया। मुलिया वेग से आगे बढ़ गई। संघर्ष की गरमी में चोट की व्यथा नहीं होती, पीछे से टीस होने लगती है। मुलिया जब कुछ दूर निकल गई, तो क्रोध और भय तथा अपनी बेकसी को अनुभव करके उसकी आँखों में आँसू भर आए। इतनी ग़रीब न होती, तो किसी की मजाल थी कि इस तरह उसका अपमान करता!

वह रोती जाती थी और घास छीलती जाती थी। महावीर का क्रोध वह जानती थी। अगर उससे कह दे, तो वह इस ठाकुर के ख़ून का प्यासा हो जाएगा। फिर न जाने क्या हो! इस ख़्याल से उसके रोएँ खड़े हो गए। इसीलिए उसने महावीर के प्रश्नों का कोई उत्तर न दिया।

दूसरे दिन मुलिया घास के लिए न गई। सास ने पूछा, "तू क्यों नहीं जाती? और सब तो चली गईं?"

मुलिया ने सिर झुकाकर कहा, "मैं अकेली न जाऊँगी।"

सास ने बिगड़कर कहा, "अकेले क्या तुझे बाघ उठा ले जाएगा?"

मुलिया ने और भी सिर झुका लिया और दबी हुई आवाज़ से बोली, "सब मुझे छेड़ते हैं।"

सास ने डाँटा, "न तू औरों के साथ जाएगी, न अकेली जाएगी, तो फिर जाएगी कैसे! साफ़-साफ़ क्यों नहीं कहती कि मैं न जाऊँगी। तो यहाँ मेरे घर में रानी बन के निबाह न होगा। किसी को चाम नहीं प्यारा होता, काम प्यारा होता है। तू बड़ी सुंदर है, तो तेरी सुंदरता लेकर चाटूँ? उठा झाबा और घास ला!"

द्वार पर नीम के दरख़्त के साए में महावीर खड़ा घोड़े को मल रहा था। उसने मुलिया को रोनी सूरत बनाए जाते देखा; पर कुछ बोल न सका। उसका बस चलता तो मुलिया को कलेजे में बिठा लेता, आँखों में छिपा लेता; लेकिन घोड़े का पेट भरना तो ज़रूरी था। घास मोल लेकर खिलाए, तो बारह आने रोज़ से कम न पड़े। ऐसी मज़दूरी ही कौन होती है। मुश्किल से डेढ़-दो रुपए मिलते हैं, वह भी कभी मिले, कभी न मिले। जब से यह सत्यानाशी लारियाँ चलने लगी हैं; इक्केवालों की बधिया बैठ गई है। कोई सेंत भी नहीं पूछता। महाजन से डेढ़-सौ रुपए उधार लेकर इक्का और घोड़ा ख़रीदा था; मगर लारियों के आगे इक्के को कौन पूछता है। महाजन का सूद भी तो न पहुँच सकता था, मूल का कहना ही क्या! ऊपरी मन से बोला, "न मन हो, तो रहने दो, देखी जाएगी।"

इस दिलजोई से मुलिया निहाल हो गई। बोली, "घोड़ा खाएगा क्या?"

आज उसने कल का रास्ता छोड़ दिया और खेतों की मेड़ों से होती हुई चली। बार-बार सतर्क आँखों से इधर-उधर ताकती जाती थी। दोनों तरफ़ ऊख के खेत

खड़े थे। ज़रा भी खड़खड़ाहट होती, उसका जी सन्न हो जाता–कहीं कोई ऊख में छिपा न बैठा हो। मगर कोई नई बात न हुई। ऊख के खेत निकल गए, आमों का बाग़ निकल गया; सींचे हुए खेत नज़र आने लगे। दूर के कुएँ पर पुर चल रहा था। खेतों की मेड़ों पर हरी-हरी घास जमी हुई थी। मुलिया का जी ललचाया। यहाँ आध घंटे में जितनी घास छिल सकती है, सूखे मैदान में दोपहर तक न छिल सकेगी! यहाँ देखता ही कौन है। कोई चिल्लाएगा, तो चली जाऊँगी। वह बैठकर घास छीलने लगी और एक घंटे में उसका झाबा आधे से ज़्यादा भर गया। वह अपने काम में इतनी तन्मय थी कि उसे चैनसिंह के आने की ख़बर ही न हुई। एकाएक उसने आहट पाकर सिर उठाया, तो चैनसिंह को खड़ा देखा।

मुलिया की छाती धक् से हो गई। जी में आया भाग जाए, झाबा उलट दे और ख़ाली झाबा लेकर चली जाए; पर चैनसिंह ने कई गज़ के फ़ासले से ही रुककर कहा, "डर मत, डर मत, भगवान् जानता है! मैं तुझसे कुछ न बोलूँगा। जितनी घास चाहे छील ले, मेरा ही खेत है।"

मुलिया के हाथ सुन्न हो गए, खुरपी हाथ में जम-सी गई, घास नज़र ही न आती थी। जी चाहता था; ज़मीन फट जाए और मैं समा जाऊँ। ज़मीन आँखों के सामने तैरने लगी।

चैनसिंह ने आश्वासन दिया, "छीलती क्यों नहीं? मैं तुमसे कुछ कहता थोड़े ही हूँ। यहीं रोज़ चली आया कर, मैं छील दिया करूँगा।"

मुलिया चित्रलिखित-सी बैठी रही।

चैनसिंह ने एक क़दम आगे बढ़ाया और बोला, "तू मुझसे इतना डरती क्यों है! क्या तू समझती है, मैं आज भी तुझे सताने आया हूँ? ईश्वर जानता है, कल भी तुझे सताने के लिए मैंने तेरा हाथ नहीं पकड़ा था। तुझे देखकर आप-ही-आप हाथ बढ़ गए। मुझे कुछ सुध ही न रही। तू चली गई, तो मैं वहीं बैठकर घंटों रोता रहा। जी में आता था, हाथ काट डालूँ। कभी जी चाहता था, ज़हर खा लूँ। तभी से तुझे ढूँढ रहा हूँ आज तू इस रास्ते से चली आई। मैं सारा हार छानता हुआ यहाँ आया हूँ, अब जो सज़ा तेरे जी में आवे, दे दे। अगर तू मेरा सिर भी काट ले, तो गर्दन न हिलाऊँगा। मैं शोहदा था, लुच्चा था, लेकिन जब से तुझे देखा है, मेरे मन से सारी खोट मिट गई है। अब तो यही जी में आता है कि तेरा कुत्ता होता और तेरे पीछे-पीछे चलता, तेरा घोड़ा होता, तब तो तू अपने हाथों से मेरे सामने घास डालती।

किसी तरह यह चोला तेरे काम आवे, मेरे मन की यह सबसे बड़ी लालसा है। मेरी जवानी काम न आवे, अगर मैं किसी खोट से ये बातें कर रहा हूँ। बड़ा भागवान था महावीर, जो ऐसी देवी उसे मिली।"

मुलिया चुपचाप सुनती रही, फिर नीचा सिर करके भोलेपन से बोली, "तो तुम मुझे क्या करने को कहते हो?"

चैनसिंह और समीप आकर बोला, "बस, तेरी दया चाहता हूँ।"

मुलिया ने सिर उठाकर उसकी ओर देखा। उसकी लज्जा न जाने कहाँ ग़ायब हो गई। चुभते हुए शब्दों में बोली, "तुमसे एक बात कहूँ, बुरा तो न मानोगे? तुम्हारा ब्याह हो गया है या नहीं?"

चैनसिंह ने दबी ज़ुबान से कहा, "ब्याह तो हो गया, लेकिन ब्याह क्या है, खिलवाड़ है।"

मुलिया के होठों पर अवहेलना की मुस्कुराहट झलक पड़ी, बोली, "फिर भी अगर मेरा आदमी तुम्हारी औरत से इसी तरह बातें करता, तो तुम्हें कैसा लगता? तुम उसकी गर्दन काटने पर तैयार हो जाते कि नहीं? बोलो! क्या समझते हो कि महावीर चमार है तो उसकी देह में लहू नहीं है, उसे लज्जा नहीं है, अपने मर्यादा का विचार नहीं है? मेरा रूप-रंग तुम्हें भाता है। क्या घाट के किनारे मुझसे कहीं सुंदर औरतें नहीं घूमा करतीं? मैं उनके तलवों की बराबरी भी नहीं कर सकती। तुम उनमें से किसी से क्यों नहीं दया माँगते! क्या उनके पास दया नहीं है? मगर वहाँ तुम न जाओगे; क्योंकि वहाँ जाते तुम्हारी छाती दहलती है। मुझसे दया माँगते हो, इसलिए न कि मैं चमारिन हूँ, नीच जाति हूँ और नीच जाती की औरत ज़रा-सी घुड़की-धमकी वा ज़रा-सी लालच से तुम्हारी मुट्ठी में आ जाएगी। कितना सस्ता सौदा है। ठाकुर हो न, ऐसा सस्ता सौदा क्यों छोड़ने लगे?"

चैनसिंह लज्जित होकर बोला, "मूला, यह बात नहीं। मैं सच कहता हूँ, इसमें ऊँच-नीच की बात नहीं है। सब आदमी बराबर हैं। मैं तो तेरे चरणों पर सिर रखने को तैयार हूँ।"

मुलिया, "इसीलिए न कि जानते हो, मैं कुछ कर नहीं सकती। जाकर किसी खतरानी के चरणों पर सिर रक्खो, तो मालूम हो कि चरणों पर सिर रखने का क्या फल मिलता है। फिर यह सिर तुम्हारी गर्दन पर न रहेगा।"

चैनसिंह मारे शर्म के ज़मीन में गड़ा जाता था। उसका मुँह ऐसा सूख गया था, मानो महीनों की बीमारी से उठा हो। मुँह से बात न निकलती थी। मुलिया इतनी वाक्-पटु है, इसका उसे गुमान भी न था।

मुलिया फिर बोली, "मैं भी रोज़ बाज़ार जाती हूँ। बड़े-बड़े घरों का हाल जानती हूँ। मुझे किसी बड़े घर का नाम बता दो, जिसमें कोई साईस, कोई कोचवान, कोई कहार, कोई पंडा, कोई महाराज न घुसा बैठा हो? यह सब बड़े घरों की लीला है। और वह औरतें जो कुछ करती हैं, ठीक करती हैं! उनके घरवाले भी तो चमारिनों और कहारिनों पर जान देते फिरते हैं। लेना-देना बराबर हो जाता है। बेचारे गरीब आदमियों के लिए यह बातें कहाँ? मेरे आदमी के लिए संसार में जो कुछ हूँ, मैं हूँ। वह किसी दूसरी मेहरिया की ओर आँख उठाकर भी नहीं देखता। संयोग की बात है कि मैं तनिक सुंदर हूँ, लेकिन मैं काली-कलूटी भी होती, तब भी वह मुझे इसी तरह रखता। इसका मुझे विश्वास है। मैं चमारिन होकर भी इतनी नीच नहीं हूँ कि विश्वास का बदला खोट से दूँ। हाँ, वह अपने मन की करने लगे, मेरी छाती पर मूँग दलने लगे, तो मैं भी उसकी छाती पर मूँग दलूँगी। तुम मेरे रूप ही के दीवाने हो न! आज मुझे माता निकल आएँ, कानी हो जाऊँ, तो मेरी ओर ताकोगे भी नहीं। बोलो, "झूठ कहती हूँ?"

चैनसिंह इनकार न कर सका।

मुलिया ने उसी गर्व भरे हुए स्वर में कहा, "लेकिन मेरी एक नहीं, दोनों आँखें फूट जाएँ, तब भी वह मुझे इसी तरह रक्खेगा। मुझे उठावेगा, बैठावेगा, खिलावेगा। तुम चाहते हो, मैं ऐसे आदमी के साथ कपट करूँ? जाओ, अब मुझे कभी न छेड़ना, नहीं अच्छा न होगा।"

जवानी जोश है, बल है, दया है, साहस है, आत्म-विश्वास है, गौरव है और सब कुछ जो जीवन को पवित्र, उज्ज्वल और पूर्ण बना देता है। जवानी का नशा घमंड है, निर्दयता है, स्वार्थ है, शेखी है, विषय-वासना है, कटुता है और वह सब कुछ जो जीवन को पशूता, विकार और पतन की ओर ले जाता है। चैनसिंह पर जवानी का नशा था। मुलिया के शीतल छींटों ने नशा उतार दिया। जैसे उबलती हुई चाशनी में पानी के छींटे पड़ जाने से फेन मिट जाता है, मैल निकल जाता है और निर्मल, शुद्ध रस निकल आता है। जवानी का नशा जाता रहा, केवल जवानी रह गई।

कामिनी के शब्द जितनी आसानी से दीन और ईमान को गारत कर सकते हैं, उतनी ही आसानी से उनका उद्धार भी कर सकते हैं।

चैनसिंह उस दिन से दूसरा ही आदमी हो गया। गुस्सा उसकी नाक पर रहता था, बात-बात पर मज़दूरों को गालियाँ देना, डाँटना और पीटना उसकी आदत थी। असामी उससे थर-थर काँपते थे। मज़दूर उसे आते देखकर अपने काम में चुस्त हो जाते थे; पर ज्यों ही उसने इधर पीठ फेरी और उन्होंने चिलम पीना शुरू किया। सब दिल में उससे जलते थे, उसे गालियाँ देते थे। मगर उस दिन से चैनसिंह इतना दयालु, इतना गंभीर, इतना सहनशील हो गया कि लोगों को आश्चर्य होता था।

कई दिन गुज़र गए थे। एक दिन संध्या समय चैनसिंह खेत देखने गया। पुर चल रहा था। उसने देखा कि एक जगह नाली टूट गई है, और सारा पानी बहा चला जाता है। क्यारियों में पानी बिल्कुल नहीं पहुँचता, मगर क्यारी बनाने वाली बुढ़िया चुपचाप बैठी है। उसे इसकी ज़रा भी फ़िक्र नहीं है कि पानी क्यों नहीं आता। पहले यह दशा देखकर चैनसिंह आपे से बाहर हो जाता। उस औरत की उस दिन मजूरी काट लेता और पुर चलानेवालों को घुड़कियाँ जमाता, पर आज उसे क्रोध नहीं आया। उसने मिट्टी लेकर नाली बाँध दी और खेत में जाकर बुढ़िया से बोला, "तू यहाँ बैठी है और पानी सब बहा जा रहा है।"

बुढ़िया घबराकर बोली, "अभी खुल गई होगी। राजा! मैं अभी जाकर बंद किए देती हूँ।"

यह कहती हुई वह थरथर काँपने लगी। चैनसिंह ने उसकी दिलजोई करते हुए कहा, "भाग मत, भाग मत। मैंने नाली बंद कर दी। बुढ़ऊ कई दिन से नहीं दिखाई दिए, कहीं काम पर जाते हैं कि नहीं?"

बुढ़िया गदगद होकर बोली, "आजकल तो ख़ाली ही बैठे हैं भैया, कहीं काम नहीं लगता।"

चैनसिंह ने नम्र भाव से कहा, "तो हमारे यहाँ लगा दे। थोड़ा-सा सन रखा है, उसे कात दें।"

यह कहता हुआ वह कुएँ की ओर चला गया। यहाँ चार पुर चल रहे थे; पर इस वक़्त दो हँकवे बेर खाने गए थे। चैनसिंह को देखते ही मजूरों के होश उड़ गए।

ठाकुर ने अगर पूछा, दो आदमी कहाँ गए, तो क्या जवाब देंगे? सब-के-सब डाँटे जाएँगे। बेचारे दिल में सहमे जा रहे थे। चैनसिंह ने पूछा, "वह दोनों कहाँ चले गए?"

किसी के मुँह से आवाज़ न निकली। सहसा सामने से दोनों मजूर धोती के एक कोने में बेर भरे आते दिखाई दिए। ख़ुश-ख़ुश बात करते चले आ रहे थे। चैनसिंह पर निगाह पड़ी, तो दोनों के प्राण सूख गए। पाँव मन-मन भर के हो गए। अब न आते बनता है, न जाते। दोनों समझ गए कि आज डाँट पड़ी, शायद मजूरी भी कट जाए। चाल धीमी पड़ गई। इतने में चैनसिंह ने पुकारा, "बढ़ आओ, बढ़ आओ, कैसे बेर हैं, लाओ ज़रा मुझे भी दो, मेरे ही पेड़ के हैं न?"

दोनों और भी सहम उठे। आज ठाकुर जीता न छोड़ेगा। कैसा मिठा-मिठाकर बोल रहा है। उतनी ही भिगो-भिगोकर लगाएगा। बेचारे और भी सिकुड़ गए।

चैनसिंह ने फिर कहा, "जल्दी से आओ जी, पक्की-पक्की सब मैं ले लूँगा। ज़रा एक आदमी लपककर घर से थोड़ा-सा नमक तो ले लो! (बाकी दोनों मजूरों से) तुम भी दोनों आ जाओ, उस पेड़ के बेर मीठे होते हैं। बेर खा लें, काम तो करना ही है।"

अब दोनों भगोड़ों को कुछ ढारस हुआ। सभी ने जाकर सब बेर चैनसिंह के आगे डाल दिए और पक्के-पक्के छाँटकर उसे देने लगे। एक आदमी नमक लाने दौड़ा। आध घंटे तक चारों पुर बंद रहे। जब सब बेर उड़ गए और ठाकुर चलने लगे, तो दोनों अपराधियों ने हाथ जोड़कर कहा, "भैयाजी, आज जान बक्सी हो जाए, बड़ी भूख लगी थी, नहीं तो कभी न जाते।"

चैनसिंह ने नम्रता से कहा, "तो इसमें बुराई क्या हुई? मैंने भी तो बेर खाए। एक-आध घंटे का हरज हुआ यही न? तुम चाहोगे, तो घंटे भर का काम आध घंटे में कर दोगे। न चाहोगे, दिन-भर में भी घंटे-भर का काम न होगा।"

चैनसिंह चला गया, तो चारों बातें करने लगे।

एक ने कहा, "मालिक इस तरह रहे, तो काम करने में जी लगता है। यह नहीं कि हरदम छाती पर सवार।"

दूसरा, "मैंने तो समझा, आज कच्चा ही खा जाएँगे।"

तीसरा, "कई दिन से देखता हूँ, मिज़ाज नर्म हो गया है।"

चौथा, "साँझ को पूरी मजूरी मिले तो कहना।"

पहला, "तुम तो हो गोबर-गनेस। आदमी का रुख़ नहीं पहचानते।"

दूसरा, "अब ख़ूब दिल लगाकर काम करेंगे।"

तीसरा, "और क्या! जब उन्होंने हमारे ऊपर छोड़ दिया, तो हमारा भी धर्म है कि कोई कसर न छोड़ें।"

चौथा, "मुझे तो भैया, ठाकुर पर अब भी विश्वास नहीं आता।"

एक दिन चैनसिंह को किसी काम से कचहरी जाना था। पाँच मील का सफ़र था। यों तो वह बराबर अपने घोड़े पर जाया करता था; पर आज धूप बड़ी तेज़ हो रही थी, सोचा इक्के पर चला चलूँ। महावीर को कहला भेजा मुझे लेते जाना। कोई नौ बजे महावीर ने पुकारा। चैनसिंह तैयार बैठा था। झटपट इक्के पर बैठ गया। मगर घोड़ा इतना दुबला हो रहा था, इक्के की गद्दी इतनी मैली और फटी हुई, सारा सामान इतना रद्दी कि चैनसिंह को उस पर बैठते शर्म आई। पूछा, "यह सामान क्यों बिगड़ा हुआ है महावीर? तुम्हारा घोड़ा तो इतना दुबला कभी न था; क्या आजकल सवारियाँ कम हैं क्या? महावीर ने कहा, "नहीं मालिक, सवारियाँ काहे नहीं है; मगर लारियों के सामने इक्के को कौन पूछता है। कहाँ दो-ढाई-तीन की मजूरी करके घर लौटता था, कहाँ अब बीस आने पैसे भी नहीं मिलते? क्या जानवर को खिलाऊँ, क्या आप खाऊँ? बड़ी विपत्ति में पड़ा हूँ। सोचता हूँ इक्का-घोड़ा बेच-बाचकर आप लोगों की मजूरी कर लूँ, पर कोई गाहक नहीं लगता। ज़्यादा नहीं तो बारह आने तो घोड़े ही को चाहिए, घास ऊपर से। जब अपना ही पेट नहीं चलता, तो जानवर को कौन पूछे।"

चैनसिंह ने उसके फटे हुए कुर्ते की ओर देखकर कहा, "दो-चार बीघे खेती क्यों नहीं कर लेते?"

महावीर सिर झुकाकर बोला, "खेती के लिए बड़ा पौरुख चाहिए मालिक! मैंने तो यही सोचा है कि कोई गाहक लग जाए, तो इक्के को औने-पौने निकाल दूँ, फिर घास छीलकर बाज़ार ले जाया करूँ। आजकल सास-पतोहू दोनों छीलती हैं। तब जाकर दस-बारह आने पैसे नसीब होते हैं।"

चैनसिंह ने पूछा, "तो बुढ़िया बाज़ार जाती होगी?"

महावीर लजाता हुआ बोला, "नहीं भैया, वह इतनी दूर कहाँ चल सकती है। घरवाली चली जाती है। दोपहर तक घास छीलती है, तीसरे पहर बाज़ार जाती है।

वहाँ से घड़ी रात गए लौटती है। हलकान हो जाती है भैया, मगर क्या करूँ, तकदीर से क्या ज़ोर।"

चैनसिंह कचहरी पहुँच गए और महावीर सवारियों की टोह में इधर-उधर इक्के को घुमाता हुआ शहर की तरफ़ चला गया। चैनसिंह ने उसे पाँच बजे आने को कह दिया।

कोई चार बजे चैनसिंह कचहरी से फ़ुर्सत पाकर बाहर निकले। हाते में पान की दुकान थी, ज़रा और आगे बढ़कर एक घना बरगद का पेड़ था, उसकी छाँह में बीसों ही ताँगे; इक्के, फिटनें खड़ी थीं। घोड़े खोल दिए गए थे। वकीलों, मुख़्तारों और अफ़सरों की सवारियाँ यहीं खड़ी रहती थीं। चैनसिंह ने पानी पिया, पान खाया और सोचने लगा कोई लारी मिल जाए, तो ज़रा शहर चला जाऊँ कि उसकी निगाह एक घासवाली पर पड़ गई। सिर पर घास का झाबा रक्खे साईसों से मोल-भाव कर रही थी। चैनसिंह का हृदय उछल पड़ा–यह तो मुलिया है! बनी-ठनी, एक गुलाबी साड़ी पहने कोचवानों से मोल-तोल कर रही थी। कई कोचवान जमा हो गए थे। कोई उससे दिल्लगी करता था, कोई घूरता था, कोई हँसता था।

एक काले-कलूटे कोचवान ने कहा, "मूला, घास तो उड़के अधिक से अधिक छः आने की है।"

मुलिया ने उन्माद पैदा करने वाली आँखों से देखकर कहा, "छः आने पर लेना है, तो सामने घसियारिनें बैठी हैं, चले जाओ, दो-चार पैसे कम में पा जाओगे, मेरी घास तो बारह आने में ही जाएगी।"

एक अधेड़ कोचवान ने फिटन के ऊपर से कहा, "तेरा ज़माना है, बारह आने नहीं एक रुपया माँग। लेनेवाले झख मारेंगे और लेंगे। निकलने दे वकीलों को, अब देर नहीं है।

एक ताँगेवाले ने जो, गुलाबी पगड़ी बाँधे हुए था। बोला, "बुढऊ के मुँह में पानी भर आया, अब मुलिया काहे को किसी की ओर देखेगी!"

चैनसिंह को ऐसा क्रोध आ रहा था कि इन दुष्टों को जूते से पीटे। सब-के-सब कैसे उसकी ओर टकटकी लगाए ताक रहे हैं, आँखों से पी जाएँगे। और मुलिया भी यहाँ कितनी ख़ुश है। न लजाती है, न झिझकती है, न दबती है। कैसा मुस्कुरा-

मुस्कुराकर, रसीली आँखों से देख-देखकर, सिर का आँचल खिसका-खिसकाकर, मुँह मोड़-मोड़कर बातें कर रही है। वही मुलिया, जो शेरनी की तरह तड़प उठी थी।

इतने में चार बजे। अमले और वकील-मुख़्तारों का एक मेला-सा निकल पड़ा। अमले लारियों पर दौड़े। वकील-मुख़्तार इन सवारियों की ओर चले। कोचवानों ने भी झटपट घोड़े जोते। कई महाशयों ने मुलिया को रसिक नेत्रों से देखा और अपनी-अपनी गाड़ियों पर जा बैठे।

एकाएक मुलिया घास का झाबा लिए उस फिटन के पीछे दौड़ी। फिटन में एक अँग्रेज़ी फ़ैशन के जवान वकील साहब बैठे थे। उन्होंने पावदान पर घास रखवा ली, जेब से कुछ निकालकर मुलिया को दिया। मुलिया मुस्कुराई, दोनों में कुछ बातें भी हुईं, जो चैनसिंह न सुन सके।

एक क्षण में मुलिया प्रसन्न-मुख घर की ओर चली। चैनसिंह पानवाले की दुकान पर विस्मृति की दशा में खड़ा रहा। पानवाले ने दुकान बढ़ाई, कपड़े पहिने और केबिन का द्वार बंद करके नीचे उतरा तो चैनसिंह की समाधि टूटी। पूछा, "क्या दुकान बंद कर दी?"

पानवाले ने सहानुभूति दिखाकर कहा, "इसकी दवा करो ठाकुर साहब, यह बीमारी अच्छी नहीं है!"

चैनसिंह ने चकित होकर पूछा, "कैसी बीमारी?"

पानवाला बोला, "कैसी बीमारी! आध घंटे से यहाँ खड़े हो जैसे कोई मुर्दा खड़ा हो। सारी कचहरी ख़ाली हो गई, सब दुकाने बंद हो गईं, मेहतर तक झाड़ू लगाकर चल दिए; तुम्हें कुछ ख़बर हुई? यह बुरी बीमारी है, जल्दी दवा कर डालो।"

चैनसिंह ने छड़ी सँभाली और फाटक की ओर चला कि महावीर का इक्का सामने से आता दिखाई दिया।

कुछ दूर इक्का निकल गया, तो चैनसिंह ने पूछा, "आज कितने पैसे कमाये महावीर?"

महावीर ने हँसकर कहा, "आज तो मालिक, दिन भर खड़ा ही रह गया। किसी ने बेगार में भी न पकड़ा। ऊपर से चार पैसे की बीड़ियाँ पी गया।"

चैनसिंह ने ज़रा देर के बाद कहा, "मेरी एक सलाह है। तुम मुझसे एक रुपया रोज़ लिया करो। बस, जब मैं बुलाऊँ तो इक्का लेकर चले आया करो। तब तो तुम्हारी घरवाली को घास लेकर बाज़ार न जाना पड़ेगा, बोलो मंज़ूर है?"

महावीर ने सजल आँखों से देखकर कहा, "मालिक, आप ही का तो खाता हूँ। आपकी प्रजा हूँ। जब मर्ज़ी हो, पकड़ मँगवाइए। आपसे रुपए..."

चैनसिंह ने बात काटकर कहा, "नहीं, मैं तुमसे बेगार नहीं लेना चाहता। तुम मुझसे एक रुपया रोज़ ले जाया करो। घास लेकर घरवाली को बाज़ार मत भेजा करो। तुम्हारी आबरू मेरी आबरू है। और भी रुपए-पैसे का जब काम लगे, बेखटके चले आया करो। हाँ, देखो, मुलिया से इस बात की भूलकर भी चर्चा न करना। क्या फ़ायदा!"

कई दिनों के बाद संध्या समय मुलिया चैनसिंह से मिली। चैनसिंह असामियों से मालगुज़ारी वसूल करके घर की ओर लपका जा रहा था कि उसी जगह जहाँ उसने मुलिया की बाँह पकड़ी थी, मुलिया की आवाज़ कानों में आई। उसने ठिठककर पीछे देखा, तो मुलिया दौड़ी आ रही थी। बोला, "क्या है मूला! क्यों दौड़ती हो, मैं तो खड़ा हूँ?"

मुलिया ने हाँपते हुए कहा, "कई दिन से तुमसे मिलना चाहती थी। आज तुम्हें आते देखा, तो दौड़ी। अब मैं घास बेचने नहीं जाती।"

चैनसिंह ने कहा, "बहुत अच्छी बात है।"

"क्या तुमने कभी मुझे घास बेचते देखा है?"

"हाँ, एक दिन देखा था। क्या महावीर ने तुझसे सब कह डाला? मैंने तो मना कर दिया था।"

"वह मुझसे कोई बात नहीं छिपाता।"

दोनों एक क्षण चुप खड़े रहे। किसी को कोई बात न सूझती थी। एकाएक मुलिया ने मुस्कुराकर कहा, "यहाँ तुमने मेरी बाँह पकड़ी थी।"

चैनसिंह ने लज्जित होकर कहा, "उसको भूल जाओ मूला। मुझ पर जाने कौन भूत सवार था।"

मुलिया गदगद कंठ से बोली, "उसे क्यों भूल जाऊँ? उसी बाँह गहे की लाज तो निभा रहे हो। ग़रीबी आदमी से जो चाहे करावे। तुमने मुझे बचा लिया। फिर दोनों चुप हो गए।"

ज़रा देर के बाद मुलिया ने फिर कहा, "तुमने समझा होगा, मैं हँसने-बोलने में मगन हो रही थी?"

चैनसिंह ने बलपूर्वक कहा, "नहीं मुलिया, मैंने एक क्षण के लिए भी नहीं समझा।"

मुलिया मुस्कुराकर बोली, "मुझे तुमसे यही आशा थी, और है।"

पवन सींचे हुए खेतों में विश्राम करने जा रहा था, सूर्य निशा की गोद में विश्राम करने जा रहा था, और उस मलिन प्रकाश में चैनसिंह मुलिया की विलीन होती हुई रेखा को खड़ा देख रहा था।

10

पिसनहारी का कुआँ

गोमती ने मृत्यु-शय्या पर पड़े हुए चौधरी विनायक सिंह से कहा, "चौधरी, मेरे जीवन की यही लालसा थी।"

चौधरी ने गंभीर होकर कहा, "इसकी कुछ चिंता न करो काकी; तुम्हारी लालसा भगवान् पूरी करेंगे। मैं आज ही से मजूरों को बुला कर काम पर लगाए देता हूँ। दैव ने चाहा, तो तुम अपने कुएँ का पानी पियोगी। तुमने तो गिना होगा, कितने रुपए हैं?"

गोमती ने एक क्षण आँखें बंद करके, बिखरी हुई स्मृति को एकत्र करके कहा, "भैया, मैं क्या जानूँ, कितने रुपए हैं? जो कुछ हैं, वह इसी हाँड़ी में हैं। इतना करना कि इतने ही में काम चल जाए। किसके सामने हाथ फैलाते फिरोगे?"

चौधरी ने बंद हाँड़ी को उठा कर हाथों से तौलते हुए कहा, "ऐसा तो करेंगे ही काकी; कौन देनेवाला है। एक चुटकी भीख तो किसी के घर से निकलती नहीं, कुआँ बनवाने को कौन देता है। धन्य हो तुम कि अपनी उम्र भर की कमाई इस धर्म-काज के लिए दे दी।"

गोमती ने गर्व से कहा, "भैया, तुम तो तब बहुत छोटे थे। तुम्हारे काका मरे तो मेरे हाथ में एक कौड़ी भी न थी। दिन-दिन भर भूखी पड़ी रहती। जो कुछ उनके पास था, वह सब उनकी बीमारी में उठ गया। वह भगवान् के बड़े भक्त थे। इसीलिए भगवान् ने उन्हें जल्दी बुला लिया। उस दिन से आज तक तुम देख रहे हो कि किस तरह दिन काट रही हूँ। मैंने एक-एक रात में मन-मन भर अनाज पीसा है; बेटा! देखनेवाले अचरज मानते थे। न-जाने इतनी ताक़त मुझमें कहाँ से आ जाती थी। बस, यही लालसा रही कि उनके नाम का एक छोटा-सा कुआँ गाँव में बन जाए। नाम तो चलना चाहिए। इसीलिए तो आदमी बेटे-बेटी को रोता है।"

इस तरह चौधरी विनायकसिंह को वसीयत करके, उसी रात को बुढ़िया गोमती परलोक सिधारी। मरते समय अंतिम शब्द, जो उसके मुख से निकले, वे यही थे, "कुआँ बनवाने में देर न करना।" उसके पास धन है यह तो लोगों का अनुमान था; लेकिन दो हज़ार है, इसका किसी को अनुमान न था। बुढ़िया अपने धन को ऐब की तरह छिपाती थी। चौधरी गाँव का मुखिया था और नियत का साफ़ आदमी था। इसलिए बुढ़िया ने उसे यह अंतिम आदेश किया था।

चौधरी ने गोमती के क्रिया-कर्म में बहुत रुपए ख़र्च न किए। ज्यों ही इन संस्कारों से छुट्टी मिली, वह अपने बेटे हरनाथसिंह को बुला कर ईंट, चूना, पत्थर का तख़मीना करने लगे। हरनाथ अनाज का व्यापार करता था। कुछ देर तक तो वह बैठा सुनता रहा, फिर बोला, "अभी दो-चार महीने कुआँ न बने तो कोई बड़ा हर्ज है?"

चौधरी ने "हुँह!" करके कहा, "हर्ज तो कुछ नहीं, लेकिन देर करने का काम ही क्या है। रुपए उसने दे ही दिए हैं, हमें तो सेंत में यश मिलेगा। गोमती ने मरते-मरते जल्द कुआँ बनवाने को कहा था।"

हरनाथ, "हाँ, कहा तो था, लेकिन आजकल बाज़ार अच्छा है। दो-तीन हज़ार का अनाज भर लिया जाए, तो अगहन-पूस तक सवाया हो जाएगा। मैं आपको कुछ सूद दे दूँगा।" चौधरी का मन शंका और भय के दुविधे में पड़ गया। दो हज़ार के कहीं ढाई हज़ार हो गए, तो क्या कहना। जगमोहन में कुछ बेल-बूटे बनवा दूँगा। लेकिन भय था कि कहीं घाटा हो गया तो? इस शंका को वह छिपा न सके। बोले, "जो कहीं घाटा हो गया तो?"

हरनाथ ने तड़प कर कहा, "घाटा क्या हो जाएगा, कोई बात है?"

"मान लो, घाटा हो गया तो?"

हरनाथ ने उत्तेजित होकर कहा, "यह कहो कि तुम रुपए नहीं देना चाहते, बड़े धर्मात्मा बने हो!"

अन्य वृद्धजनों की भाँति चौधरी भी बेटे से दबते थे। कातर स्वर में बोले, "मैं यह कब कहता हूँ कि रुपए न दूँगा। लेकिन पराया धन है, सोच-समझ कर ही तो उसमें हाथ लगाना चाहिए। बनिज-व्यापार का हाल कौन जानता है। कहीं भाव और गिर जाए तो? अनाज में घुन ही लग जाए, कोई मुद्दई घर में आग ही लगा दे। सब बातें सोच लो अच्छी तरह।"

हरनाथ ने व्यंग्य से कहा, "इस तरह सोचना है, तो यह क्यों नहीं सोचते कि कोई चोर ही उठा ले जाए; या बनी-बनाई दीवार बैठ जाए? ये बातें भी तो होती ही हैं।"

चौधरी के पास अब और कोई दलील न थी, कमज़ोर सिपाही ने ताल तो ठोंकी, अखाड़े में उतर पड़ा; पर तलवार की चमक देखते ही हाथ-पाँव फूल गए। बगलें झाँक कर चौधरी ने कहा, "तो कितना लोगे?"

हरनाथ कुशल योद्धा की भाँति, शत्रु को पीछे हटता देख, बफ़र कर बोला, "सब का सब दीजिए, सौ-पचास रुपए लेकर क्या खिलवाड़ करना है।"

चौधरी राज़ी हो गए। गोमती को उन्हें रुपए देते किसी ने न देखा था। लोक-निंदा की संभावना भी न थी। हरनाथ ने अनाज भरा। अनाजों के बोरों का ढेर लग गया। आराम की मीठी नींद सोनेवाले चौधरी अब सारी रात बोरों की रखवाली करते थे, मजाल न थी कि कोई चुहिया बोरों में घुस जाए। चौधरी इस तरह झपटते थे कि बिल्ली भी हार मान लेती। इस तरह छः महीने बीत गए। पौष में अनाज बिका, पूरे 500 रु. का लाभ हुआ।

हरनाथ ने कहा, "इसमें से 50 रु. आप ले लें।"

चौधरी ने झल्ला कर कहा, "50 रु. क्या ख़ैरात ले लूँ? किसी महाजन से इतने रुपए लिए होते तो कम से कम 200 रु. सूद के होते; मुझे तुम दो-चार रुपए कम दे दो, और क्या करोगे?"

हरनाथ ने ज़्यादा बतबढ़ाव न किया। 150 रु. चौधरी को दे दिए। चौधरी की आत्मा इतनी प्रसन्न कभी न हुई थी। रात को वह अपनी कोठरी में सोने गया,

तो उसे ऐसा प्रतीत हुआ कि बुढ़िया गोमती खड़ी मुस्कुरा रही है। चौधरी का कलेजा धक्-धक् करने लगा। वह नींद में न था। कोई नशा न खाया था। गोमती सामने खड़ी मुस्कुरा रही थी। हाँ, उस मुरझाए हुए मुख पर एक विचित्र स्फूर्ति थी।

कई साल बीत गए! चौधरी बराबर इसी फ़िक्र में रहते कि हरनाथ से रुपए निकाल लूँ; लेकिन हरनाथ हमेशा ही हीले-हवाले करता रहता था। वह साल में थोड़ा-सा ब्याज दे देता, पर मूल के लिए हज़ार बातें बनाता था। कभी लेने का रोना था, कभी चुकते का। हाँ, कारोबार बढ़ता जाता था। आख़िर एक दिन चौधरी ने उससे साफ़-साफ़ कह दिया कि तुम्हारा काम चले या डूबे, मुझे परवा नहीं, इस महीने में तुम्हें अवश्य रुपए चुकाने पड़ेंगे।" हरनाथ ने बहुत उड़नघाईयाँ बताईं, पर चौधरी अपने इरादे पर जमे रहे।

हरनाथ ने झुँझलाकर कहा, "कहता हूँ कि दो महीने और ठहरिए। माल बिकते ही मैं रुपए दे दूँगा।"

चौधरी ने दृढ़ता से कहा, "तुम्हारा माल कभी न बिकेगा, और न तुम्हारे दो महीने कभी पूरे होंगे। मैं आज रुपए लूँगा।"

हरनाथ उसी वक़्त क्रोध में भरा हुआ उठा, और दो हज़ार रुपए लाकर चौधरी के सामने ज़ोर से पटक दिए।

चौधरी ने कुछ झेंप कर कहा, "रुपए तो तुम्हारे पास थे।"

"और क्या बातों से रोज़गार होता है?"

"तो मुझे इस समय 500 रुपए दे दो, बाकी दो महीने में देना। सब आज ही तो ख़र्च न हो जाएँगे।"

हरनाथ ने ताव दिखा कर कहा, "आप चाहे ख़र्च कीजिए, चाहे जमा कीजिए, मुझे रुपयों का काम नहीं। दुनिया में क्या महाजन मर गए हैं, जो आपकी धौंस सहूँ?"

चौधरी ने रुपए उठा कर एक ताक पर रख दिए। कुएँ की दागबेल डालने का सारा उत्साह ठंडा पड़ गया।

हरनाथ ने रुपए लौटा तो दिए थे, पर मन में कुछ और मनसूबा बाँध रखा था। आधी रात को जब घर में सन्नाटा छा गया, तो हरनाथ चौधरी के कोठरी की

चूल खिसका कर अंदर घुसा। चौधरी बेख़बर सोए थे। हरनाथ ने चाहा कि दोनों थैलियाँ उठा कर बाहर निकल आऊँ, लेकिन ज्यों ही हाथ बढ़ाया उसे अपने सामने गोमती खड़ी दिखाई दी। वह दोनों थैलियों को दोनों हाथों से पकड़े हुए थी। हरनाथ भयभीत होकर पीछे हट गया।

फिर यह सोच कर कि शायद मुझे धोखा हो रहा हो, उसने फिर हाथ बढ़ाया, पर अबकी वह मूर्ति इतनी भयंकर हो गई कि हरनाथ एक क्षण भी वहाँ खड़ा न रह सका। भागा, पर बरामदे ही में अचेत होकर गिर पड़ा।

हरनाथ ने चारों तरफ़ से अपने रुपए वसूल करके व्यापारियों को देने के लिए जमा कर रखे थे। चौधरी ने आँखें दिखाईं, तो वही रुपए लाकर पटक दिए। दिल में उसी वक़्त सोच लिया था कि रात को रुपए उड़ा लाऊँगा। झूठमूठ चोर का गुल मचा दूँगा, तो मेरी ओर संदेह भी न होगा। पर जब यह पेशबंदी ठीक न उतरी, तो उस पर व्यापारियों के तगादे होने लगे। वादों पर लोगों को कहाँ तक टालता, जितने बहाने हो सकते थे, सब किए। आख़िर वह नौबत आ गई कि लोग नालिश करने की धमकियाँ देने लगे। एक ने तो 300 रु. की नालिश कर भी दी। बेचारे चौधरी बड़ी मुश्किल में फँसे। दुकान पर हरनाथ बैठता था, चौधरी का उससे कोई वास्ता न था, पर उसकी जो साख थी वह चौधरी के कारण। लोग चौधरी को खरा और लेन-देन का साफ़ आदमी समझते थे। अब भी यद्यपि कोई उनसे तक़ाज़ा न करता था, पर वह सबसे मुँह छिपाते फिरते थे। लेकिन उन्होंने यह निश्चय कर लिया था कि कुएँ के रुपए न छुऊँगा, चाहे कुछ आ पड़े।

रात को एक व्यापारी के मुसलमान चपरासी ने चौधरी के द्वार पर आकर हज़ारों गालियाँ सुनाईं। चौधरी को बार-बार क्रोध आता था कि चल कर मूँछें उखाड़ लूँ, पर मन को समझाया, "हमसे मतलब ही क्या है, बेटे का क़र्ज़ चुकाना बाप का धर्म नहीं है।"

जब भोजन करने गए, तो पत्नी ने कहा, "यह सब क्या उपद्रव मचा रखा है?"

चौधरी ने कठोर स्वर में कहा, "मैंने मचा रखा है?"

"और किसने मचा रखा है? बच्चा कसम खाता है कि मेरे पास केवल थोड़ा-सा माल है, रुपए तो सब तुमने माँग लिए।"

चौधरी, "माँग न लेता तो क्या करता, हलवाई की दुकान पर दादा का फ़ातिहा पढ़ना मुझे पसंद नहीं।"

स्त्री, "यह नाक-कटाई अच्छी लगती है?"

चौधरी, "तो मेरा क्या बस है भाई, कभी कुआँ बनेगा कि नहीं? पाँच साल हो गए।"

स्त्री, "इस वक़्त उसने कुछ नहीं खाया। पहली जून भी मुँह जूठा करके उठ गया था।"

चौधरी, "तुमने समझाकर खिलाया नहीं, दाना-पानी छोड़ देने से तो रुपए न मिलेंगे।"

स्त्री, "तुम क्यों नहीं जाकर समझा देते?"

चौधरी, "मुझे तो इस वक़्त बैरी समझ रहा होगा!"

स्त्री, "मैं रुपए ले जाकर बच्चा को दिए आती हूँ, हाथ में जब रुपए आ जाएँ, तो कुआँ बनवा देना।"

चौधरी, "नहीं, नहीं, ऐसा ग़ज़ब न करना, मैं इतना बड़ा विश्वासघात न करूँगा, चाहे घर मिट्टी ही में मिल जाए।"

लेकिन स्त्री ने इन बातों की ओर ध्यान न दिया। वह लपक कर भीतर गई और थैलियों पर हाथ डालना चाहती थी कि एक चीख़ मार कर हट गई। उसकी सारी देह सितार के तार की भाँति काँपने लगी।

चौधरी ने घबरा कर पूछा, "क्या हुआ? तुम्हें चक्कर तो नहीं आ गया?"

स्त्री ने ताक की ओर भयातुर नेत्रों से देख कर कहा, "चुड़ैल वहाँ खड़ी है?"

चौधरी ने ताक की ओर देख कर कहा, "कौन चुड़ैल? मुझे तो कोई नहीं दीखता।"

स्त्री, "मेरा तो कलेजा धक्-धक् कर रहा है। ऐसा मालूम हुआ, जैसे उस बुढ़िया ने मेरा हाथ पकड़ लिया है।"

चौधरी, "यह सब भ्रम है। बुढ़िया को मरे पाँच साल हो गए, अब तक वह यहाँ बैठी है?"

स्त्री, "मैंने साफ़ देखा, वही थी। बच्चा भी कहते थे कि उन्होंने रात को थैलियों पर हाथ रखे देखा था!"

चौधरी, "वह रात को मेरी कोठरी में कब आया?"

स्त्री, "तुमसे कुछ रुपयों के विषय ही में कहने आया था। उसे देखते ही भागा।"

चौधरी, "अच्छा; फिर तो अंदर जाओ, मैं देख रहा हूँ।"

स्त्री ने कान पर हाथ रख कर कहा, "न बाबा अब मैं उस कमरे में कदम न रखूँगी।"

चौधरी, "अच्छा, मैं जाकर देखता हूँ।"

चौधरी ने कोठरी में जाकर दोनों थैलियाँ ताक पर से उठा लीं। किसी प्रकार की शंका न हुई। गोमती की छाया का कहीं नाम भी न था। स्त्री द्वार पर खड़ी झाँक रही थी। चौधरी ने आकर गर्व से कहा, "मुझे तो कहीं कुछ न दिखाई दिया। वहाँ होती, तो कहाँ चली जाती।"

स्त्री, "क्या जाने, तुम्हें क्यों नहीं दिखाई दी? तुमसे उसे स्नेह था, इसी से हट गई होगी।"

चौधरी, "तुम्हें भ्रम था, और कुछ नहीं।"

स्त्री, "बच्चा को बुलाकर पूछाए देती हूँ।"

चौधरी, "खड़ा तो हूँ, आकर देख क्यों नही लेतीं?"

स्त्री को कुछ आश्वासन हुआ। उसने ताक के पास जाकर डरते-डरते हाथ बढ़ाया–ज़ोर से चिल्ला कर भागी और आँगन में जाकर दम लिया।

चौधरी भी उसके साथ आँगन में आ गया और विस्मय से बोला, "क्या था, क्या? व्यर्थ में भागी चली आई। मुझे तो कुछ न दिखाई दिया।"

स्त्री ने हाँफ़ते हुए तिरस्कारपूर्ण स्वर में कहा, "चलो हटो, अब तक तो तुमने मेरी जान ही ले ली थी। न-जाने तुम्हारी आँखों को क्या हो गया है। खड़ी तो है वह डायन!"

इतने में हरनाथ भी वहाँ आ गया। माता को आँगन में खड़े देखकर बोला, "क्या है अम्मा, कैसा जी है?"

स्त्री, "वह चुड़ैल आज दो बार दिखाई दी, बेटा। मैंने कहा, लाओ, तुम्हें रुपए दे दूँ। फिर जब हाथ में आ जाएँगे, तो कुआँ बनवा दिया जाएगा। लेकिन ज्यों ही थैलियों पर हाथ रखा, उस चुड़ैल ने मेरा हाथ पकड़ लिया। प्राण-से निकल गए।"

हरनाथ ने कहा, "किसी अच्छे ओझा को बुलाना चाहिए, जो इसे मार भगाए।"

चौधरी, "क्या रात को तुम्हें भी दिखाई दी थी?"

हरनाथ, "हाँ, मैं तुम्हारे पास एक मामले में सलाह करने आया था। ज्यों ही अंदर कदम रखा, वह चुड़ैल ताक के पास खड़ी दिखाई दी, मैं बदहवास होकर भागा।"

चौधरी, "अच्छा, फिर तो जाओ।"

स्त्री, "कौन, अब तो मैं न जाने दूँ, चाहे कोई लाख रुपए ही क्यों न दे।"

हरनाथ, "मैं आप न जाऊँगा।"

चौधरी, "मगर मुझे कुछ दिखाई नहीं देता। यह बात क्या है?"

हरनाथ, "क्या जाने, आपसे डरती होगी। आज किसी ओझा को बुलाना चाहिए।"

चौधरी, "कुछ समझ में नहीं आता, क्या माजरा है। क्या हुआ बैजू पांडे की डिग्री का?"

हरनाथ इन दिनों चौधरी से इतना जलता था कि अपनी दुकान के विषय की कोई बात उनसे न कहता था। आँगन की तरफ़ ताकता हुआ मानो हवा से बोला, "जो होना होगा, वह होगा, मेरी जान के सिवा और कोई क्या ले लेगा? जो खा गया हूँ, वह तो उगल नहीं सकता।"

चौधरी, "कहीं उसने डिग्री जारी कर दी तो?"

हरनाथ, "तो क्या? दुकान में चार-पाँच सौ का माल है, वह नीलाम हो जाएगा।"

चौधरी, "कारोबार तो सब चौपट हो जाएगा?"

हरनाथ, "अब कारोबार के नाम को कहाँ तक रोऊँ। अगर पहले से मालूम होता कि कुआँ बनवाने की इतनी जल्दी है, तो यह काम छेड़ता ही क्यों? रोटी-दाल तो पहले भी मिल जाती थी। बहुत होगा, दो-चार महीने हवालात में रहना पड़ेगा। इसके सिवा और क्या हो सकता है?"

माता ने कहा, "जो तुम्हें हवालात में ले जाए, उसका मुँह झुलस दूँ! हमारे जीते-जी तुम हवालात में जाओगे!"

हरनाथ ने दार्शनिक बनकर कहा, "माँ-बाप जन्म के साथी होते हैं, किसी के कर्म के साथी नहीं होते।"

चौधरी को पुत्र से प्रगाढ़ प्रेम था। उन्हें शंका हो गई थी कि हरनाथ रुपए हज़म करने के लिए टाल-मटोल कर रहा है। इसलिए उन्होंने आग्रह करके रुपए वसूल कर लिए थे। अब उन्हें अनुभव हुआ कि हरनाथ के प्राण सचमुच संकट में हैं। सोचा, "अगर लड़के को हवालात हो गई, या दुकान पर कुर्की आ गई; तो कुल-मर्यादा धूल में मिल जाएगी। क्या हर्ज है, अगर गोमती के रुपए दे दूँ। आख़िर दुकान चलती ही है, कभी न कभी रुपए हाथ में आ ही जाएँगे।"

एकाएक किसी ने बाहर से पुकारा, "हरनाथसिंह!" हरनाथ के मुख पर हवाइयाँ उड़ने लगीं।

चौधरी ने पूछा, "कौन है?"

"कुर्क अमीन।"

"क्या दुकान कुर्क कराने आया है?"

"हाँ, मालूम तो होता है।"

"कितने रुपयों की डिग्री है?"

"1200 रु. की।"

"कुर्क-अमीन कुछ लेने-देने से न टलेगा?"

"टल तो जाता पर महाजन भी तो उसके साथ होगा। उसे जो कुछ लेना है, उधर से ले चुका होगा।"

"न हो, 1200 रु. गोमती के रुपयों में से दे दो।"

"उसके रुपए कौन छुएगा। न-जाने घर पर क्या आफ़त आए।"

"उसके रुपए कोई हज़म थोड़ी ही किए लेता है; चलो, मैं दे दूँ!"

चौधरी को इस समय भय हुआ, कहीं मुझे भी वह न दिखाई दे। लेकिन उनकी शंका निर्मूल थी। उन्होंने एक थैली से 220 रु. निकाले और दूसरी थैली में रख कर हरनाथ को दे दिए। संध्या तक इन 2000 रु. में एक रुपया भी न बचा।

बारह साल गुज़र गए। न चौधरी अब इस संसार में हैं, न हरनाथ। चौधरी जब तक जिए, उन्हें कुएँ की चिंता बनी रही; यहाँ तक कि मरते दम भी उनकी ज़ुबान पर कुएँ की रट लगी हुई थी। लेकिन दुकान में सदैव रुपयों का तोड़ा रहा। चौधरी के मरते ही सारा कारोबार चौपट हो गया। हरनाथ ने आने रुपए लाभ से संतुष्ट न हो कर दूने-तिगुने लाभ पर हाथ मारा–जुआ खेलना शुरू किया। साल भी न गुज़रने पाया था कि दुकान बंद हो गई। गहने-पाती, बर्तन-भाँडे, सब मिट्टी में मिल गए। चौधरी की मृत्यु के ठीक साल भर बाद, हरनाथ ने भी इस हानि-लाभ के संसार से पयान किया। माता के जीवन का अब कोई सहारा न रहा। बीमार पड़ी, पर दवा-दर्पन न हो सकी। तीन-चार महीने तक नाना प्रकार के कष्ट झेल कर वह भी चल बसी। अब केवल बहू थी, और वह भी गर्भिणी। उस बेचारी के लिए अब कोई आधार न था। इस दशा में मज़दूरी भी न कर सकती थी। पड़ोसियों के कपड़े सी-सी कर उसने किसी भाँति पाँच-छः महीने काटे। तेरे लड़का होगा। सारे लक्षण बालक के-से थे। यही एक जीवन का आधार था। जब कन्या हुई, तो यह आधार भी जाता रहा। माता ने अपना हृदय इतना कठोर कर लिया कि नवजात शिशु को छाती भी न लगाती थी। पड़ोसियों के बहुत समझाने-बुझाने पर छाती से लगाया, पर उसकी छाती में दूध की एक बूँद भी न थी। उस समय अभागिनी माता के हृदय में करुणा, वात्सल्य और मोह का एक भूकम्प-सा आ गया। अगर किसी उपाय से उसके स्तन की अंतिम बूँद दूध बन जाती, तो वह अपने को धन्य मानती।

बालिका की वह भोली, दीन, याचनामय, सतृष्ण छवि देख कर उसका मातृ-हृदय मानो सहस्त्र नेत्रों से रुदन करने लगा था। उसके हृदय की सारी शुभेच्छाएँ, सारा आशिर्वाद, सारी विभूति, सारा अनुराग मानो उसकी आँखों से निकाल कर उस बालिका को उसी भाँति रंजित कर देता था जैसे इंदु का शीतल प्रकाश पुष्प को रंजित कर देता है; पर उस बालिका के भाग्य में मातृप्रेम के सुख न बदे थे! माता ने कुछ अपना रक्त, कुछ ऊपर का दूध पिला कर उसे जिलाया; पर उसकी दशा दिनों-दिन जीर्ण होती जाती थी।

एक दिन लोगों ने जाकर देखा, तो वह भूमि पर पड़ी हुई थी, और बालिका उसकी छाती से चिपटी उसके स्तनों को चूस रही थी। शोक और दरिद्रता से आहत शरीर में रक्त कहाँ जिससे दूध बनता।

वही बालिका पड़ोसियों की दया-भिक्षा से पल-पल कर एक दिन घास खोदती हुई उस स्थान पर जा पहुँची, जहाँ बुढ़िया गोमती का घर था। छप्पर कब के पंचभूतों में मिल चुके थे। केवल जहाँ-तहाँ दीवारों के चिह्न बाकी थे। कहीं-कहीं आधी-आधी दीवारें खड़ी थीं। बालिका ने न-जाने क्या सोच कर खुर्पी से गड्ढा खोदना शुरू किया। दोपहर से साँझ तक वह गड्ढा खोदती रही। न खाने की सुध थी, न पीने की। न कोई शंका थी, न भय। अंधेरा हो गया; पर वह ज्यों की त्यों बैठी गड्ढा खोद रही थी। उस समय किसान लोग भूल कर भी उधर से न निकलते थे; पर बालिका निश्शंक बैठी भूमि से मिट्टी निकाल रही थी। जब अंधेरा हो गया तो वह चली गई।

दूसरे दिन वह बड़े सबेरे उठी और इतनी घास खोदी, जितनी वह कभी दिन भर में न खोदती थी। दोपहर के बाद वह अपनी खाँची और खुर्पी लिए फिर उसी स्थान पर पहुँची; पर वह आज अकेली न थी, उसके साथ दो बालक और भी थे। तीनों वहाँ साँझ तक "कुआँ-कुआँ" खोदते रहे। बालिका गड्ढे के अंदर खोदती थी और दोनों बालक मिट्टी निकाल-निकाल कर फेंकते थे।

तीसरे दिन दो लड़के और भी उस खेल में मिल गए। शाम तक खेल होता रहा। आज गड्ढा दो हाथ गहरा हो गया था। गाँव के बालक-बालिकाओं में इस विलक्षण खेल ने अभूपूर्व उत्साह भर दिया था।

चौथे दिन और भी कई बालक आ मिले। सलाह हुई, कौन अंदर जाए, कौन मिट्टी उठाए, कौन झौआ खींचे। गड्ढा अब चार हाथ गहरा हो गया था, पर अभी तक बालकों के सिवा और किसी को उसकी ख़बर न थी।

एक दिन रात को एक किसान अपनी खोई हुई भैंस ढूँढता हुआ उस खंडहर में जा निकला। अंदर मिट्टी का ऊँचा ढेर, एक बड़ा-सा गड्ढा और एक टिमटिमाता हुआ दीपक देखा, तो डर कर भागा। औरों ने भी आकर देखा। कई आदमी थे, कोई शंका न थी। समीप जाकर देखा, तो बालिका बैठी थी। एक आदमी ने पूछा, "अरे, क्या तूने यह गड्ढा खोदा है?"

बालिका ने कहा, "हाँ।"

"गड्ढा खोद कर क्या करेगी?"

"यहाँ कुआँ बनाऊँगी?"

"कुआँ कैसे बनाएगी?"

"जैसे इतना खोदा है वैसे ही इतना और खोद लूँगी। गाँव के सब लड़के खेलने आते हैं।"

"मालूम होता है, तू अपनी जान देगी और अपने साथ और लड़कों को भी मारेगी। ख़बरदार, जो कल से गड्ढा खोदा।"

दूसरे दिन और लड़के न आए, बालिका भी दिन भर मजूरी करती रही। लेकिन संध्या-समय वहाँ फिर दीपक जला और फिर वह खुर्पी हाथ में लिए वहाँ बैठी दिखाई दी।

गाँव वालों ने उसे मारा-पीटा, कोठरी में बंद किया, पर वह अवकाश पाते ही वहाँ जा पहुँचती।

गाँव के लोग प्रायः श्रद्धालु होते ही हैं, बालिका के इस अलौकिक अनुराग ने आख़िर उनमें भी अनुराग उत्पन्न किया। कुआँ खुदने लगा।

इधर कुआँ खुद रहा था, उधर बालिका मिट्टी से ईंटें बनाती थी। इस खेल में सारे गाँव के लड़के शरीक़ होते थे। उजाली रातों में जब सब लोग सो जाते, तब भी वह ईंटें थापती दिखाई देती। न-जाने इतनी लगन उसमें कहाँ से आ गई थी। सात वर्ष की उम्र कोई उम्र होती है? लेकिन सात वर्ष की लड़की बुद्धि और बातचीत में अपनी तिगुनी उम्र वालों के कान काटती थी।

आख़िर एक दिन वह भी आया कि कुआँ बँध गया और उसकी पक्की जगत तैयार हो गई। उस दिन बालिका उसी जगत पर सोई। आज उसके हर्ष की सीमा न थी। गाती थी, चहकती थी।

प्रातःकाल उस जगत पर केवल उसकी लाश मिली। उस दिन से लोगों ने कहना शुरू किया, यह वही बुढ़िया गोमती थी! इस कुएँ का नाम 'पिसनहारी का कुआँ' पड़ा।

11

अलग्योझा

भोला महतो ने पहली स्त्री के मर जाने के बाद दूसरी सगाई की तो उसके लड़के रग्घू के लिए बुरे दिन आ गए। रग्घू की उम्र उस समय केवल दस वर्ष की थी। चैन से गाँव में गुल्ली-डंडा खेलता फिरता था। माँ के आते ही चक्की में जुतना पड़ा। पन्ना रूपवती स्त्री थी और रूप और गर्व में चोली-दामन का नाता है। वह अपने हाथों से कोई मोटा काम न करती। गोबर रग्घू निकालता, बैलों को सानी रग्घू देता। रग्घू ही जूठे बर्तन माँजता। भोला की आँखें कुछ ऐसी फिरीं कि उसे अब रग्घू में सब बुराइयाँ-ही-बुराइयाँ नज़र आतीं। पन्ना की बातों को वह प्राचीन मर्यादानुसार आँखें बंद करके मान लेता था। रग्घू की शिकायतों की ज़रा भी परवाह न करता। नतीजा यह हुआ कि रग्घू ने शिकायत करना छोड़ दिया। किसके सामने रोए? बाप ही नहीं, सारा गाँव उसका दुश्मन था। बड़ा ज़िद्दी लड़का है, पन्ना को कुछ समझता ही नहीं; बेचारी उसका दुलार करती है, खिलाती-पिलाती है। यह उसी का फल है। दूसरी औरत होती, तो निबाह न होता। वह तो कहो, पन्ना इतनी सीधी-सादी है कि निबाह होता जाता है। सबल की शिकायतें सब सुनते हैं, निर्बल की फ़रियाद भी कोई नहीं सुनता। रग्घू का हृदय माँ की ओर से दिन-दिन फटता जाता था। यहाँ तक कि आठ साल गुज़र गए। और एक दिन भोला के नाम मृत्यु का संदेश आ पहुँचा।

पन्ना के चार बच्चे थे–तीन बेटे और एक बेटी। इतना बड़ा ख़र्च और कमानेवाला कोई नहीं। रग्घू अब क्यों पूछने लगा। यह मानी हुई बात थी। अपनी स्त्री लाएगा और अलग रहेगा। स्त्री आकर और भी आग लगाएगी। पन्ना को चारों ओर अंधेरा-ही-अंधेरा दिखाई देता था। पर कुछ भी हो, वह रग्घू की आसरैत बनकर घर में न रहेगी। जिस घर में उसने राज किया, उसमें अब लौंडी न बनेगी। जिस लौंडे को अपना ग़ुलाम समझा, उसका मुँह न ताकेगी। वह सुंदर थी, अवस्था भी कुछ ऐसी ज़्यादा न थी। जवानी अपनी पूरी बहार पर थी। क्या वह कोई दूसरा घर नहीं कर सकती? यही न होगा, लोग हँसेंगे। बला से! उसकी बिरादरी में क्या ऐसा होता नहीं। ब्राह्मण-ठाकुर थोड़े ही थी कि नाक कट जाएगी। यह तो ऊँची जातों में होता है कि घर में चाहे जो कुछ करो, बाहर पर्दा ढँका रहे। वह तो संसार को दिखाकर दूसरा घर कर सकती है। फिर वह रग्घू की दबैल बनकर क्यों रहे?

भोला को मरे एक महीना गुज़र चुका था। संध्या हो गई थी। पन्ना इसी चिंता में पड़ी हुई थी कि सहसा उसे ख़्याल आया, लड़के घर में नहीं हैं। यह बैलों के लौटने की बेला है, कहीं कोई लड़का उनके नीचे न आ जाए। अब द्वार पर कौन है, जो उनकी देखभाल करेगा। घर से बाहर निकली, तो देखा रग्घू अपने झोंपड़े में बैठा ऊख की गँडेरियाँ बना रहा है, तीनों लड़के उसे घेरे खड़े हैं और छोटी लड़की गर्दन में हाथ डाले उसकी पीठ पर सवार होने की चेष्टा कर रही है। पन्ना को अपनी आँखों पर विश्वास न आया। आज तो यह नई बात है! शायद दुनिया को दिखाता है कि मैं अपने भाइयों को कितना चाहता हूँ और मन में छुरी रक्खी हुई है। घात मिले तो जान ही ले ले। काला साँप है, काला साँप। कठोर स्वर में बोली, "तुम सब-के-सब वहाँ क्या करते हो? घर में आओ, साँझ की बेला है, गोरू आते होंगे।"

रग्घू ने विनीत नेत्रों से देखकर कहा, "मैं तो हूँ ही काकी, डर किस बात का है?"

बड़ा लड़का केदार बोला, "काकी, रग्घू दादा ने हमारे लिए दो गाड़ियाँ बना दी हैं। यह देख, एक पर हम और खुन्नू बैठेंगे, दूसरी पर लछमन और झुनिया। दादा दोनों गाड़ियाँ खींचेंगे।"

यह कहकर वह कोने से छोटी-छोटी गाड़ियाँ निकाल लाया, चार-चार पहिए लगे थे, बैठने के लिए तख्ते और रोक के लिए दोनों तरफ़ बाज़ू थे।

पन्ना ने आश्चर्य से पूछा, "ये गाड़ियाँ किसने बनाईं?"

केदार ने चिढ़कर कहा, "रग्घू दादा ने बनाई हैं, और किसने। भगत के घर से बसूला और रुखानी माँग लाए और झटपट बना दीं। ख़ूब दौड़ती हैं काकी। बैठ खुन्नू, मैं खींचूँ।"

खुन्नू गाड़ी में बैठ गया। केदार खींचने लगा। चर-चर का शोर हुआ, मानो गाड़ी भी इस खेल में लड़कों के साथ शरीक है।

लछमन ने दूसरी गाड़ी पर बैठकर कहा, "दादा खींचो।"

रग्घू ने झुनिया को भी गाड़ी में बैठा दिया और गाड़ी खींचता हुआ दौड़ा। तीनों लड़के तालियाँ बजाने लगे। पन्ना चकित नेत्रों से यह दृश्य देख रही थी और सोच रही थी कि यह वही रग्घू है या और।

थोड़ी देर के बाद दोनों गाड़ियाँ लौटीं; लड़के घर में आकर इस यान-यात्रा के अनुभव बयान करने लगे। कितने ख़ुश थे सब, मानों हवाई जहाज़ पर बैठ आए हों।

खुन्नू ने कहा, "काकी सच, पेड़ दौड़ रहे थे।"

लछमन, "और बछिया कैसी भागीं, सब-की-सब दौड़ीं।"

केदार, "काकी, रग्घू दादा दोनों गाड़ियाँ एक साथ खींच ले जाते हैं।"

झुनिया सबसे छोटी थी। उसकी व्यंजना-शक्ति उछल-कूद और नेत्रों तक परिमित थी–तालियाँ बजा-बजाकर नाच रही थी।

खुन्नू, "अब हमारे घर गाय भी आ जाएगी काकी। रग्घू दादा ने गिरधारी से कहा है कि हमें एक गाय ला दो।"

गिरधारी बोला, "कल लाऊँगा।"

केदार, "तीन सेर दूध देती है काकी। ख़ूब दूध पीएँगे।"

इतने में रग्घू भी अंदर आ गया। पन्ना ने अवहेलना की दृष्टि से देखकर पूछा, "क्यों रग्घू, तुमने गिरधारी से कोई गाय माँगी है?"

रग्घू ने क्षमा-प्रार्थना के भाव से कहा, "हाँ माँगी तो है, कल लावेगा।"

पन्ना, "रुपए किसके घर से आएँगे? यह भी सोचा है?"

रग्घू, "सब सोच लिया है काकी। मेरी यह मुहर नहीं है। इसके पच्चीस रुपए मिल रहे हैं; पाँच रुपए बछिया के मुज़रा दे दूँगा। बस गाय अपनी हो जाएगी।"

पन्ना सन्नाटे में आ गई। अब उसका अविश्वासी मन भी रग्घू के प्रेम और सज्जनता को अस्वीकार न कर सका। बोली, "मुहर को क्यों बेचे देते हो? गाय की अभी कौन जल्दी है। हाथ में पैसे हो जाएँ, तो ले लेना। सूना-सूना गला अच्छा न लगेगा। इतने दिनों गाय नहीं रही; तो क्या लड़के नहीं जिए?"

रग्घू दार्शनिक भाव से बोला, "बच्चों के खाने-पीने के यही दिन हैं काकी। इस उम्र में न खाया, तो फिर क्या खाएँगे। मुहर पहनना मुझे अच्छा भी नहीं मालूम होता, लोग समझते होंगे कि बाप तो मर गया, इसे मुहर पहनने की सूझी है।"

भोला महतो तो गाय की चिंता ही में चल बसे, न रुपए आए और न गाय मिली, मजबूर थे। रग्घू ने वह समस्या कितनी सुगमता से हल कर दी। आज जीवन में पहली बार, पन्ना को रग्घू पर विश्वास आया। बोली, "जब गहना ही बेचना है, तो अपनी मुहर क्यों बेचोगे। मेरी हँसली ले लेना।"

रग्घू, "नहीं काकी! वह तुम्हारे गले में बहुत अच्छी लगती है। मर्दों को क्या, मुहर पहने या न पहने।"

पन्ना, "चल, मैं बूढी हुई। मुझे अब हँसली पहनकर क्या करना है। तू अभी लड़का है, तेरा सूना गला अच्छा न लगेगा।"

रग्घू मुस्कुरा कर बोला, "तुम अभी से कैसे बूढी हो गईं? गाँव में, कौन तुम्हारे बराबर है?"

रग्घू की सरल आलोचना ने पन्ना को लज्जित कर दिया। उसके रूखे-मुरझाए मुख पर प्रसन्नता की लाली दौड़ गई।

पाँच साल गुज़र गए। रग्घू का-सा मेहनती, ईमानदार, बात का धनी दूसरा किसान गाँव में न था। पन्ना की इच्छा के बिना कोई काम न करता। उसकी उम्र अब 23 साल की हो गई थी। पन्ना बार-बार कहती, "भइया बहू को बिदा करा लाओ। कब तक नैहर में पड़ी रहेगी। सब लोग मुझी को बदनाम करते हैं कि यही बहू को नहीं आने देती।"

मगर रग्घू टाल देता था। कहता कि अभी जल्दी क्या है। उसे अपनी स्त्री के रंग-ढंग का कुछ परिचय दूसरों से मिल चुका था। ऐसी औरत को घर में लाकर वह अपनी शांति में बाधा नहीं डालना चाहता था।"

आख़िर एक दिन पन्ना ने ज़िद करके कहा, "तो तुम न लाओगे?"

"कह दिया कि अभी कोई जल्दी नहीं है।"

"तुम्हारे लिए जल्दी न होगी, मेरे लिए तो जल्दी है। मैं आज आदमी भेजती हूँ।"

"पछताओगी काकी, उसका मिज़ाज अच्छा नहीं है।"

"तुम्हारी बला से। जब मैं उससे बोलूँगी ही नहीं; तो क्या हवा से लड़ेगी। रोटियाँ तो बना लेगी। मुझसे भीतर-बाहर का सारा काम नहीं होता, मैं आज बुलाए लेती हूँ।"

"बुलाना चाहती हो, बुला लो; मगर फिर यह न कहना कि यह मेहरिया को ठीक नहीं करता, उसका ग़ुलाम हो गया।"

"न कहूँगी, जाकर दो साड़ियाँ और मिठाई ले आ।"

तीसरे दिन मुलिया मैके से आ गई। दरवाज़े पर नगाड़े बजे। शहनाइयों की मधुर ध्वनि आकाश में गूँजने लगी। मुँह-दिखावे की रस्म अदा हुई। वह इस मरुभूमि में निर्मल जल-धारा थी। गेहुआँ रंग था, बड़ी-बड़ी नोकीली पलकें, कपोलों पर हल्की सुर्ख़ी, आँखों में प्रबल आकर्षण, रग्घू उसे देखते ही मंत्र-मुग्ध हो गया।

प्रातःकाल पानी का घड़ा लेकर चलती, तब उसका गेहुआँ रंग प्रभात की सुनहरी किरणों से कुंदन हो जाता, मानो उषा अपनी सारी सुगंध, सारा विकास और सारा उन्माद लिए मुस्कुराती चली जाती हो।

मुलिया मैके से ही जली-भुनी आई थी, मेरा शौहर छाती फाड़कर काम करे, और पन्ना रानी बनी बैठी रहे, उसके लड़के रईसज़ादे बने घूमें। मुलिया से यह बरदाश्त न होगा। वह किसी की ग़ुलामी न करेगी। अपने लड़के तो अपने होते ही नहीं, भाई किसके होते हैं। जब तक पर नहीं निकलते हैं, रग्घू को घेरे हुए हैं। ज्यों ही ज़रा सयाने हुए, पर झाड़कर निकल जाएँगे। बात भी न पूछेंगे।

उस दिन उसने रग्घू से कहा, "तुम्हें इस तरह ग़ुलामी करनी हो तो करो, मुझसे न होगी।"

रग्घू, "तो फिर क्या करूँ, तू ही बता? लड़के तो अभी घर का काम करने लायक भी नहीं हैं।"

मुलिया, "लड़के रावत के हैं, कुछ तुम्हारे नहीं हैं। यही पन्ना है, जो तुम्हें दाने-दाने को तरसाती थी। सब सुन चुकी हूँ। मैं लौंडी बनकर न रहूँगी। रुपए-पैसे का मुझे कुछ हिसाब नहीं मिलता। न जाने तुम किया लाते हो? और वह क्या करती है। तुम समझते हो रुपए घर ही में तो हैं; मगर देख लेना, तुम्हें जो एक फूटी कौड़ी भी मिले।"

रग्घू, "रुपए-पैसे तेरे हाथ में देने लगूँ, तो दुनिया क्या कहेगी, यह तो सोच।"

मुलिया, "दुनिया जो चाहे कहे। दुनिया के हाथों बिकी नहीं हूँ। देख लेना, भाड़ लीपकर हाथ काला ही रहेगा। फिर तुम अपने भाइयों के लिए मरो, मैं क्यों मरूँ?"

रग्घू ने जवाब न दिया–उसे जिस बात का भय था, वह इतनी जल्द सिर पर आ पड़ी। अब अगर उसने बहुत तत्थोथंभी किया, तो साल-छः महीने और काम चलेगा। बस, आगे यह डोंगा चलता नज़र नहीं आता। बकरे की माँ कब तक ख़ैर मनाएगी?"

एक दिन पन्ना ने महुए का सुखावन डाला। बरसात शुरू हो गई थी। बखार में अनाज गीला हो रहा था। मुलिया से बोली, "बहू, ज़रा देखती रहना, मैं तालाब से नहा आऊँ।"

मुलिया ने लापरवाही से कहा, "मुझे नींद आ रही है, तुम बैठकर देखो, एक दिन न नहाओगी तो क्या होगा।"

पन्ना ने साड़ी उठाकर रख दी, नहाने न गई। मुलिया का वार ख़ाली गया।

कई दिन के बाद एक शाम को पन्ना धान रोपकर लौटी, अँधेरा हो गया था। दिन भर की भूखी थी, आशा थी, बहू ने रोटी बना रखी होगी, मगर देखा तो यहाँ चूल्हा ठंडा पड़ा हुआ था, और बच्चे मारे भूख के तड़प रहे थे। मुलिया से आहिस्ते से पूछा, "आज अभी चूल्हा नहीं जला?"

केदार ने कहा, "आज दोपहर को भी चूल्हा नहीं जला काकी! भाभी ने कुछ बनाया ही नहीं।"

पन्ना, "तो तुम लोगों ने खाया क्या?"

केदार, "कुछ नहीं, रात की रोटियाँ थीं, खुन्नू और लछमन ने खाईं। मैंने सत्तू खा लिया।"

पन्ना, "और बहू?"

केदार, "वह तो पड़ी सो रही है, कुछ नहीं खाया।"

पन्ना ने उसी वक़्त चूल्हा जलाया और खाना बनाने बैठ गई। आटा गूँथती थी और रोती थी। क्या नसीब है, दिन-भर खेत में जली, घर आई तो चूल्हे के सामने जलना पड़ा।

केदार का चौदहवाँ साल था। भाभी के रंग-ढंग देखकर सारी स्थिति समझ रहा था। बोला, "काकी, भाभी अब तुम्हारे साथ रहना नहीं चाहती।"

पन्ना ने चौंककर पूछा, "क्या कुछ कहती थी?"

केदार, "कहती कुछ नहीं थी; मगर है उसके मन में यही बात। फिर तुम क्यों नहीं छोड़ देतीं? जैसे चाहे रहे; हमारा भी भगवान है।"

पन्ना ने दाँतों से जीभ दबाकर कहा, "चुप, मेरे सामने ऐसी बात भूल कर भी न कहना। रग्घू तुम्हारा भाई नहीं, तुम्हारा बाप है। मुलिया से कभी बोलोगे, तो समझ लेना ज़हर खा लूँगी।"

दशहरे का त्यौहार आया। इस गाँव से कोस-भर पर एक पुरवे में मेला लगता था। गाँव के सब लड़के मेला देखने चले। पन्ना भी लड़कों के साथ चलने को तैयार हुई; मगर पैसे कहाँ से आएँ? कुंजी तो मुलिया के पास थी।

रग्घू ने आकर मुलिया से कहा, "लड़के मेले जा रहे हैं, सबों को दो-दो आने पैसे दे दे।"

मुलिया ने त्योरियाँ चढ़ाकर कहा, "पैसे घर में नहीं हैं।"

रग्घू, "अभी तो तेलहन बिका था, क्या इतनी जल्दी रुपए उठ गए?"

मुलिया, "हाँ, उठ गए।"

रग्घू, "कहाँ उठ गए? ज़रा सुनूँ, आज त्यौहार के दिन लड़के मेला देखने न जाएँगे?"

मुलिया, "अपनी काकी से कहो, पैसे निकालें, गाड़कर क्या करेंगी।"

खूँटी पर कुंजी लटक रही थी। रग्घू ने कुंजी उतारी और चाहा कि संदूक खोले कि मुलिया ने उसका हाथ पकड़ लिया और बोली, "कुंजी मुझे दे दो, नहीं तो ठीक न होगा। खाने-पहनने को भी चाहिए, काग़ज़-किताब को भी चाहिए, उस पर मेला

देखने को भी चाहिए। हमारी कमाई इसलिए नहीं है कि दूसरे खाएँ और मूँछों पर ताव दें।"

पन्ना ने रग्घू से कहा, "भइया, पैसे क्या होंगे। लड़के मेला देखने न जाएँगे।"

रग्घू ने झिड़ककर कहा, "मेला देखने क्यों न जाएँगे? सारा गाँव जा रहा है। हमारे ही लड़के न जाएँगे?"

यह कहकर रग्घू ने अपना हाथ छुड़ा लिया और पैसे निकालकर लड़कों को दे दिए; मगर कुंजी जब मुलिया को देने लगा, तब उसने उसे आँगन में फेंक दिया और मुँह लपेटकर लेट गई। लड़के मेला देखने न गए।

इसके बाद दो दिन गुज़र गए। मुलिया ने कुछ नहीं खाया, और पन्ना भी भूखी रही। रग्घू कभी इसे मनाता, कभी उसे; पर न यह उठती न वह। आख़िर रग्घू ने हैरान होकर मुलिया से पूछा, "कुछ मुँह से कह, चाहती क्या है?"

मुलिया ने धरती को सम्बोधित करके कहा, "मैं कुछ नहीं चाहती, तू मुझे मेरे घर पहुँचा दे।"

रग्घू, "अच्छा उठ, बना खा। पहुँचा दूँगा।"

मुलिया ने रग्घू की ओर आँखें उठाईं। रग्घू उसकी सूरत देखकर डर गया। वह माधुर्य, वह मोहकता, वह लावण्य ग़ायब हो गया था। दाँत निकल आए थे, आँखें फट गई थीं और नथुने फड़क रहे थे। अंगारे की-सी लाल आँखों से देखकर बोली, "अच्छा, तो काकी ने यह सलाह दी है, यह मंत्र पढ़ाया है? तो यहाँ ऐसी कच्ची नहीं हूँ। तुम दोनों की छाती पर मूँग दलूँगी। हो किस फेर में।"

रग्घू, "अच्छा, तो मूँग ही दल लेना। कुछ खा-पी लेगी, तभी तो मूँग दल सकेगी।"

मुलिया, "अब तो तभी मुँह में पानी डालूँगी, जब घर अलग हो जाएगा। बहुत झेल चुकी, अब नहीं झेला जाता।"

रग्घू सन्नाटे में आ गया, एक मिनट तक तो उसके मुँह से आवाज़ ही न निकली। अलग होने की उसने स्वप्न में भी कल्पना न की थी। उसने गाँव में दो चार परिवारों को अलग होते देखा था। वह ख़ूब जानता था, रोटी के साथ लोगों के हृदय भी अलग हो जाते हैं। अपने हमेशा के लिए गैर हो जाते हैं। फिर उनमें वही नाता रह जाता है, जो गाँव के और आदमियों में। रग्घू ने मन में ठान लिया था

कि इस विपत्ति को घर न आने दूँगा; मगर होनहार के सामने उसकी एक न चली। आह! मेरे मुँह में कालिख लगेगी, दुनिया यही कहेगी कि बाप के मर जाने पर दस साल भी एक में निबाह न हो सका। फिर किससे अलग हो जाऊँ। जिनको गोद में खिलाया, जिनको बच्चों की तरह पाला, जिनके लिए तरह-तरह के कष्ट झेले, उन्हीं से अलग हो जाऊँ। अपने प्यारों को घर से निकाल बाहर करूँ। उसका गला फँस गया। काँपते हुए स्वर में बोला, "तू क्या चाहती है कि मैं अपने भाइयों से अलग हो जाऊँ? भला सोच तो; कहीं मुँह दिखाने लायक रहूँगा?"

मुलिया, "तो मेरा इन लोगों के साथ निबाह न होगा?"

रग्घू, "तो तू अलग हो जा। मुझे अपने साथ क्यों घसीटती है।"

मुलिया, "तो मुझे क्या तुम्हारे घर में मिठाई मिलती है, मेरे लिए क्या संसार में जगह नहीं है?"

रग्घू, "तेरी जैसी मर्ज़ी, जहाँ चाहे रह। मैं अपने घरवालों से अलग नहीं हो सकता। जिस दिन इस घर में दो चूल्हे जलेंगे, उस दिन मेरे कलेजे के दो टुकड़े हो जाएँगे। मैं यह चोट नहीं सह सकता। तुझे जो तकलीफ़ हो, वह मैं दूर कर सकता हूँ। माल-असबाब की मालकिन तू है ही, अनाज-पानी तेरे ही हाथ है, अब रह क्या गया है? अगर कुछ काम-धंधा करना नहीं चाहती, मत कर। भगवान् ने मुझे समाई दी होती, तो तुझे तिनका तक उठाने न देता। तेरे यह सुकुमार हाथ-पाँव मेहनत-मजूरी करने के लिए बनाए ही नहीं गए हैं; मगर क्या करूँ, अपना कुछ बस ही नहीं है। फिर भी तेरा जी कोई काम करने को न चाहे, मत कर; मगर मुझसे अलग होने को न कह, तेरे पैरों पड़ता हूँ।"

मुलिया ने सिर से आँचल खिसकाया और ज़रा समीप आकर बोली, "मैं काम करने से नहीं डरती, न बैठे-बैठे खाना चाहती हूँ; मगर मुझसे किसी की धौंस नहीं सही जाती। तुम्हारी ही काकी घर का काम-काज करती हैं, तो अपने लिए करती हैं, अपने बाल-बच्चों के लिए करती हैं। मुझ पर कुछ एहसान नहीं करतीं। फिर मुझ पर धौंस क्या जमाती हैं। उन्हें अपने बच्चे प्यारे होंगे, मुझे तो तुम्हारा आसरा है। मैं अपनी आँखों से यह नहीं देख सकती कि सारा घर तो चैन करे, ज़रा-ज़रा से बच्चे तो दूध पीयें, और जिसके बल-बूते पर गृहस्थी थमी हुई है, वह मट्ठे को तरसे। कोई उसका पूछनेवाला न हो। ज़रा अपना मुँह तो देखो, कैसे सूरत निकल आई है। औरों के तो चार बरस में अपने पट्ठे तैयार हो जाएँगे। तुम तो दस साल

में खाट पर पड़ जाओगे। बैठ जाओ, खड़े क्यों हो? क्या मारकर भागोगे! मैं तुम्हें ज़बरदस्ती न बाँध लूँगी। जानती कि ऐसे निर्मोहिये से पाला पड़ेगा, तो इस घर में भूल से न आती। आती भी तो मन न लगाती, मगर अब तो मन तुमसे लग गया। घर भी जाऊँ, तो मन यहाँ ही रहेगा। और तुम जो हो, मेरी बात नहीं पूछते।"

मुलिया की ये रसीली बातें रग्घू पर कोई असर न डाल सकीं। वह उसी रुखाई से बोला, "मुझसे यह न होगा। अलग होने का ध्यान करते ही मेरा मन न जाने कैसा हो जाता है। यह चोट मुझसे न सही जाएगी।"

मुलिया ने परिहास करके कहा, "तो चूड़ियाँ पहनकर अंदर बैठो न। लाओ मैं मूँछें लगा लूँ। मैं तो समझती थी कि तुममें भी कुछ कस-बल है। अब देखती हूँ, तो निरे मिट्टी के लोंदे हो।"

पन्ना दालान में खड़ी दोनों की बातचीत सुन रही थी। अब उससे न रहा गया। सामने आकर रग्घू से बोली, "जब वह अलग होने पर तुली हुई है, फिर तुम क्यों उसे ज़बरदस्ती मिलाए रखना चाहते हो? तुम उसे लेकर रहो, हमारे भगवान् मालिक हैं। जब महतो मर गए थे, और कहीं पत्ती की भी छाँह न थी, जब उस वक़्त भगवान् ने निबाह दिया, तो अब क्या डर? अब तो भगवान् की दया से तीनों लड़के सयाने हो गए हैं। अब कोई चिंता नहीं।"

रग्घू ने आँसू भरी आँखों से पन्ना को देखकर कहा, "काकी, तू भी पागल हो गई है क्या? जानती नहीं, दो रोटियाँ होते ही दो मन हो जाते हैं।"

पन्ना, "जब वह मानती ही नहीं, तब तुम क्या करोगे? भगवान् की यही मर्ज़ी होगी, तो कोई क्या करेगा। परारब्ध में जितने दिन एक साथ रहना लिखा था, उतने दिन रहे, अब उसकी यही मर्ज़ी है, तो यही सही, तुमने मेरे बाल-बच्चो के लिए जो कुछ किया, वह मैं भूल नहीं सकती। तुमने इनके सिर पर हाथ न रक्खा होता तो आज इनकी न जाने क्या गति होती, न जाने किसके द्वार पर ठोकरें खाते होते, न जाने कहाँ-कहाँ भीख माँगते फिरते। तुम्हारा जस मरते दम तक गाऊँगी, अगर मेरी खाल तुम्हारे जूते बनाने के काम आए, तो ख़ुशी से दे दूँ। चाहे तुमसे अलग हो जाऊँ, पर जिस घड़ी तुम पुकारोगे, कुत्ते की तरह दौड़ी आऊँगी। यह भूलकर भी न सोचना कि तुमसे अलग होकर मैं तुम्हारा बुरा चेतूँगी। जिस दिन तुम्हारा अनभल मेरे मन में आएगा, उसी दिन विष खाकर मर जाऊँगी। भगवान् करे, तुम दूधों नहावो,

पूतों फलो। मरते दम तक यही असीस मेरे रोएँ-रोएँ से निकलती रहेगी। और अगर लड़के भी अपने बाप के हैं, तो मरते दम तुम्हारा पोस मानेंगे।"

यह कहकर पन्ना रोती हुई वहाँ से चली गई। रग्घू वहीं मूर्ति की तरह खड़ा रहा। आसमान की ओर टकटकी लगी थी और आँखों से आँसू बह रहे थे।

पन्ना की बातें सुनकर मुलिया समझ गई कि अब अपने पौबारह हैं। चटपट उठी, घर में झाड़ू लगाया, चूल्हा जलाया और कुएँ से पानी लाने चली। उसकी टेक पूरी हो गई थी।

गाँव में स्त्रियों के दो दल होते हैं–एक बहुओं का, दूसरा सासों का। बहुएँ सलाह और सहानुभूति के लिए अपने दल में जाती हैं, सासें अपने दल में। दोनों की पंचायतें अलग होती हैं। मुलिया को कुएँ पर दो-तीन बहुएँ मिल गईं। एक ने पूछा, "आज तो तुम्हारी बुढ़िया बहुत रो-धो रही थी।"

मुलिया ने विजय के गर्व से कहा, "इतने दिनों से घर की मालकिन बनी हुई हैं, राज-पाट छोड़ते किसे अच्छा लगता है। बहन, मैं उनका बुरा नहीं चाहती; लेकिन एक आदमी की कमाई में कहाँ तक बरकत होगी। मेरे भी तो यही खाने-पीने, पहनने-ओढ़ने के दिन हैं। अभी उनके पीछे मरो, फिर बाल-बच्चे हो जाएँ, उनके पीछे मरो। सारी ज़िंदगी रोते ही कट जाए।"

एक बहू, "बुढ़िया यही चाहती है कि यह बस जन्म भर लौंडी बनी रहे। मोटा-झोटा खाए और पड़ी रहे।"

दूसरी बहू, "किस भरोसे पर कोई मरे। अपने लड़के तो बात नहीं पूछते, पराये लड़कों का क्या भरोसा? कल इनके हाथ-पाँव हो जाएँगे, फिर कौन पूछता है। अपनी-अपनी मेहरियों का मुँह देखेंगे। पहले से ही फटकार देना अच्छा है। फिर तो कोई कलंक न होगा।"

मुलिया पानी लेकर गई, खाना बनाया और रग्घू से बोली, "जाओ, नहा आओ, रोटी तैयार है।"

रग्घू ने मानो सुना ही नहीं। सिर पर हाथ रखकर द्वार की तरफ़ ताकता रहा।

मुलिया, "क्या कहती हूँ, कुछ सुनाई देता है? रोटी तैयार है, जाओ नहा आओ।"

रग्घू, "सुन तो रहा हूँ, क्या बहरा हूँ? रोटी तैयार है, तो जाकर खा ले। मुझे भूख नहीं है।"

मुलिया ने फिर कुछ नहीं कहा। जाकर चूल्हा बुझा दिया, रोटियाँ उठाकर छींके पर रख दीं और मुँह ढाँककर लेट गई।

ज़रा देर में पन्ना आकर बोली, "खाना तो तैयार है, नहा-धोकर खा लो! वह भी तो भूखी होगी?"

रग्घू ने झुँझलाकर कहा, "काकी, तू घर में रहने देगी कि मुँह में कालिख लगाकर कहीं निकल जाऊँ? खाना तो खाना ही है, आज न खाऊँगा; लेकिन अभी मुझसे न खाया जाएगा। केदार क्या अभी मदरसे से नहीं आया?"

पन्ना, "अभी तो नहीं आया, आता ही होगा।"

पन्ना समझ गई कि जब तक वह खाना बनाकर लड़कों को न खिलाएगी और ख़ुद न खाएगी, रग्घू न खाएगा। इतना ही नहीं, उसे रग्घू से लड़ाई करनी पड़ेगी, उसे जली-कटी सुनानी पड़ेगी, उसे यह दिखाना पड़ेगा कि मैं ही उससे अलग होना चाहती हूँ, नहीं तो वह इसी चिंता में घुल-घुलकर प्राण दे देगा। यह सोचकर उसने अलग चूल्हा जलाया और खाना बनाने लगी। इतने में केदार और खुन्नू मदरसे से आ गए।

पन्ना ने कहा, "आओ बेटा, खा लो रोटी तैयार है।"

केदार ने पूछा, "भइया को बुला लूँ न?"

पन्ना, "तुम आकर खा लो। उनकी रोटी बहू ने अलग बनाई है।"

खुन्नू, "जाकर भइया से पूछ न आऊँ?"

पन्ना, "जब उनका जी चाहेगा, खाएँगे। तू बैठकर खा, तुझे इन बातों से क्या मतलब? जिसका जी चाहेगा, खाएगा, जिसका जी न चाहेगा न खाएगा। जब वह और उसकी बीवी अलग रहने पर तुले हैं, तो कौन मनाए?"

केदार, "तो क्या अम्माजी, क्या हम अलग घर में रहेंगे?"

पन्ना, "उनका जी चाहे एक घर में रहें, जी चाहे आँगन में दीवार डाल लें।"

खुन्नू ने दरवाज़े पर आकर झाँका, सामने फूस की झोपड़ी थी, वहीं खाट पर पड़ा रग्घू नारियल पी रहा था।

खुन्नू, "भइया तो अभी नारियल लिए बैठे हैं।"

पन्ना, "जब जी चाहेगा खाएँगे।"

केदार, "भइया ने भाभी को डाँटा नहीं?"

मुलिया अपनी कोठरी में पड़ी सुन रही थी। बाहर आकर बोली, "भइया ने तो नहीं डाँटा, अब तुम आकर डाँटो।"

केदार के चेहरे का रंग उड़ गया। फिर ज़ुबान न खोली। तीनों लड़कों ने खाना खाया, और बाहर निकले। लू चलने लगी थी। आम के बाग़ में गाँव के लड़के-लड़कियाँ हवा से गिरे हुए आम चुन रहे थे। केदार ने कहा, "आज हम भी आम चुनने चलें, ख़ूब आम गिर रहे हैं।"

खुन्नू, "दादा बैठे हैं..."

लछमन, "मैं न जाऊँगा, दादा घुड़केंगे।"

केदार, "वह तो अब अलग हो गए।"

लछमन, "तो अब हमको कोई मारेगा, तब भी दादा न बोलेंगे?"

केदार, "वाह, तब क्यों न बोलेंगे?"

रग्घू ने तीनों लड़कों को दरवाज़े पर खड़े देखा, पर कुछ बोला नहीं। पहले तो वह घर से बाहर निकलते ही उन्हें डाँट बैठता था; पर आज वह मूर्ति के समान निश्चल बैठा रहा। अब लड़कों को कुछ साहस हुआ। कुछ दूर और आगे बढ़े, रग्घू अब भी न बोला, कैसे बोले। वह सोच रहा था, काकी ने लड़कों को खिला-पिला दिया, मुझसे पूछा तक नहीं। क्या उसकी आँखों पर भी पर्दा पड़ गया है; अगर मैंने लड़कों को पुकारा और वह न आए तो? मैं उनको मार-पीट तो सकूँगा। लू में सब-के-सब मारे-मारे फिरेंगे। कहीं बीमार न पड़ जाएँ। उसका दिल मसोसकर रह जाता था; लेकिन मुँह से कुछ कह न सकता था। लड़कों ने देखा कि वह बिल्कुल नहीं बोलते, तो निर्भय होकर चल पड़े।

सहसा मुलिया ने आकर कहा, "अब तो उठोगे कि अब भी नहीं? जिनके नाम पर फ़ाका कर रहे हो, उन्होंने मज़े से लड़कों को खिलाया और आप खाया, अब आराम से सो रही हैं। 'मोर पिया मोरी बात न पूछें मोर सुहागिन नाँव।' एक के भी तो मुँह से न फटा कि भइया, खा लो।"

रग्घू को इस समय मर्मान्तक पीड़ा हो रही थी। मुलिया के इन कठोर शब्दों ने घाव पर नमक छिड़क दिया। दु:खित नेत्रों से देखकर बोला, "तेरी जो मर्ज़ी थी, वही तो हुआ। अब जा ढोल बजा!"

मुलिया, "नहीं, तुम्हारे लिए थाली परोसे बैठी हैं!"

रग्घू, "मुझे चिढ़ा मत। तेरे पीछे मैं भी बदनाम हो रहा हूँ। जब तू किसी की होकर नहीं रहना चाहती; तो दूसरे को क्या ग़र्ज़ है, जो तेरी ख़ुशामद करे। जाकर काकी से पूछ, लड़के आम चुनने गए हैं, उन्हें पकड़ लाऊँ।"

मुलिया अँगूठा दिखाकर बोली, "यह जाता है! तुम्हें सौ बार ग़र्ज़ हो जाकर पूछो।"

इतने में पन्ना भी भीतर से निकल आई। रग्घू ने पूछा, "लड़के बगीचे में चले गए काकी, लू चल रही है।"

पन्ना, "अब उनका कौन पुछत्तर है। बगीचे में जाएँ, पेड़ पर चढ़ें, पानी में डूबें। मैं अकेली क्या-क्या करूँ?"

रग्घू, "जाकर पकड़ लाऊँ?"

पन्ना, "जब तुम्हें अपने मन से नहीं जाना है, तो फिर मैं जाने को क्यों कहूँ? तुम्हें रोकना होता, तो रोक न देते? तुम्हारे सामने ही तो गए होंगे।"

पन्ना की बात पूरी न हुई थी कि रग्घू ने नारियल कोने में रख दिया और बाग़ की तरफ़ चला।

रग्घू लड़कों को लेकर बाग़ से लौटा, तो देखा मुलिया अभी तक झोपड़े में खड़ी है। बोला, "तू जाकर खा क्यों नहीं लेती। मुझे तो इस बेला भूख नहीं है।"

मुलिया ऐंठकर बोली, "हाँ, भूख क्यों लगेगी। भाइयों ने खाया, वह तुम्हारे पेट में पहुँच ही गया होगा।"

रग्घू ने दाँत पीसकर कहा, "मुझे जला मत मुलिया, नहीं तो अच्छा न होगा। खाना कहीं भागा नहीं जाता। एक बेला न खाऊँगा, तो मर न जाऊँगा। क्या तू समझती है, घर में आज कोई छोटी बात हो गई है? तूने घर में चूल्हा नहीं जलाया, मेरे कलेजे में आग लगाई है। मुझे घमंड था कि और चाहे कुछ हो जाए, पर मेरे

घर में फूट का रोग न आने पावेगा, पर तूने मेरा घमंड चूर कर दिया। परालब्ध की बात है।"

मुलिया तिनककर बोली, "सारा मोह-छोह तुम्हीं को है कि और किसी को भी है? मैं तो किसी को तुम्हारी तरह बिसूरते नहीं देखती।"

रग्घू ने ठंडी साँस खींचकर कहा, "मुलिया घाव पर नोन न छिड़क। तेरे ही कारण मेरी पीठ में धूल लग रही है। मुझे इस गृहस्थी का मोह न होगा, तो किसे होगा? मैंने ही तो इसे मर-मर जोड़ा। जिनको गोद में खेलाया, वही अब मेरे पट्टीदार होंगे। जिन बच्चों को मैं डाँटता था, उन्हें आज कड़ी आँखों से भी नहीं देख सकता। मैं उनके भले के लिए भी कोई बात करूँ, तो दुनिया यही कहेगी कि यह अपने भाइयों को लूटे लेता है। जा, मुझे छोड़ दे, अभी मुझसे कुछ न खाया जाएगा।"

मुलिया, "मैं क़सम रखा दूँगी, नहीं चुपके से चले चलो।"

रग्घू, "देख, अब भी कुछ नहीं बिगड़ा है। अपनी हठ छोड़ दे।"

मुलिया, "हमारा ही लहू पिए, जो खाने न उठे।"

रग्घू ने कानों पर हाथ रखकर कहा, "यह तूने क्या किया मुलिया? मैं तो उठ ही रहा था। चल खा लूँ। नहाने-धोने कौन जाए, लेकिन इतना कहे देता हूँ कि चाहे चार की जगह छः रोटियाँ खा जाऊँ, चाहे तू मुझे घी के मटके में ही डुबो दे; पर यह दाग़ मेरे दिल से न मिटेगा।"

मुलिया, "दाग़-साग सब मिट जाएगा। पहले सबको ऐसा ही लगता है। देखते नहीं हो, उधर कैसी चैन की बंसी बज रही है। वह तो मना ही रही थी किसी तरह यह सब अलग हो जाएँ। अब वह पहले की-सी चाँदी तो नहीं है कि जो कुछ घर मैं आवे, सब ग़ायब! अब क्यों हमारे साथ रहने लगीं।"

रग्घू ने आहत स्वर में कहा, "इसी बात का तो मुझे ग़म है। काकी से ऐसी आशा न थी।"

रग्घू खाने बैठा, तो कौर विष के घूँट-सा लगता था। जान पड़ता था, रोटियाँ भूसी की हैं। दाल पानी-सी लगती थी। पानी भी कंठ के नीचे न उतरता था। दूध की तरफ़ देखा तक नहीं। दो-चार ग्रास खाकर उठ आया, जैसे किसी प्रियजन के श्राद्ध का भोजन हो।"

रात का भोजन भी उसने इसी तरह किया। भोजन क्या किया, क़सम पूरी की। रात-भर उसका चित्त उद्विग्न रहा। एक अज्ञात शंका उसके मन पर छाई हुई थी, जैसे भोला महतो द्वार पर बैठा रो रहा हो। वह कई बार चौंककर उठा। ऐसा जान पड़ा, भोला उसकी ओर तिरस्कार की आँखों से देख रहा है।"

वह दोनों जून का भोजन करता था; पर जैसे शत्रू के घर। भोला की शोकमग्न मूर्ति आँखों से न उतरती थी। रात को उसे नींद न आती। वह गाँव में निकलता, तो इस तरह मुँह चुराए, सिर झुकाए, मानो गोहत्या की हो।

पाँच साल गुज़र गए। रग्घू अब दो लड़कों का बाप था। आँगन में दीवार खिंच गई थी, खेतों में मेड़ें डाल दी गई थीं, और बैल-बधिये बाँट लिए गए थे। केदार की उम्र अब सोलह साल की हो गई थी। उसने पढ़ना छोड़ दिया था और खेती का काम करता था। खुन्नू गाय चराता था। केवल लछमन अब तक मदरसे जाता था। पन्ना और मुलिया दोनों एक दूसरे की सूरत से जलती थीं। मुलिया के दोनों लड़के बहुधा पन्ना के पास ही रहते। वही उन्हें उबटन मलती, वही काजल लगाती, वही गोद में लिए फिरती; मगर मुलिया के मुँह से अनुग्रह का एक शब्द भी न निकलता। न पन्ना ही उसकी इच्छुक थी। वह जो कुछ करती निर्ब्याज भाव से करती थी। उसके दो-दो लड़के कमाऊ हो गए थे। लड़की खाना पका लेती थी। वह ख़ुद ऊपर का काम-काज कर लेती। इसके विरुद्ध रग्घू अपने घर का अकेला था, वह भी दुर्बल, अशक्त और जवानी में बूढ़ा। अभी आयु तीस वर्ष से अधिक न थी; लेकिन बाल खिचड़ी हो गए थे, कमर भी झुक चली थी। खाँसी ने जीर्ण कर रक्खा था। देखकर दया आती थी। और खेती पसीने की वस्तु है। खेतों की जैसी सेवा होनी चाहिए, वह उससे न हो पाती। फिर अच्छी फ़सल कहाँ से आती! कुछ ऋणी भी हो गया था। वह चिंता और भी मारे डालती थी। चाहिए तो यह था कि अब उसे कुछ आराम मिलता। इतने दिनों के निरंतर परिश्रम के बाद सिर का बोझ कुछ हल्का होता; किंतु मुलिया की स्वार्थपरता और अदूरदर्शिता ने लहराती हुई खेती उजाड़ दी; अगर सब एकसाथ रहते, तो वह अब तक पेंशन पा जाता, मज़े से द्वार पर बैठा हुआ नारियल पीता। भाई काम करता, वह सलाह देता। महतों बना फिरता। कहीं किसी के झगड़े चुकाता। कहीं साधु-संतों की सेवा करता; पर वह अवसर हाथ से निकल गया। अब तो चिंताभार दिन-दिन बढ़ता जाता था।

आख़िर उसे धीमा-धीमा ज्वर रहने लगा। हृदय-शूल चिंता, कड़े परिश्रम और अभाव का यही पुरस्कार है। पहले कुछ परवाह न की। समझा आप ही अच्छा हो जाएगा; मगर कमज़ोरी बढ़ने लगी, तो दवा की फ़िक्र हुई। जिसने जो बता दिया, खा लिया। डाक्टरों और वैद्यों के पास जाने की सामर्थ्य कहाँ? और सामर्थ्य भी होती, तो रुपए ख़र्च कर देने के सिवा और नतीजा ही क्या था। जीर्ण ज्वर की औषधि आराम है और पुष्टिकारक भोजन। न वह बसंत-मालती का सेवन कर सकता था और न आराम से बैठकर बलवर्धक भोजन कर सकता था। कमज़ोरी बढ़ती ही गई।

पन्ना को अवसर मिलता तो वह आकर उसे तसल्ली देती; लेकिन उसके लड़के अब रग्घू से बात भी न करते थे। दवा-दारू तो क्या करते, उसका और मज़ाक उड़ाते। "भइया समझते थे कि हम लोगों से अलग होकर सोने की ईंट रख लेंगे। भाभी भी समझती थीं, सोने से लद जाऊँगी। अब देखें, कौन पूछता है। सिसक-सिसककर न मरें, तो कह देना। बहुत 'हाय! हाय!' भी अच्छी नहीं होती। आदमी उतना काम करे, जितना हो सके। यह नहीं कि रुपये के लिए जान ही दे दे।"

पन्ना कहती, "रग्घू बेचारे का कौन दोष है।"

केदार कहता, "चल, मैं ख़ूब समझता हूँ। भइया की जगह मैं होता तो डंडे से बात करता। मजाल थी कि औरत यों ज़िद करती। यह सब भइया की चाल थी। सब सधी-बदी बात थी।"

आख़िर एक दिन रग्घू का टिमटिमाता हुआ जीवन-दीपक बुझ गया। मौत ने सारी चिंताओं का अंत कर दिया।

अंत समय उसने केदार को बुलाया था, पर केदार को ऊख में पानी देना था। डरा, कहीं दवा के लिए न भेज दें। बहाना बना दिया।

मुलिया का जीवन अंधकारमय हो गया। जिस भूमि पर उसने मंसूबों की दीवार खड़ी की थी, अब नीचे से खिसक गई थी। जिस खूँटे के बल पर वह उछल रही थी, वह उखड़ गया था। गाँववालों ने कहना शुरू किया, ईश्वर ने कैसा तत्काल दंड दिया। बेचारी मारे लाज के अपने बच्चों को लिए रोया करती। गाँव में किसी को मुँह दिखाने का साहस न होता। प्रत्येक प्राणी उससे यह कहता हुआ मालूम होता था–"मारे घमंड के धरती पर पाँव न रखती थी, आख़िर सज़ा मिल गई कि नहीं।"

अब इस घर में कैसे निबाह होगा? वह किसके सहारे रहेगी? किसके बल पर खेती होगी। बेचारा रग्घू बीमार था, दुर्बल था; पर जब तक जीता रहा, अपना काम करता रहा। मारे कमज़ोरी के कभी-कभी सिर पकड़कर बैठ जाता, और ज़रा दम लेकर फिर हाथ चलाने लगता था। सारी खेती तहस-नहस हो रही थी, उसे कौन सँभालेगा? अनाज की डाँठें खलिहान में पड़ी थीं, ऊख अलग सूख रही थी। वह अकेली क्या-क्या करेगी? फिर सिंचाई अकेले आदमी का तो काम नहीं। तीन-तीन मजूरों को कहाँ से लाए? गाँव में मजूर थे ही कितने? आदमियों के लिए खींचातानी हो रही थी। क्या करे, क्या न करे?

इस तरह तेरह दिन बीत गए। क्रिया-कर्म से छुट्टी मिली। दूसरे ही दिन सबेरे मुलिया ने दोनों बालकों को गोद में उठाया और अनाज माँड़ने लगी। खलिहान में पहुँचकर उसने एक को तो पेड़ के नीचे घास के नर्म बिस्तर पर सुला दिया और दूसरे को वहीं बैठाकर अनाज माँड़ने लगी। बैलों को हाँकती थी और रोती थी। क्या इसीलिए भगवान् ने उसको जन्म दिया था? देखते-देखते क्या-से-क्या हो गया? इन्हीं दिनों पिछले साल भी अनाज माँड़ा गया था, वह रग्घू के लिए लोटे में शरबत और मटर की घुँघनी लेकर आई थी। आज कोई उसके न आगे है न पीछे! लेकिन किसी की लौंडी तो नहीं हूँ? उसे अलग होने का अब भी पछतावा न था।

एकाएक छोटे बच्चे का रोना सुनकर उसने उधर ताका, तो बड़ा लड़का उसे चुमकारकर कह रहा था, "बैया, तुप रहो, तुप रहो।" धीरे-धीरे उसके मुँह पर हाथ फेरता था और चुप करने के लिए विकल था। जब बच्चा किसी तरह न चुप हुआ तो वह ख़ुद उसके पास लेट गया और उसे छाती से लगाकर प्यार करने लगा; मगर जब यह प्रयत्न भी सफल न हुआ, तो वह रोने लगा।

उसी समय पन्ना दौड़ी आई और छोटे बालक को गोद में उठाकर प्यार करती हुई बोली, "लड़कों को मुझे क्यों न दे आई बहू? हाय! हाय! अभी बेचारा धरती पर पड़ा लोट रहा है। जब मैं मर जाऊँ, तो जो चाहे करना, अभी तो जीती हूँ। अलग हो जाने से बच्चे तो नहीं अलग हो गए।"

मुलिया ने कहा, "तुम्हें भी तो छुट्टी नहीं थी अम्मा, क्या करती।"

पन्ना, "तो तुझे यहाँ आने की ऐसी क्या जल्दी थी। डाँठ माँड़ न जाती, तीन-तीन लड़के तो हैं, और किस दिन काम आएँगे। केदार तो कल ही माँड़ने को कह रहा था; पर मैंने कहा—पहले ऊख में पानी दे लो; फिर अनाज माँड़ना। मँड़ाई तो

दस दिन बाद भी हो सकती है, ऊख की सिंचाई न हुई तो सूख जाएगी। कल से पानी चढ़ा हुआ है, परसों तक खेत पुर जाएगा। तब मँड़ाई हो जाएगी। तुझे विश्वास न आवेगा, जब से भइया मरे हैं, केदार को बड़ी चिंता हो गई है। दिन में सौ-सौ बार पूछता है, भाभी बहुत रोती तो नहीं हैं? देख, लड़के भूखे तो नहीं हैं। कोई लड़का रोता है, तो दौड़ा आता है देख अम्मा क्या हुआ, बच्चा क्यों रोता है? कल रोकर बोला–'अम्मा, मैं जानता कि भइया इतनी जल्दी चले जाएँगे, तो उनकी सेवा कर लेता।' कहाँ जगाए-जगाए उठता था, अब देखती हो; पहर रात से उठकर काम में लग जाता है। खुन्नू कल ज़रा-सा बोला–'पहले हम अपनी ऊख में पानी दे लेंगे, तब भइया की ऊख में देंगे।' उस पर केदार ने ऐसा डाँटा की खुन्नू के मुँह से फिर बात न निकली। बोला–'कैसी तुम्हारी और कैसी हमारी ऊख। भइया ने जिला न लिया होता, तो आज या तो मर गए होते या कहीं भीख माँगते। आज तुम बड़े ऊखवाले बने हो! यह उन्हीं का पुन-परताप है कि आज भले आदमी बने बैठे हो।' परसों रोटी खाने को बुलाने गई; तो मड़ैया में बैठा रो रहा था। पूछा–'क्यों रोता है?' तो बोला–'अम्मा, भइया इसी 'अलग्योझे' के दुख से मर गए, नहीं अभी उनकी उम्र ही क्या थी। यह उस बखत न सूझा; नहीं उनसे क्यों बिगाड़ करते'।"

यह कहकर पन्ना ने मुलिया की ओर संकेतपूर्ण दृष्टि से देखकर कहा, "तुम्हें वह अलग न रहने देगा बहू; कहता है, भइया हमारे लिए मर गए तो हम भी उनके बाल-बच्चों के लिए मर जाएँगे।"

मुलिया की आँखों से आँसू जारी थे, पन्ना की बातों में आज सच्ची वेदना, सच्ची सांत्वना, सच्ची सद्चिंता और सच्ची भावना भरी हुई थी। मुलिया का मन कभी उसकी ओर इतना आकर्षित न हुआ था। जिनसे उसे व्यंग्य और प्रतिकार का भय था, वे इतने दयालु, इतने शुभेच्छु हो गए थे।

आज पहली बार उसे अपनी स्वार्थपरता पर लज्जा आई, पहली बार आत्मा ने अलग्योझे पर धिक्कारा!

इस घटना को हुए पाँच साल गुज़र गए। पन्ना आज बूढ़ी हो गई है। केदार घर का मालिक है। मुलिया घर की मालकिन है। खुन्नू और लछमन के विवाह हो चुके हैं; मगर केदार अभी तक क्वाँरा है। कहता है, "मैं विवाह न करूँगा।" कई जगहों से बातचीत हुई, कई सगाइयाँ आईं; पर उसने हामी न भरी। पन्ना ने कम्पे लगाए,

जाल फैलाए; पर वह न फँसा। कहता, "औरतों से कौन सुख। मेहरिया घर में आई और आदमी का मिज़ाज बदला। फिर जो कुछ है, वह मेहरिया है। माँ-बाप, भाई-बंधू सब पराए हैं। जब भइया-जैसे आदमी का मिज़ाज बदल गया, तो फिर दूसरों की क्या गिनती। दो लड़के भगवान् के दिए हैं, और क्या चाहिए। बिना ब्याह किए दो बेटे मिल गए, इससे बढ़कर और क्या होगा। जिसे अपना समझो, वह अपना है, जिसे ग़ैर समझो, वह ग़ैर है।"

एक दिन पन्ना ने कहा, "तेरा वंश कैसे चलेगा?"

केदार, "मेरा वंश तो चल रहा है। दोनों लड़कों को अपना ही समझता हूँ।"

पन्ना, "समझने ही पर है, तो तू मुलिया को भी अपनी मेहरिया समझता होगा।"

केदार ने झेंपते हुए कहा, "तुम तो गाली देती हो अम्मा!"

पन्ना, "गाली कैसी, तेरी भाभी ही तो है।"

केदार, "मेरे जैसे लट्‌ठ-गँवार को वह क्या पूछने लगी!"

पन्ना, "तू करने को कह, तो मैं उससे पूछूँ?"

केदार, "नहीं मेरी अम्मा, कहीं रोने-गाने न लगे।"

पन्ना, "तेरा मन हो, तो मैं बातों-बातों में उसके मन की थाह लूँ?"

केदार, "मैं नहीं जानता, जो चाहे कर।"

पन्ना केदार के मन की बात समझ गई। लड़के का दिल मुलिया पर आया हुआ है; पर संकोच और भय के मारे कुछ नहीं कहता।

उसी दिन उसने मुलिया से कहा, "क्या करूँ बहू, मन की लालसा मन में ही रही जाती है। केदार का घर भी बस जाता; तो मैं निश्चिंत हो जाती।"

मुलिया, "वह तो करने ही नहीं कहते।"

पन्ना, "कहता है, ऐसी औरत मिले, जो घर में मेल से रहे, तो कर लूँ।"

मुलिया, "ऐसी औरत कहाँ मिलेगी? कहाँ ढूँढो।"

पन्ना, "मैंने तो ढूँढ लिया है।"

मुलिया, "सच! किस गाँव की है?"

पन्ना, "अभी न बताऊँगी, मुदा यह जानती हूँ कि उससे केदार की सगाई हो जाए, तो घर बस जाए और केदार की ज़िंदगी भी सफल हो जाए। न जाने लड़की मानेगी कि नहीं!"

मुलिया, "मानेगी क्यों नहीं अम्मा; ऐसा सुंदर, कमाऊ, सुशील वर और कहाँ मिला जाता है। उस जनम का कोई साधु-महात्मा है, नहीं तो लड़ाई-झगड़े के डर से कौन बिन ब्याहा रहता है। कहाँ रहती है, मैं जाकर उसे मना लाऊँ।"

पन्ना, "तू चाहे, तो मना ले। तेरे ही ऊपर है।"

मुलिया, "मैं आज ही चली जाऊँगी अम्मा! उसके पैरों पड़कर मना लाऊँगी।"

पन्ना, "बता दूँ! वह तू ही है!"

मुलिया लजाकर बोली, "तुम तो अम्मा जी, गाली देती हो।"

पन्ना, "गाली कैसी, देवर ही तो है।"

मुलिया, "मुझ जैसी बुढ़िया को वह क्यों पूछेंगे।"

पन्ना, "वह तुझी पर दाँत लगाए बैठा है। तेरे सिवा कोई और उसे भाती ही नहीं। डर के मारे कहता नहीं; पर उसके मन की बात मैं जानती हूँ।"

वैधव्य के शौक से मुरझाया हुआ मुलिया का पीत बदन कमल की भाँति अरुण हो उठा। दस वर्षों में जो कुछ खोया था, उसी एक क्षण में मानो ब्याज के साथ मिल गया। वही लावण्य, वही विकास, वही आकर्षण, वही लोच!

12

लाग-डाट

जोखू भगत और बेचन चौधरी में तीन पीढ़ियों से अदावत चली आती थी। कुछ डाँड़-मेंड़ का झगड़ा था। उनके परदादाओं में कई बार ख़ून-खच्चर हुआ। बाप-दादाओं के समय से मुक़दमेबाज़ी शुरू हुई। दोनों कई बार हाईकोर्ट तक गए। लड़कों के समय में संग्राम की भीषणता और भी बढ़ी, यहाँ तक कि दोनों ही अशक्त हो गए। पहले दोनों इसी गाँव में आधे-आधे के हिस्सेदार थे। अब उनके पास उस झगड़ने वाले खेत को छोड़कर एक अंगुल ज़मीन न थी। भूमि गई, धन गया, मान-मर्यादा गई, लेकिन वह विवाद ज्यों-का-त्यों बना रहा। हाईकोर्ट के धुरंधर नीतिज्ञ एक मामूली सा झगड़ा तय न कर सके।

इन दोनों सज्जनों ने गाँव को दो विरोधी दलों में विभक्त कर दिया था। एक दल की भंग-बूटी चौधरी के द्वार पर छनती तो दूसरे दल के चरस-गाँजे के दम भगत के द्वार पर लगते थे। स्त्रियों और बालकों के भी दो दल हो गए थे। यहाँ तक कि दोनों सज्जनों के सामाजिक और धार्मिक विचारों में भी विभाजक रेखा खिंची हुई थी। चौधरी कपड़े पहने सत्तू खा लेते और भगत को ढोंगी कहते। भगत बिना कपड़े उतारे पानी भी न पीते और चौधरी को भ्रष्ट बतलाते। भगत सनातनधर्मी बने तो चौधरी ने आर्यसमाज का आश्रय लिया। जिस बजाज, पंसारी या कुंजड़े से

चौधरी सौदे लेते, उसकी ओर भगतजी ताकना भी पाप समझते थे और भगतजी की हलवाई की मिठाइयाँ, उनके ग्वाले का दूध और तेली का तेल चौधरी के लिए त्याज्य थे। यहाँ तक कि उनके अरोग्यता के सिद्धांतों में भी भिन्नता थी। भगतजी वैद्यक के कायल थे, चौधरी यूनानी प्रथा के मानने वाले। दोनों चाहे रोग से मर जाते, पर अपने सिद्धांतों को न तोड़ते।

जब देश में राजनैतिक आंदोलन शुरू हुआ तो उसकी भनक उस गाँव में आ पहुँची। चौधरी ने आंदोलन का पक्ष लिया, भगत उनके विपक्षी हो गए। एक सज्जन ने आकर गाँव में किसान-सभा खोली। चौधरी उसमें शरीक हुए, भगत अलग रहे। जागृति और बढ़ी, स्वराज्य की चर्चा होने लगी। चौधरी स्वराज्यवादी हो गए, भगत ने राजभक्ति का पक्ष लिया। चौधरी का घर स्वराज्यवादियों का अड्डा बन गया, भगत का घर राजभक्तों का क्लब बन गया।

चौधरी जनता में स्वराज्यवाद का प्रचार करने लगे, "मित्रो, स्वराज्य का अर्थ है अपना राज। अपने देश में अपना राज हो, वह अच्छा है कि किसी दूसरे का राज हो?"

जनता ने कहा, "अपना राज हो, वह अच्छा है।"

चौधरी, "तो यह स्वराज्य कैसे मिलेगा? आत्मबल से, पुरुषार्थ से, मेल से, एक-दूसरे से द्वेष करना छोड़ दो। अपने झगड़े आप मिलकर निपटा लो।"

एक शंका, "आप तो नित्य अदालत में खड़े रहते हैं।"

चौधरी, "हाँ, पर आज से अदालत जाऊँ तो मुझे गऊहत्या का पाप लगे। तुम्हें चाहिए कि तुम अपनी गाढ़ी कमाई अपने बाल-बच्चों को खिलाओ और बचे तो परोपकार में लगाओ। वकील-मुख़्तारों की जेब क्यों भरते हो, थानेदार को घूस क्यों देते हो, अमलों की चिरौरी क्यों करते हो? पहले हमारे लड़के अपने धर्म की शिक्षा पाते थे; वह सदाचारी, त्यागी, पुरुषार्थी बनते थे। अब वह विदेशी मदरसों में पढ़कर चाकरी करते हैं, घूस खाते हैं, शौक करते हैं, अपने देवताओं और पितरों की निंदा करते हैं, सिगरेट पीते हैं, साल बनाते हैं और हाकिमों की गोड़धरिया करते हैं। क्या यह हमारा कर्तव्य नहीं है कि हम अपने बालकों को धर्मानुसार शिक्षा दें।"

जनता, "चंदा करके पाठशाला खोलनी चाहिए।"

चौधरी, "हम पहले मदिरा को छूना पाप समझते थे। अब गाँव-गाँव और गली-गली में मदिरा की दुकानें हैं। हम अपनी गाढ़ी कमाई के करोड़ों रुपए गाँजे-शराब में उड़ा देते हैं।"

जनता, "जो दारू-भाँग पिए उसे डाँट लगानी चाहिए।"

चौधरी, "हमारे दादा-बाबा, छोटे-बड़े सब गाढ़ा-गजी पहनते थे। हमारी दादियाँ-नानियाँ चरख़ा काता करती थीं। सब धन देश में रहता था, हमारे जुलाहे भाई चैन की वंशी बजाते थे। अब हम विदेश के बने हुए महीन रंगीन कपड़ों पर जान देते हैं। इस तरह दूसरे देश वाले हमारा धन ढो ले जाते हैं; बेचारे जुलाहे कंगाल हो गए। क्या हमारा यही धर्म है कि अपने भाइयों की थाली छीनकर दूसरों के सामने रख दें?"

जनता, "गाढ़ा कहीं मिलता ही नहीं।"

चौधरी, "अपने घर का बना हुआ गाढ़ा पहनो, अदालतों को त्यागो, नशेबाज़ी छोड़ो, अपने लड़कों को धर्म-कर्म सिखाओ, मेल से रहो, बस यही स्वराज्य है। जो लोग कहते हैं कि स्वराज्य के लिए ख़ून की नदी बहेगी, वे पागल हैं, उनकी बातों पर ध्यान मत दो।"

जनता ये सब बातें चाव से सुनती थी। दिनोदिन श्रोताओं की संख्या बढ़ती जाती थी। चौधरी के सब श्रद्धाभाजन बन गए।

भगतजी भी राजभक्ति का उपदेश करने लगे, "भाइयो, राजा का काम राज करना और प्रजा का काम उसकी आज्ञा का पालन करना है। इसी को राजभक्ति कहते हैं और हमारे धार्मिक ग्रंथों में हमें इसी राजभक्ति की शिक्षा दी गई है। राजा ईश्वर का प्रतिनिधि है, उसकी आज्ञा के विरुद्ध चलना महान् पातक है। राजविमुख प्राणी नरक का भागी होता है।"

एक शंका, "राजा को भी तो अपने धर्म का पालन करना चाहिए?"

दूसरी शंका, "हमारे राजा तो नाम के हैं, असली राजा तो विलायत के बनिए-महाजन हैं।"

तीसरी शंका, "बनिए धन कमाना जानते हैं, राज करना क्या जानें?"

भगत, "लोग तुम्हें शिक्षा देते हैं कि अदालतों में मत जाओ, पंचायतों में मुक़दमे ले जाओ; लेकिन ऐसे पंच कहाँ हैं, जो सच्चा न्याय करें, दूध का दूध और पानी का पानी कर दें! यहाँ मुँह-देखी बातें होंगी। जिनका कुछ दबाव है, उनकी जीत होगी, जिनका कुछ दबाव नहीं है, वह बेचारे मारे जाएँगे। अदालतों में सब कारवाई क़ानून पर होती है, वहाँ छोटे-बड़े सब बराबर हैं, शेर-बकरी एक घाट पर पानी पीते हैं।"

दूसरी शंका, "अदालतों का न्याय कहने को ही है, जिसके पास बने हुए गवाह और दाँव-पेंच खेले हुए वकील होते हैं, उसी की जीत होती है, झूठे-सच्चे की परख कौन करता है? हाँ, हैरानी अलबत्ता होती है।"

भगत, "कहा जाता है कि विदेशी चीज़ों का व्यवहार मत करो। यह ग़रीबों के साथ घोर अन्याय है। हमको बाज़ार में जो चीज़ सस्ती और अच्छी मिले, वह लेनी चाहिए, चाहे स्वदेशी हो या विदेशी। हमारा पैसा सेंत में नहीं आता है कि उसे रद्दी-फ़द्दी स्वदेशी चीज़ों पर फेंकें।"

एक शंका, "अपने देश में तो रहता है, दूसरों के हाथ में तो नहीं जाता।"

दूसरी शंका, "अपने घर में अच्छा खाना न मिले तो क्या विजातियों के घर का अच्छा भोजन खाने लगेंगे?"

भगत, "लोग कहते हैं, लड़कों को सरकारी मदरसों में मत भेजो। सरकारी मदरसों में न पढ़ते तो आज हमारे भाई बड़ी-बड़ी नौकरियाँ कैसे पाते, बड़े-बड़े कारख़ाने कैसे बना लेते? बिना नई विद्या पढ़े अब संसार में निर्वाह नहीं हो सकता, पुरानी विद्या पढ़कर पत्र देखने और कथा बाँचने के सिवाय और क्या आता है? राज-काज क्या पट्टी-पोथी बाँचने वाले लोग करेंगे?"

एक शंका, "हमें राज-काज नहीं चाहिए। हम अपनी खेती-बाड़ी ही में मगन हैं, किसी के ग़ुलाम तो नहीं?"

दूसरी शंका, "जो विद्या घमंडी बना दे, उससे मूर्ख ही अच्छा, नई विद्या पढ़कर तो लोग सूट-बूट, घड़ी-छड़ी, हैट-कोट लगाने लगते हैं और अपने शौक के पीछे देश का धन विदेशियों की जेब में भरते हैं। ये देश के द्रोही हैं।"

भगत, "गाँजा-शराब की ओर आजकल लोगों की कड़ी निगाह है। नशा बुरी लत है, इसे सब जानते हैं। सरकार को नशे की दुकानों से करोड़ों रुपए साल की

आमदनी होती है। अगर दुकानों में न जाने से लोगों की नशे की लत छूट जाए तो बड़ी अच्छी बात है। वह दुकान पर न जाएगा तो चोरी-छिपे किसी-न-किसी तरह दूने-चौगुने दाम देकर, सज़ा काटने पर तैयार होकर अपनी लत पूरी करेगा। तो ऐसा काम क्यों करो कि सरकार का नुकसान अलग हो और ग़रीब रैयत का नुकसान अलग हो और फिर किसी-किसी को नशा खाने से फ़ायदा होता है। मैं ही एक दिन अफ़ीम न खाऊँ तो गाँठों में दर्द होने लगे, दम उखड़ जाए और सर्दी पकड़ ले।"

एक आवाज़, "शराब पीने से बदन में फ़ुरती आ जाती है।"

एक शंका, "सरकार अधर्म से रुपया कमाती है। यह उचित नहीं। अधर्मी के राज में रहकर प्रजा का कल्याण कैसे हो सकता है?"

दूसरी शंका, "पहले दारू पिलाकर पागल बना दिया। लत पड़ी तो पैसे की चाट हुई। इतनी मज़दूरी किसको मिलती है कि रोटी-कपड़ा भी चले और दारू-शराब भी उड़े? या तो बाल-बच्चों को भूखों मारो या चोरी करो, जुआ खेलो और बेईमानी करो। शराब की दुकान क्या है? हमारी ग़ुलामी का अड्डा है।"

चौधरी के उपदेश सुनने के लिए जनता टूटती थी। लोगों को खड़े होने की जगह भी न मिलती। दिनों-दिन चौधरी का मान बढ़ने लगा। उनके यहाँ नित्य पंचायतों में राष्ट्रोन्नति की चर्चा रहती, जनता को इन बातों में बड़ा आनंद और उत्साह होने लगा। उनके राजनैतिक ज्ञान की वृद्धि होने लगी। वह अपना गौरव और महत्त्व समझने लगे, उन्हें सत्ता का अनुभव होने लगा। निरंकुशता और अन्याय पर अब उनकी त्यौरियाँ चढ़ने लगीं। उन्हें स्वतंत्रता का स्वाद मिला। घर की रुई, घर का सूत, घर का कपड़ा, घर का भोजन, घर की अदालत, न पुलिस का भय, न अमला की ख़ुशामद, सुख और शांति से जीवन व्यतीत करने लगे। कितनों ही ने नशेबाज़ी छोड़ दी और सदभावों की एक लहर सी दौड़ने लगी।

लेकिन भगतजी इतने भाग्यशाली न थे। जनता को दिनोदिन उनके उपदेशों से अरुचि होती जाती थी। यहाँ तक कि बहुधा उनके श्रोताओं में पटवारी, चौकीदार, मुदर्रिस और इन्हीं कर्मचारियों के मित्रों के अतिरिक्त और कोई न होता था। कभी-कभी बड़े हाकिम भी आ निकलते और भगतजी का बड़ा आदर-सत्कार करते, ज़रा देर के लिए भगतजी के आँसू पोंछ जाते, लेकिन क्षण भर का सम्मान आठों पहर के अपमान की बराबरी कैसे करता! जिधर निकल जाते उधर ही उँगलियाँ उठने लगतीं।

कोई कहता, ख़ुशामदी टट्टू है, कोई कहता, ख़ूफ़िया पुलिस का भेदी है। भगतजी अपने प्रतिद्वंद्वी की बड़ाई और अपनी लोकनिंदा पर दाँत पीस-पीसकर रह जाते थे। जीवन में यह पहला ही अवसर था कि उन्हें सबके सामने नीचा देखना पड़ा। चिरकाल से जिस कुल-मर्यादा की रक्षा करते आए थे और जिस पर अपना सर्वस्व अर्पण कर चुके थे, वह धूल में मिल गई। यह दाहमय चिंता उन्हें एक क्षण के लिए चैन न लेने देती। नित्य समस्या सामने रहती कि अपना खोया हुआ सम्मान क्यों कर पाऊँ, अपने प्रतिपक्षी को क्योंकर पददलित करूँ, कैसे उसका गुरूर तोड़ूँ? अंत में उन्होंने सिंह को उसी की माँद में पछाड़ने का निश्चय किया।

संध्या का समय था। चौधरी के द्वार पर एक बड़ी सभा हो रही थी। आस-पास के गाँवों के किसान भी आ गए। हज़ारों आदमियों की भीड़ थी। चौधरी उन्हें स्वराज्य-विषयक उपदेश दे रहे थे। बार-बार भारतमाता की जय-जयकार की ध्वनि उठती थी। एक ओर स्त्रियों का जमाव था। चौधरी ने अपना उपदेश समाप्त किया और अपनी जगह पर बैठे। स्वयंसेवकों ने स्वराज्य फ़ंड के लिए चंदा जमा करना शुरू किया कि इतने में भगतजी न जाने किधर से लपके और श्रोताओं के सामने खड़े होकर उच्च स्वर में बोले, "भाइयो, मुझे यहाँ देखकर अचरज मत करो, मैं स्वराज्य का विरोधी नहीं हूँ। ऐसा पतित कौन प्राणी होगा, जो स्वराज्य का निंदक हो; लेकिन इसके प्राप्त करने का वह उपाय नहीं है, जो चौधरी ने बताया है और जिस पर तुम लोग लट्टू हो रहे हो। जब आपस में फूट और रार है, पंचायतों से क्या होगा? जब विलासिता का भूत सिर पर सवार है तो नशा कैसे छूटेगा, मदिरा की दुकानों का बहिष्कार कैसे होगा? सिगरेट, साबुन, मोज़े, बनियान, अद्धी, तंजेब से कैसे पिंड छूटेगा। जब रोब और हुकूमत की लालसा बनी हुई है तो सरकारी मदरसे कैसे छोड़ोगे, विधर्मी शिक्षा की बेड़ी से कैसे मुक्त हो सकोगे? स्वराज्य लेने का केवल एक ही उपाय है और वह आत्मसंयम है। यही महौषधि तुम्हारे समस्त रोगों को समूल नष्ट करेगी। आत्मा को बलवान् बनाओ, इंद्रियों को साधो, मन को वश में करो, तुममें भ्रातृभाव पैदा होगा, तभी वैमनस्य मिटेगा, तभी ईर्ष्या और द्वेष का नाश होगा, तभी भोग-विलास से मन हटेगा, तभी नशेबाज़ी का दमन होगा। आत्मबल के बिना स्वराज्य कभी उपलब्ध न होगा। स्वयंसेवा सब पापों का मूल है। यही तुम्हें अदालतों में ले जाता है, यही तुम्हें विधर्मी शिक्षा का दास बनाए हुए है। इस पिशाच को आत्मबल से मारो और

तुम्हारी कामना पूरी हो जाएगी। सब जानते हैं, मैं चालीस साल से अफ़ीम का सेवन करता हूँ। आज से मैं अफ़ीम को गऊ-रक्त समझता हूँ। चौधरी से मेरी तीन पीढ़ियों की अदावत है। आज से चौधरी मेरे भाई हैं। आज से मुझे या मेरे घर के किसी प्राणी को घर के कते सूत से बुने हुए कपड़े के सिवाय और कुछ पहनते देखो तो जो दंड चाहो दो। बस मुझे यही कहना है, परमात्मा हम सबकी इच्छा पूरी करे।"

यह कहकर भगतजी घर की ओर चले कि चौधरी दौड़कर उनके गले से लिपट गए। तीन पुश्तों की अदावत एक क्षण में शांत हो गई।

उस दिन से चौधरी और भगत साथ-साथ स्वराज्य का उपदेश करने लगे। उनमें गाढ़ी मित्रता हो गई और यह निश्चय करना कठिन था कि दोनों में जनता किसका अधिक सम्मान करती है।

प्रतिद्वंद्विता वह चिंगारी थी, जिसने दोनों पुरुषों के हृदय-दीपक को प्रकाशित कर दिया था।

13

परीक्षा

जब रियासत देवगढ़ के दीवान सरदार सुजानसिंह बूढ़े हुए तो परमात्मा की याद आई। जाकर महाराज से विनय की, "दीनबंधु! दास ने श्रीमान् की सेवा चालीस साल तक की, अब मेरी अवस्था भी ढल गई, राज-काज सँभालने की शक्ति नहीं रही। कहीं भूल-चूक हो जाए तो बुढ़ापे में दाग लगे, सारी ज़िंदगी की नेकनामी मिट्टी में मिल जाए।"

राजा साहब अपने अनुभवशील नीतिकुशल दीवान का बड़ा आदर करते थे। बहुत समझाया, लेकिन जब दीवान साहब ने न माना तो हारकर उनकी प्रार्थना स्वीकार कर ली; पर शर्त यह लगा दी कि रियायत के लिए नया दीवान आप ही को खोजना पड़ेगा।

दूसरे दिन देश के प्रसिद्ध पत्रों में यह विज्ञापन निकला, "देवगढ़ के लिए एक सुयोग्य दीवान की ज़रूरत है। जो सज्जन अपने को इस पद के योग्य समझें, वे वर्तमान सरदार सुजानसिंह की सेवा में उपस्थित हों। यह ज़रूरत नहीं है कि वे ग्रेजुएट हों, मगर हृदय पुष्ट होना आवश्यक है, मंदाग्नि के मरीज़ को यहाँ तक कष्ट उठाने की कोई ज़रूरत नहीं। एक महीने तक उम्मीदवारों के रहन-सहन, आचार-विचार की देखभाल की जाएगी। विद्या का कम, परंतु कर्तव्य का अधिक

विचार किया जाएगा। जो महाशय इस परीक्षा में पूरे उतरेंगे, वे इस उच्च पद पर सुशोभित होंगे।"

इस विज्ञापन ने सारे मुल्क में तहलका मचा दिया। ऐसा ऊँचा पद और किसी प्रकार की क़ैद नहीं? केवल नसीब का खेल है। सैकड़ों आदमी अपना-अपना भाग्य परखने के लिए चल खड़े हुए। देवगढ़ में नए-नए और रंग-बिरंग के मनुष्य दिखाई देने लगे। प्रत्येक रेलगाड़ी से उम्मीदवारों का एक मेला सा उतरता। कोई पंजाब से चला आता था, कोई मद्रास से, कोई नए फ़ैशन का प्रेम, कोई पुरानी सादगी पर मिटा हुआ। पंडितों और मौलवियों को भी अपने-अपने भाग्य की परीक्षा करने का अवसर मिला। बेचारे सनद के नाम रोया करते थे, यहाँ उसकी कोई ज़रूरत नहीं थी। रंगीन एमामे, चोगे और नाना प्रकार के अँगरखे और कनटोप देवगढ़ में अपनी सज-धज दिखाने लगे। लेकिन सबसे विशेष संख्या ग्रेजुएटों की थी, क्योंकि सनद की क़ैद न होने पर भी सनद तो ढका रहता है।

सरदार सुजानसिंह ने इन महानुभावों के आदर-सत्कार का बड़ा अच्छा प्रबंध कर दिया था। लोग अपने-अपने कमरों में बैठे हुए रोज़ेदार मुसलमानों की तरह महीने के दिन गिना करते थे। हर एक मनुष्य अपने जीवन को अपनी बुद्धि के अनुसार अच्छे रूप में दिखाने की कोशिश करता था। मिस्टर 'अ' नौ बजे दिन तक सोया करते थे, आजकल वे बगीचे में टहलते हुए ऊषा का दर्शन करते थे। मिस्टर 'ब' को हुक्का पीने की लत थी, आजकल बहुत रात गए किवाड़ बंद करके अँधेरे में सिगार पीते थे। मिस्टर 'द', 'स' और 'ज' से उनके घरों पर नौकरों की नाक में दम था, लेकिन ये सज्जन आजकल 'आप' और 'जनाब' के बगैर नौकरों से बातचीत नहीं करते थे। महाशय 'क' नास्तिक थे, हक्सले के उपासक, मगर आजकल उनकी धर्मनिष्ठा देखकर मंदिर के पुजारी को पदच्युत हो जाने की शंका लगी रहती थी! मिस्टर 'ल' को किताब से घृणा थी, परंतु आजकल वे बड़े-बड़े ग्रंथ देखने-पढ़ने में डूबे रहते थे।

जिससे बात कीजिए, वह नम्रता और सदाचार का देवता बना मालूम देता था। शर्माजी घड़ी रात से ही वेद-मंत्र पढ़ने में लगते थे और मौलवी साहब को नमाज़ और तिलावत के सिवा और कोई काम न था। लोग समझते थे कि एक महीने का झंझट है, किसी तरह काट लें, कहीं कार्य सिद्ध हो गया तो कौन पूछता है।

लेकिन मनुष्य का वह बूढ़ा जौहरी आड़ में बैठा हुआ देख रहा था कि इन बगुलों में हंस कहाँ छिपा हुआ है।

एक दिन नए फ़ैशन वालों को सूझी कि आपस में हॉकी का खेल हो जाए। यह प्रस्ताव हॉकी के मँझे हुए खिलाड़ियों ने पेश किया। यह भी तो आख़िर एक विद्या है, इसे क्यों छिपाकर रखें? संभव है कि कुछ हाथों की सफ़ाई ही काम कर जाए। चलिए तय हो गया, फ़ील्ड बन गई, खेल शुरू हो गया। गेंद किसी दफ़्तर के अप्रेंटिस की तरह ठोकरें खाने लगी।

रियासत देवगढ़ में यह खेल बिल्कुल निराली बात थी। पढ़े-लिखे भलेमानुस लोग शतरंज और ताश जैसे गंभीर खेल खेलते थे। दौड़-कूद के खेल बच्चों के खेल समझे जाते थे।

खेल बड़े उत्साह से जारी था। धावे के लोग जब गेंद को लिए तेज़ी से उड़ते तो ऐसा जान पड़ता था कि कोई लहर बढ़ती चली आती है। लेकिन दूसरी ओर के खिलाड़ी इस बढ़ती हुई लहर को इस तरह रोक लेते थे कि मानो लोहे की दीवार है।

संध्या तक यही धूमधाम रही। लोग पसीने से तर हो गए। ख़ून की गर्मी आँख और चेहरे से झलक रही थी। हाँफते-हाँफते बेदम हो गए, लेकिन हार-जीत का निर्णय न हो सका।

अँधेरा हो गया था। इस मैदान से ज़रा दूर हटकर एक नाला था। उस पर कोई पुल न था। पथिकों को नाले में से चलकर आना पड़ता था। खेल अभी बंद ही हुआ था और खिलाड़ी लोग बैठे दम ले रहे थे कि एक किसान अनाज से भरी हुई गाड़ी लिए हुए उस नाले में आया। लेकिन कुछ तो नाले में कीचड़ था और कुछ उसकी चढ़ाई इतनी ऊँची थी कि गाड़ी ऊपर न चढ़ सकती थी। वह कभी बैलों को ललकारता, कभी पहियों को हाथ से ढकेलता, लेकिन बोझ अधिक था और बैल कमज़ोर। गाड़ी ऊपर को न चढ़ती और चढ़ती भी तो कुछ दूर चढ़कर फिर खिसककर नीचे पहुँच जाती। किसान बार-बार ज़ोर लगाता और बार-बार झुँझलाकर बैलों को मारता, लेकिन गाड़ी उभरने का नाम न लेती। बेचारा इधर-उधर निराश होकर ताकता, मगर वहाँ कोई सहायक नज़र न आता।

गाड़ी को अकेले छोड़कर कहीं जा भी नहीं सकता। बड़ी आपत्ति में फँसा हुआ था। इसी बीच में खिलाड़ी हाथों में डंडे लिए घूमते-घामते उधर से निकले। किसान ने उनकी तरफ़ सहमी हुई आँखों से देखा; परंतु किसी से मदद माँगने का साहस न हुआ। खिलाड़ियों ने भी उसको देखा; मगर बंद आँखों से, जिनमें सहानुभूति न थी। उनमें स्वार्थ था, मद था, मगर उदारता और वात्सल्य का नाम भी न था।

लेकिन उसी समूह में एक ऐसा मनुष्य था, जिसके हृदय में दया थी और साहस था। आज हॉकी खेलते हुए उसके पैरों में चोट लग गई थी। वह लंगड़ाता हुआ धीरे-धीरे चला आता था। अकस्मात् उसकी निगाह गाड़ी पर पड़ी। वह ठिठक गया। उसे किसान की सूरत देखते ही सब बातें ज्ञात हो गईं। उसने डंडा एक किनारे रख दिया, कोट उतार डाला और किसान के पास जाकर बोला, "मैं तुम्हारी गाड़ी निकाल दूँ?"

किसान ने देखा, एक गठे हुए बदन का आदमी सामने खड़ा है। झुककर बोला, "हुज़ूर, मैं आपसे कैसे कहूँ?" युवक ने कहा, "मालूम है, तुम यहाँ बड़ी देर से फँसे हो। अच्छा, तुम गाड़ी पर जाकर बैलों को साधो, मैं पहियों को ढकेलता हूँ, अभी गाड़ी ऊपर चढ़ जाती है।"

किसान गाड़ी पर जा बैठा। युवक ने पहिए को ज़ोर लगाकर उकसाया। कीचड़ बहुत ज़्यादा था। वह घुटने तक ज़मीन में गड़ गया, लेकिन हिम्मत न हारी। उसने फिर ज़ोर किया, उधर किसान ने बैलों को ललकारा। बैलों को सहारा मिला, हिम्मत बँध गई, उन्होंने कंधे झुकाकर एक बार ज़ोर किया तो गाड़ी नाले के ऊपर थी।

किसान युवक के सामने हाथ जोड़कर खड़ा हो गया। बोला, "महाराज, आपने मुझे उबार लिया, नहीं तो सारी रात मुझे यहाँ बैठना पड़ता।"

युवक ने हँसकर कहा, "अब मुझे कुछ इनाम देते हो?" किसान ने गंभीर भाव से कहा, "नारायण चाहेंगे तो दीवानी आपको ही मिलेगी।"

युवक ने किसान की तरफ़ गौर से देखा। उसके मन में एक संदेह हुआ, क्या यह सुजानसिंह तो नहीं है? आवाज़ मिलती है, चेहरा-मोहरा भी वही। किसान ने भी उसकी ओर तीव्र दृष्टि से देखा। शायद उसके दिल के संदेह को भाँप गया। मुस्कुराकर बोला, "गहरे पानी में पैठने से ही मोती मिलता है।"

निदान, महीना पूरा हुआ। चुनाव का दिन आ पहुँचा। उम्मीदवार लोग प्रातःकाल ही से अपनी किस्मतों का फ़ैसला सुनने के लिए उत्सुक थे। दिन काटना पहाड़ हो गया। प्रत्येक के चेहरे पर आशा और निराशा के रंग आते थे। नहीं मालूम, आज किसके नसीब जागेंगे! न जाने किस पर लक्ष्मी की कृपादृष्टि होगी।

संध्या समय राजा साहब का दरबार सजाया गया। शहर के रईस और धनाढ्य लोग, राज्य के कर्मचारी और दरबारी तथा दीवानी के उम्मीदवारों का समूह, सब रंग-बिरंगी सज-धज बनाए दरबार में आ बिराजे! उम्मीदवारों के कलेजे धड़क रहे थे।

जब सरदार सुजानसिंह ने खड़े होकर कहा, "मेरे दीवान के उम्मीदवार महाशयो! मैंने आप लोगों को जो कष्ट दिया है, उसके लिए मुझे क्षमा कीजिए। इस पद के लिए ऐसे पुरुष की आवश्यकता थी, जिसके हृदय में दया हो और साथ-साथ आत्मबल। हृदय, वह जो उदार हो, आत्मबल वह, जो आपत्ति का वीरता के साथ सामना करे और इस रियासत के सौभाग्य से हमें ऐसा पुरुष मिल गया। ऐसे गुण वाले संसार में कम हैं और जो हैं, वे कीर्ति और मान के शिखर पर बैठे हुए हैं, उन तक हमारी पहुँच नहीं। मैं रियासत को पंडित जानकीनाथ सा दीवान पाने पर बधाई देता हूँ।"

रियासत के कर्मचारियों और रईसों ने जानकीनाथ की तरफ़ देखा। उम्मीदवार दल की आँखें उधर उठीं, मगर उन आँखों में सत्कार था, इन आँखों में ईर्ष्या।

सरदार साहब ने फिर फ़रमाया, "आप लोगों को यह स्वीकार करने में कोई आपत्ति न होगी कि जो पुरुष स्वयं ज़ख़्मी होकर भी एक ग़रीब किसान की भरी हुई गाड़ी को दलदल से निकालकर नाले के ऊपर चढ़ा दे, उसके हृदय में साहस, आत्मबल और उदारता का वास है। ऐसा आदमी ग़रीबों को कभी न सतावेगा। उसका संकल्प दृढ़ है, जो चित्त को स्थिर रखेगा। वह चाहे धोखा खा जाए, परंतु दया और धर्म से कभी न हटेगा।"

14

क्रिकेट मैच

1 जनवरी, 1935

आज क्रिकेट मैच में मुझे जितनी निराशा हुई, मैं उसे व्यक्त नहीं कर सकता। हमारी टीम दुश्मनों से कहीं ज़्यादा मज़बूत थी, मगर हमें हार हुई और वे लोग जीत का डंका बजाते हुए ट्रॉफ़ी उड़ा ले गए। क्यों? सिर्फ़ इसलिए कि हमारे यहाँ योग्यता शर्त नहीं। हम नेतृत्व के लिए धन-दौलत ज़रूरी समझते हैं। हिज़ हाइनेस कप्तान चुने गए, क्रिकेट बोर्ड का फ़ैसला सबको मानना पड़ा। मगर कितने दिलों में आग लगी, कितने लोगों ने हुक्मे-हाकिम समझकर इस फ़ैसले को मंज़ूर किया, वह खेलने वालों से पूछिए और जहाँ सिर्फ़ मुँहदेखी है वहाँ उमंग कहाँ, हम खेले और ज़ाहिरा दिल लगाकर खेले। मगर यह सच्चाई के लिए जान देने वालों की फ़ौज न थी। खेल में किसी का दिल न था।

मैं स्टेशन पर खड़ा अपना तीसरे दर्जे का टिकट लेने की फ़िक्र में था कि एक युवती ने, जो अभी कार से उतरी थी, आगे बढ़कर मुझसे हाथ मिलाया और बोली, "आप भी इसी गाड़ी से चल रहे हैं, मिस्टर ज़फ़र?"

मुझे हैरत हुई, यह कौन लड़की है और इसे मेरा नाम क्योंकर मालूम हो गया। मुझे एक पल के लिए सकता-सा हो गया कि जैसे शिष्टाचार और अच्छे आचरण की सब बातें दिमाग़ से ग़ायब हो गई हों। सौंदर्य में एक ऐसी शान होती है जो बड़े-बड़ों का सिर झुका देती है। मुझे अपनी तुच्छता की ऐसी अनुभूति कभी न हुई थी। मैंने निज़ाम हैदराबाद से, हिज़ एक्सीलेंसी वायसराय से, महाराज मैसूर से हाथ मिलाया, उनके साथ बैठकर खाना खाया, मगर यह कमज़ोरी मुझ पर कभी न छाई थी। बस यही तो चाहता था कि अपनी पलकों से उसके पाँव चूम लूँ। यह वह सलोनापन न था, जिस पर हम जान देते हैं, न वह नज़ाकत जिसकी कवि लोग कसमें खाते हैं। उस जगह बुद्धि की कांत थी, गंभीरता थी, गरिमा थी, उमंग थी और थी आत्म-अभिव्यक्ति की निस्संकोच लालसा। मैंने सवाल भरे अंदाज़ में कहा, "जी हाँ।"

यह कैसे पूछूँ कि मेरी आपसे भेंट कब हुई। उसकी बेतकल्लुफ़ी कह रही थी, वह मुझसे परिचित है। मैं बेगाना कैसे बनूँ? इसी सिलसिले में मैंने अपने मर्द होने का फ़र्ज़ अदा कर दिया, "मेरे लिए कोई ख़िदमत।"

उसने मुस्कुराकर कहा, "जी हाँ, आपसे बहुत से काम लूँगी। चलिए अंदर वेटिंग-रूम में बैठें। लख़नऊ जा रहे होंगे? मैं भी वहीं चल रही हूँ।"

वेटिंग-रूम आकर उसने मुझे आरामकुर्सी पर बिठाया और ख़ुद एक मामूली कुर्सी पर बैठकर सिगरेट केस मेरी तरफ़ बढ़ाती हुई बोली, "आज तो आपकी बॉलिंग बड़ी भयानक थी, वरना हम लोग पूरी इनिंग से हारते।"

मेरा ताज्जुब और भी बढ़ा। इस सुंदरी को क्या क्रिकेट में भी शौक है? मुझे उसके सामने आरामकुर्सी पर बैठते हुए झिझक हो रही थी, ऐसी बदतमीज़ी मैंने कभी न की थी। ध्यान उसी तरफ़ लगा था। तबीयत में कुछ घुटन सी हो रही थी। रगों में यह तेज़ी और तबीयत में वह गुलाबी नशा न था जो ऐसे मौके पर स्वभावतः मुझ पर छा जाना चाहिए था। मैंने पूछा, "क्या आप वहीं तशरीफ़ रखती थीं?"

उसने अपना सिगरेट जलाते हुए कहा, "जी हाँ, शुरू से आख़िर तक, मुझे तो सिर्फ़ आपका खेल जँचा। और लोग तो कुछ बेदिल से हो रहे थे और मैं उसका राज़ समझ रही हूँ। हमारे यहाँ लोगों में सही आदमियों को सही जगह रखने का माद्दा ही नहीं है, जैसे इस राजनीति परस्ती ने हमारे सभी गुणों को कुचल डाला हो। जिसके पास धन है, उसे हर चीज़ का अधिकार है। वह किसी ज्ञान-विज्ञान के, साहित्यिक-

सामाजिक जलसे का सभापति हो सकता है, इसकी योग्यता उसमें हो या न हो। नई इमारतों का उदघाटन उसके हाथों कराया जाता है, बुनियादें उसके हाथ रखवाई जाती हैं, सांस्कृतिक आंदोलनों का नेतृत्व उसे दिया जाता है, वह कान्वोकेशन के भाषण पढ़ेगा, लड़कों को इनाम बाँटेगा, यह सब हमारी दास-मनोवृत्ति का प्रसाद है। कोई ताज्जुब नहीं कि हम इतने नीचे और गिरे हुए हैं, जहाँ हुक्म और इख़्तियार का मामला है वहाँ तो ख़ैर मजबूरी है, हमें लोगों के पैर चूमने ही पड़ते हैं। मगर जहाँ हम अपने स्वतंत्र विचार और स्वतंत्र आचरण से काम ले सकते हैं, वहाँ भी हमारी जी-हुज़ूरी की आदत हमारा गला नहीं छोड़ती। इस टीम का कप्तान आपको होना चाहिए था, तब देखती कि दुश्मन क्योंकर बाज़ी ले जाता। महाराजा साहब में इस टीम का कप्तान बनने की इतनी योग्यता है जितनी आपमें असेंबली का सभापति बनने की या मुझमें सिनेमा एक्टिंग की।"

बिल्कुल वही भाव जो मेरे दिल में थे, मगर उसी ज़ुबान से निकलकर कितने असरदार और कितने आँख खोलने वाले हो गए। मैंने कहा, "आप ठीक कहती हैं। सचमुच यह हमारी कमज़ोरी है।"

"आपको इस टीम में शरीक न होना चाहिए था।"

"मैं मजबूर था।"

इस सुंदरी का नाम मिस हेलेन मुखर्जी था। अभी इंग्लैंड से आ रही है, यही क्रिकेट मैच देखने के लिए बंबई उतर गई थी। इंग्लैंड में उसने डॉक्टरी की शिक्षा प्राप्त की है और जनता की सेवा उसके जीवन का लक्ष्य है। वहाँ उसने एक अख़बार में मेरी तस्वीर देखी थी और मेरा ज़िक्र भी पढ़ा था। तब से वह मेरे लिए अच्छा ख़्याल रखती है। यहाँ मुझे खेलते देखकर और भी प्रभावित हुई। उसका इरादा है कि हिंदुस्तान की एक नई टीम तैयार की जाए और उसमें वही लोग लिए जाएँ जो राष्ट्र का प्रतिनिधित्व करने के अधिकारी हैं। उसका प्रस्ताव है कि मैं इस टीम का कप्तान बनाया जाऊँ। इसी इरादे से वह सारे हिंदुस्तान का दौरा करना चाहती है। उसके स्वर्गीय पिता डॉ. एन. मुखर्जी ने बहुत संपत्ति छोड़ी है और वह उसकी संपूर्ण उत्तराधिकारिणी है। उसका प्रस्ताव सुनकर मेरा सर आसमान में उड़ने लगा। मेरी ज़िंदगी का सुनहरा सपना इतने अप्रत्याशित ढंग से वास्तविकता का रूप ले सकेगा, यह कौन सोच सकता था। अलौकिक शक्ति में मेरा विश्वास नहीं, मगर आज मेरे

शरीर का रुआँ-रुआँ कृतज्ञता और भक्ति भावना से भरा हुआ था। मैंने उचित और विनम्र शब्दों में मिस हेलेन को धन्यवाद दिया।

गाड़ी की घंटी हुई। मिस मुखर्जी ने फ़र्स्ट क्लास के दो टिकट मँगवाए। मैं विरोध न कर सका। उसने मेरा लगेज उठवाया, मेरा हैट ख़ुद उठा लिया और बेधड़क एक कमरे में जा बैठी। मुझे भी अंदर बुला लिया। उसका ख़ानसामा तीसरे दर्जे में बैठा था। मेरी क्रिया-शक्ति जैसे खो गई थी। भगवान् जाने क्यों, मैं इन सब मामलों में उसे अगुवाई करने देता था, जो पुरुष होने के नाते मेरे अधिकार की चीज़ थी। शायद उसके रूप, उसकी बौद्धिक गरिमा, उसकी उदारता ने मुझ पर रोब डाल दिया था कि जैसे उसने कामरूप की जादूगरनियों की तरह मुझे भेड़ बना दिया हो और मेरी अपनी इच्छा-शक्ति लुप्त हो गई हो। इतनी ही देर में मेरा अस्तित्व उसकी इच्छा में खो गया था। मेरे स्वाभिमान की यह माँग थी कि मैं उसे अपने लिए फ़र्स्ट क्लास का टिकट न मँगवाने देता, तीसरे ही दर्जे में आराम से बैठता और अगर पहले दर्जे में बैठना था तो इतनी ही उदारता से दोनों के लिए ख़ुद पहले दर्जे का टिकट लाता, लेकिन अभी तो मेरी क्रिया-शक्ति लुप्त हो गई थी।

2 जनवरी—मैं हैरान हूँ, हेलेन को मुझसे इतनी हमदर्दी क्यों है, और यह सिर्फ़ दोस्ताना हमदर्दी नहीं है। इसमें मुहब्बत की सच्चाई है। दया में तो इतना आतिथ्य-सत्कार नहीं हुआ करता, और रही मेरे गुणों की स्वीकृति तो मैं अक्ल से इतना ख़ाली नहीं हूँ कि इस धोखे में पड़ूँ। गुणों की स्वीकृति ज़्यादा-से-ज़्यादा एक सिगरेट और एक प्याली चाय पा सकती है। यह सेवा-सत्कार तो मैं वहीं पाता हूँ जहाँ किसी मैच में खेलने के लिए मुझे बुलाया जाता है। तो भी वहाँ इतने हार्दिक ढंग से मेरा सत्कार नहीं होता, सिर्फ़ रस्मी ख़ातिरदारी बरती जाती है। उसने जैसे मेरी सुविधा और मेरे आराम के लिए अपने को समर्पित कर दिया हो। मैं तो शायद अपनी प्रेमिका के सिवा और किसी के साथ इस हार्दिकता का बरताव न कर सकता। याद रहे, मैंने प्रेमिका कहा है, पत्नी नहीं कहा। पत्नी की हम ख़ातिरदारी नहीं करते, उससे तो ख़ातिरदारी करवाना ही हमारा स्वभाव हो गया है और शायद सच्चाई भी यही है। मगर फ़िलहाल तो मैं इन दोनों नेमतों में से एक का भी हाल नहीं जानता। उसके नाश्ते, डिनर, लंच में तो मैं शरीक था ही, हर स्टेशन पर (वह डाक थी और ख़ास-ख़ास स्टेशनों पर ही रुकती थी) मेवे तथा फल मँगवाती और मुझे आग्रहपूर्वक खिलाती। कहाँ की क्या चीज़ मशहूर है, इसका उसे ख़ूब पता है। मेरे दोस्तों और

घरवालों के लिए तरह-तरह के तोहफ़े ख़रीदे, मगर हैरत यह है कि मैंने एक बार भी उसे मना न किया। मना क्यों करता, मुझसे पूछकर तो लाती नहीं। जब वह एक चीज़ लाकर मुहब्बत के साथ मुझे भेंट करती है तो मैं कैसे इनकार करूँ? ख़ुदा जाने क्यों मैं मर्द होकर भी उसके सामने औरत की तरह शर्मीला, कम बोलने वाला हो जाता हूँ कि जैसे मेरे मुँह में ज़ुबान ही नहीं। दिन की थकान की वजह से रात भर मुझे बेचैनी रही। सर में हलका सा दर्द था, मगर मैंने इस दर्द को बढ़ाकर कहा। अकेला होता तो शायद इस दर्द की ज़रा भी परवाह न करता, मगर आज उसकी मौजूदगी में मुझे उसे दर्द को ज़ाहिर करने में मज़ा आ रहा था। वह मेरे सिर पर तेल की मालिश करने लगी और मैं ख़ामख़ाह निढाल हुआ जाता था। मेरी बेचैनी के साथ उसकी परेशानी बढ़ती जाती थी। मुझसे बार-बार पूछती, "अब दर्द कैसा है?" और मैं अनमने ढंग से कहता, "अच्छा हूँ।" उसकी नाज़ुक हथेलियों के स्पर्श से मेरे प्राणों में गुदगुदी होती थी। उसका वह आकर्षक चेहरा मेरे सर पर झुका है, उसकी गर्म साँसें मेरे माथे को चूम रही हैं और मैं गोया जन्नत के मज़े ले रहा हूँ, मेरे दिल में अब उस पर फ़तह पाने की ख़ुवाहिश झकोले ले रही है। मैं चाहता हूँ वह मेरे नाज़ उठाए। मेरी तरफ़ से कोई ऐसी पहल न होनी चाहिए, जिससे वह समझ जाए कि मैं उस पर लट्टू हो गया हूँ। चौबीस घंटे के अंदर मेरी मन:स्थिति में कैसे यह क्रांति हो जाती है, मैं क्योंकर प्रेम के प्रार्थी से प्रेम का पात्र बन जाता हूँ। वह बदस्तूर उसी तल्लीनता से मेरे सिर पर हाथ रखे बैठी हुई है। तब मुझे उस पर रहम आ जाता है और मैं भी उस अहसास से बरी नहीं हूँ। मगर इस माशूकी में आज जो लुत्फ़ आया, उस पर आशिकी निछावर है। मुहब्बत करना ग़ुलामी है, मुहब्बत किया जाना बादशाहत।

मैंने दया दिखलाते हुए कहा, "आपको मेरी वजह से बड़ी तकलीफ हुई।" उसने उमगकर कहा, "मुझे क्या तकलीफ़ हुई। आप दर्द से बेचैन थे और मैं बैठी थी। काश! यह दर्द मुझे हो जाता।"

मैं सातवें आसमान पर उड़ा जा रहा था।

5 जनवरी—कल शाम को हम लखनऊ पहुँच गए। रास्ते में हेलेन से सांस्कृतिक, राजनीतिक और साहित्यिक प्रश्नों पर ख़ूब बातें हुईं। ग्रेजुएट तो भगवान् की दया से मैं भी हूँ और तब से फ़ुर्सत के वक़्त किताबें भी देखता ही रहा हूँ। विद्वानों की संगत में भी बैठा हूँ, लेकिन उसके ज्ञान के विस्तार के आगे कदम-कदम पर मुझे अपनी

हीनता का बोध होता है। हर एक प्रश्न पर उसकी अपनी राय है और मालूम होता है कि उसने छानबीन के बाद वह राय क़ायम की है। उसके विपरीत मैं उन लोगों में हूँ, जो हवा के साथ उड़ते हैं, जिन्हें क्षणिक प्रेरणाएँ उलट-पुलटकर रख देती हैं। मैं कोशिश करता था कि किसी तरह उस पर अपनी अक्ल का सिक्का जमा दूँ, मगर उसके दृष्टिकोण मुझे बेज़ुबान कर देते थे। जब मैंने देखा कि ज्ञान-विज्ञान की बातों में तो मैं उससे न जीत सकूँगा तो मैंने एबीसीनिया और इटली की लड़ाई का ज़िक्र छेड़ दिया, जिस पर मैंने अपनी समझ में बहुत कुछ पढ़ा था और इंग्लैंड तथा फ़्रांस ने इटली पर जो दबाव डाला है, उसकी तारीफ़ में मैंने अपनी वाक्-शक्ति ख़र्च कर दी। उसने एक मुस्कुराहट के साथ कहा, "आपका यह ख़्याल है कि इंग्लैंड और फ़्रांस सिर्फ़ इनसानियत और कमज़ोर की मदद करने की भावना से प्रभावित हो रहे हैं तो आपकी ग़लती है। उनकी साम्राज्य-लिप्सा यह नहीं बरदाश्त कर सकती कि दुनिया की कोई दूसरी ताक़त फले-फूले। मूसोलिनी वही कर रहा है, जो इंग्लैंड ने कितनी ही बार किया है और आज भी कर रहा है। यह सारा बहुरुपियापन सिर्फ़ एबीसीनिया में व्यावसायिक सुविधाएँ प्राप्त करने के लिए है। इंग्लैंड को अपने व्यापार के लिए बाज़ारों की ज़रूरत है, अपनी बढ़ी हुई आबादी के लिए ज़मीन के टुकड़ों की ज़रूरत है, अपने शिक्षितों के ऊँचे पदों की ज़रूरत है तो इटली को क्यों न हो? इटली जो कुछ कर रहा है, ईमानदारी के साथ एलानिया कर रहा है। उसने कभी दुनिया के सब लोगों से भाईचारे का डंका नहीं पीटा, कभी शांति का राग नहीं अलापा। वह तो साफ़ कहता है कि संघर्ष ही जीवन का लक्षण है। मनुष्य की उन्नति लड़ाई ही के ज़रिए होती है। आदमी के अच्छे गुण लड़ाई के मैदान में ही खुलते हैं। सबकी बराबरी के दृष्टिकोण को वह पागलपन कहता है। वह अपना शुमार भी उन्हीं बड़ी कौमों में करता है, जिन्हें रंगीन आबादियों पर हुकूमत करने का हक है। इसलिए हम उसकी कार्यप्रणाली को समझ सकते हैं। इंग्लैंड ने हमेशा धोखेबाज़ी से काम लिया है। हमेशा एक राष्ट्र के विभिन्न तत्त्वों में भेद डालकर या उनके आपसी विरोधों को राजनीति का आधार बनाकर उन्हें अपना पिछलग्गू बनाया है। मैं तो चाहती हूँ कि दुनिया में इटली, जापान और जर्मनी ख़ूब तरक़्क़ी करें तथा इंग्लैंड का आधिपत्य टूटे। तभी दुनिया में असली जनतंत्र और शांति पैदा होगी। वर्तमान सभ्यता जब तक मिट न जाएगी, दुनिया में शांति का राज्य न होगा। कमज़ोर कौमों को ज़िंदा रहने का कोई हक़ नहीं, उसी तरह जिस तरह कमज़ोर पौधे को। सिर्फ़ इसलिए नहीं

कि उनका अस्तित्व स्वयं उनके लिए कष्ट का कारण है बल्कि इसलिए कि वही दुनिया के इस झगड़े और रक्तपात के लिए ज़िम्मेदार हैं।"

मैं भला क्यों इस बात से सहमत होने लगा। मैंने जवाब तो दिया और इन विचारों का इतने ही ज़ोरदार शब्दों में खंडन भी किया। मगर मैंने देखा कि इस मामले में वह संतुलित बुद्धि से काम नहीं लेना चाहती या नहीं ले सकती।

स्टेशन पर उतरते ही मुझे यह फ़िक्र हुई कि हेलेन को अपना मेहमान कैसे बनाऊँ। अगर होटल में ठहराऊँ तो भगवान् जाने अपने दिल में क्या कहे। अगर अपने घर ले जाऊँ तो शर्म मालूम होती है। वहाँ ऐसी रूचि-संपन्न और अमीरों जैसे स्वभाव वाली युवती के लिए सुविधा की क्या सामग्रियाँ हैं। यह संयोग की बात है कि मैं क्रिकेट अच्छा खेलने लगा और पढ़ना-लिखना छोड़-छाड़कर उसी का हो रहा और एक स्कूल का मास्टर हूँ, मगर घर का हाल बदस्तूर है। वही पुराना, अँधेरा, टूटा-फूटा मकान तंग गली में, वही पुराने रंग-ढंग, वही पुराना ढच्चर। अम्मा तो शायद हेलेन को घर में क़दम ही न रखने दें। और यहाँ तक नौबत ही क्यों आने लगी, हेलेन ख़ुद दरवाज़े से ही भागेगी। काश! आज अपना मकान होता, सजा-सँवरा, मैं इस क़ाबिल होता कि हेलेन की मेहमानदारी कर सकता, इससे ज़्यादा ख़ुशनसीबी और क्या हो सकती थी कि बेसरोसामानी का बुरा हो।

मैं यही सोच रहा था कि हेलेन ने कुली से असबाब उठवाया और बाहर आकर एक टैक्सी बुला ली। मेरे लिए इस टैक्सी में बैठ जाने के सिवा दूसरा चारा क्या बाकी रह गया था। मुझे यकीन है, अगर मैं उसे अपने घर ले जाता तो उस बेसरोसामानी के बावजूद वह ख़ुश होती। हेलेन रुचि-संपन्न है, मगर नखरेबाज़ नहीं। वह हर तरह की आज़माइश और तजुर्बे के लिए तैयार रहती है। हेलेन शायद आज़माइशों को और नागवार तजुर्बों को बुलाती है, मगर मुझमें न वह कल्पना है, न वह साहस।

उसने ज़रा गौर से मेरा चेहरा देखा होता तो उसे मालूम हो जाता कि उस पर कितनी शर्मिंदगी और कितनी बेचारगी झलक रही थी। मगर शिष्टाचार का निबाह तो ज़रूरी था, मैंने आपत्ति की, "मैं तो आपको भी अपना मेहमान बनाना चाहता था, मगर आप उल्टा मुझे होटल लिए जा रही हैं।"

उसने शरारत से कहा, "इसीलिए कि आप मेरे काबू से बाहर न हो जाएँ। मेरे लिए इससे ज़्यादा ख़ुशी की बात क्या होती कि आपके आतिथ्य सत्कार का

आनंद उठाऊँ, लेकिन प्रेम ईर्ष्यालु होता है, यह आपको मालूम है। वहाँ आपके ईष्ट मित्र आपके वक़्त का बड़ा हिस्सा लेंगे, आपको मुझसे बातें करने का वक़्त ही न मिलेगा और मर्द आमतौर पर कितने बेमुरव्वत तथा जल्द भूल जाने वाले होते हैं, इसका मुझे अनुभव हो चुका है। मैं तुम्हें एक क्षण के लिए भी अलग नहीं छोड़ सकती। मुझे अपने सामने देखकर तुम मुझे भूलना भी चाहो तो नहीं भूल सकते।"

मुझे अपनी इस ख़ुशनसीबी पर हैरत ही नहीं, बल्कि ऐसा लगने लगा कि जैसे सपना देख रहा हूँ। जिस सुंदरी की एक नज़र पर मैं अपने को क़ुर्बान कर देता, वह इस तरह मुझसे मुहब्बत का इज़हार करे। मेरा तो जी चाहता है कि इसी बात पर उसके क़दमों को पकड़कर सीने से लगा लूँ और आँसुओं से तार कर दूँ।

होटल में पहुँचे। मेरा कमरा अलग था। खाना हमने साथ खाया और थोड़ी देर तक वहीं हरी-हरी घास पर टहलते रहे। खिलाड़ियों को कैसे चुना जाए, यही सवाल था। मेरा जी तो यही चाहता था कि सारी रात उसके साथ टहलता रहूँ, लेकिन उसने कहा, "आप अब आराम करें, सुबह बहुत काम है।" मैं अपने कमरे में जाकर लेटा रहा, मगर सारी रात नींद नहीं आई। हेलेन का मन अभी तक मेरी आँखों से छिपा हुआ था, हर क्षण वह मेरे लिए पहेली होती जा रही थी।

12 जनवरी–आज दिन भर लखनऊ के क्रिकेटरों का जमाव रहा। हेलेन दीपक थी और पतंगे उसके गिर्द मँडरा रहे थे। यहाँ से मेरे अलावा दो लोगों का खेल हेलेन को बहुत पसंद आया–बृजेंद्र और सादिक। हेलेन उन्हें ऑल इंडिया टीम में रखना चाहती थी।

इसमें कोई शक नहीं है कि दोनों इस फ़न में उस्ताद हैं, लेकिन उन्होंने जिस तरह शुरुआत की है, उससे तो यही मालूम होता है कि वह क्रिकेट खेलने नहीं, अपनी किस्मत की बाज़ी खेलने आए हैं। हेलेन किस मिज़ाज की औरत है, यह समझना मुश्किल है। बृजेंद्र मुझसे ज़्यादा सुंदर है, यह मैं भी स्वीकार करता हूँ, रहन-सहन में पूरा साहब है। लेकिन पक्का शोहदा, लोफ़र है। मैं नहीं चाहता कि हेलेन उससे किसी तरह का संबंध रखे। अदब तो उसे छू तक नहीं गया। बदज़ुबान पहले सिरे का, बेहूदा गंदे मज़ाक, बातचीत का ढंग नहीं और मौके-माहौल की समझ नहीं। कभी-कभी हेलेन से ऐसे मतलब भरे इशारे कर जाता है कि मैं शर्म से सिर झुका लेता हूँ; लेकिन हेलेन को शायद उसका बाज़ारूपन, उसका छिछोरापन महसूस नहीं होता। नहीं, वह शायद उसके गंदे इशारों का मज़ा लेती है। मैंने कभी उसके

माथे पर शिकन नहीं देखी। यह मैं नहीं कहता कि यह हँसमुखपन कोई बुरी चीज़ है, न ज़िंदादिली का मैं दुश्मन हूँ, लेकिन एक लेडी के साथ तो अदब और कायदे का लिहाज़ रखना ही चाहिए।

सादिक एक प्रतिष्ठित कुल का दीपक है, बहुत ही शुद्ध-आचरण यहाँ तक कि उसे ठंडे स्वभाव का भी कह सकते हैं। वह बहुत घमंडी, देखनें में चिड़चिड़ा है, लेकिन अब वह भी शहीदों में दाख़िल हो गया है। कल आप हेलेन को अपने शेर सुनाते रहे और वह ख़ुश होती रही। मुझे तो उन शेरों में कुछ मज़ा न आया। इससे पहले मैंने इन हज़रत को कभी शायरी करते नहीं देखा, यह मस्ती कहाँ से फट पड़ी है? रूप में जादूई ताक़त है, और क्या कहूँ? इतना भी न सूझा कि उसे शेर ही सुनाना है तो हसरत या जिगर या जोश के कमाल से दो-चार शेर याद कर लेता। हेलेन सबका कलाम पढ़ थोड़े ही बैठी है। आपको शेर कहने की क्या ज़रूरत, मगर यही बात उनसे कह दूँ तो बिगड़ जाएँगे, समझेंगे मुझे जलन हो रही है। मुझे क्यों जलन होने लगी। हेलेन की पूजा करने वालों में एक मैं ही हूँ? हाँ, इतना ज़रूर चाहता हूँ कि वह अच्छे-बुरे की पहचान कर सके, हर आदमी से बेतकल्लुफ़ी मुझे पसंद नहीं, मगर हेलेन की नज़रों में सब बराबर हैं। वह बारी-बारी से सबसे अलग हो जाती है और सबसे प्रेम करती है। किसी की ओर ज़्यादा झुकी हुई है, यह फ़ैसला करना मुश्किल है। सादिक की धन-संपत्ति से वह ज़रा भी प्रभावित नहीं जान पड़ती। कल शाम को हम लोग सिनेमा देखने गए थे। सादिक ने आज असाधारण उदारता दिखाई। जेब से रुपया निकालकर सबके लिए टिकट लेने चले। मियाँ सादिक, जो इस अमीरी के बावजूद तंगदिल आदमी है, मैं तो कंजूस कहूँगा, हेलेन ने उसकी उदारता को जगा दिया है। मगर हेलेन ने उन्हें रोक लिया और ख़ुद अंदर जाकर सबके लिए टिकट लाई। और यों भी वह इतनी बेदर्दी से रुपया खर्च करती है कि मियाँ सादिक के छक्के छूट जाते हैं। जब उनका हाथ जेब में जाता है, हेलेन के रुपए काऊंटर पर जा पहुँचते हैं। कुछ भी हो, मैं तो हेलेन के स्वभाव-ज्ञान पर जान देता हूँ। ऐसा मालूम होता है कि वह हमारी फ़रमाइशों का इंतज़ार करती रहती है और उनको पूरा करने में उसे ख़ास मज़ा आता है। सादिक साहब को उसने अलबम भेंट कर दिया, जो यूरोप के दुर्लभ चित्रों की अनुकृतियों का संग्रह है और जो उसने यूरोप की तमाम चित्रशालाओं में जाकर ख़ुद इकट्ठा किया है। उसकी आँखें कितनी सौंदर्य-प्रेमी हैं। बृजेंद्र जब शाम को अपना नया सूट पहनकर आया, जो उसने अभी

सिलाया है, तो हेलेन ने मुस्कुराकर कहा, "देखो कहीं नज़र न लग जाए तुम्हें! आज तो दूसरे यूसुफ़ बने हुए हो।" बृजेंद्र बाग़-बाग़ हो गया। मैंने जब लय के साथ अपनी ताज़ा ग़ज़ल सुनाई तो वह एक-एक शेर पर उछल पड़ी। अदभुत काव्य-मर्मज्ञ है। मुझे अपनी कविता-रचना पर इतनी ख़ुशी नहीं हुई थी, मगर तारीफ़ जब सबका बुलौवा हो जाए तो उसकी क्या क़ीमत। मियाँ सादिक को कभी अपनी सुंदरता का दावा नहीं किया। भीतरी सौंदर्य से आप जितने मालामाल हैं, बाहरी सौंदर्य में उतने ही कंगाल। मगर आज शराब के दौर में कहा, "भई, तुम्हारी ये आँखें तो जिगर के पार हुई जाती हैं।" और सादिक साहब उस वक़्त उसके पैरों पर गिरते रुक गए। लज्जा बाधक हुई। उनकी आँखों की ऐसी तारीफ़ शायद ही किसी ने की हो। मुझे कभी अपने रूप-रंग, चाल-ढाल की तारीफ़ सुनने की इच्छा नहीं हुई। मैं जो कुछ हूँ, जानता हूँ। मुझे अपने बारे में यह धोखा कभी नहीं हो सका कि मैं ख़ूबसूरत हूँ। यह भी जानता हूँ कि हेलेन का यह सब सत्कार कोई मतलब नहीं रखता। लेकिन अब मुझे भी यह बेचैनी होने लगी कि देखो मुझ पर क्या इनायत होती है। कोई बात न थी, मगर मैं बेचैन रहा। जब मैं शाम को यूनिवर्सिटी ग्राऊंड से खेल की प्रैक्टिस करके आ रहा था तो मेरे ये बिखरे हुए बाल कुछ और ज़्यादा बिखर गए थे। उसने आसक्त नेत्रों से देखकर फ़ौरन कहा, "तुम्हारी इन बिखरी हुई ज़ुल्फ़ों पर निसार होने को जी चाहता है।" मैं निहाल हो गया, दिल में क्या-क्या तूफ़ान उठे, कह नहीं सकता।

मगर ख़ुदा जाने क्यों, हम तीनों में से एक भी उसकी किसी अदा या अंदाज़ या रूप की प्रशंसा शब्दों से नहीं कर पाता। हमें लगता है कि हमें ठीक शब्द नहीं मिलते। जो कुछ हम कह सकते हैं, उससे कहीं ज़्यादा प्रभावित हैं। कुछ कहने की हिम्मत ही नहीं होती।

1 फ़रवरी–हम दिल्ली आ गए। इस बीच में मुरादाबाद, नैनीताल, देहरादून वग़ैरह जगहों के दौरे किए, मगर कहीं कोई खिलाड़ी न मिला। अलीगढ़ और दिल्ली से कई अच्छे खिलाड़ियों के मिलने की उम्मीद है, इसलिए हम लोग वहाँ कई दिन रहेंगे। मार्च में ऑस्ट्रेलियन टीम यहाँ से रवाना होगी। तब तक वह हिंदुस्तान में सारे पहले से निश्चित मैच खेल चुकी होगी। हम उससे आख़िरी मैच खेलेंगे और ख़ुदा ने चाहा तो हिंदुस्तान की सारी शिकस्तों का बदला चुका देंगे। सादिक और बृजेंद्र भी हमारे साथ घूमते रहे। मैं तो न चाहता था कि ये लोग आएँ, मगर हेलेन

को शायद प्रेमियों के जमघट में मज़ा आता है। हम सब-के-सब एक ही होटल में हैं और सब हेलेन के मेहमान हैं। स्टेशन पर पहुँचे तो सैकड़ों आदमी हमारा स्वागत करने के लिए मौजूद थे। कई औरतें भी थीं, लेकिन हेलेन को न मालूम क्यों औरतों से आपत्ति है। वह उनकी संगत से भागती है, ख़ासकर सुंदर औरतों की छाया से भी दूर रहती है। हालाँकि उसे किसी सुंदरी से जलने का कोई कारण नहीं है। यह मानते हुए भी कि हुस्न उस पर ख़त्म नहीं हो गया है, उसमें आकर्षण के ऐसे तत्त्व मौजूद हैं कि कोई परी भी उसके मुक़ाबले खड़ी नहीं हो सकती। नख-शिख ही तो सबकुछ नहीं है, रुचि का सौंदर्य, बातचीत का सौंदर्य, अदाओं का सौंदर्य भी तो कोई चीज़ है। प्रेम उसके दिल में है या नहीं, ख़ुदा जाने, लेकिन प्रेम के प्रदर्शन में वह बेजोड़ है। दिलजोई और नाज़बरदारी के फ़न में हम जैसे दिलदारों को भी उससे शर्मिंदा होना पड़ता है। शाम को हम लोग नई दिल्ली की सैर को गए। दिलकश जगह है, खुली हुई सड़कें, ज़मीन के ख़ूबसूरत टुकड़े, सुहानी रबिशें, उसको बनाने में सरकार ने बेदरेग रुपया ख़र्च किया है और बेज़रूरत। यह रक्म रिआया की भलाई पर ख़र्च की जा सकती थी, मगर इसको क्या कीजिए कि जनसाधारण इसके निर्माण से जितने प्रभावित हैं, उतने अपनी भलाई की किसी योजना से न होते। आप दस-पाँच मदरसे ज़्यादा खोल देते या सड़कों की मरम्मत में या खेती की जाँच-पड़ताल में इस रुपए को ख़र्च कर देते, मगर जनता को शानो-शौकत, धन-वैभव से आज भी जितना प्रेम है, उतना आपके रचनात्मक कामों से नहीं है। बादशाह की जो कल्पना उसके रोम-रोम में घुल गई है, वह अभी सदियों तक न मिटेगी। बादशाह के लिए शानो-शौकत ज़रूरी है। पानी की तरह रुपया बहाना ज़रूरी है। किफ़ायतशार या कंजूस बादशाह, चाहे वह एक-एक पैसा प्रजा की भलाई के लिए ख़र्च करे, इतना लोकप्रिय नहीं हो सकता। अँग्रेज़ मनोविज्ञान के पंडित हैं। अँग्रेज़ ही क्यों, हर एक बादशाह जिसने अपने बाहुबल और अपनी बुद्धि से यह स्थान प्राप्त किया है, स्वभावतः मनोविज्ञान का पंडित होता है। इसके बग़ैर जनता पर उसे अधिकार क्योंकर प्राप्त होता। ख़ैर, यह तो मैंने यूँ ही कहा, मुझे ऐसा अंदेशा हो रहा है कि शायद हमारी टीम सपना ही रह जाए। अभी से हम लोगों में अनबन रहने लगी है। बृजेंद्र क़दम-क़दम पर मेरा विरोध करता है। मैं आम कहूँ तो वह अदबदाकर ईमली कहेगा और हेलन को उससे प्रेम है। ज़िंदगी के कैसे-कैसे मीठे सपने देखने लगा था, मगर बृजेंद्र, कृतघ्न

स्वार्थी बृजेंद्र मेरी ज़िंदगी तबाह किए डालता है। हम दोनों हेलेन के प्रिय पात्र नहीं रह सकते, यह तय बात है; एक को मैदान से हटना पड़ेगा।

7 फ़रवरी–शुक्र है दिल्ली में हमारा प्रयत्न सफल हुआ। हमारी टीम में तीन नए खिलाड़ी जुड़े–जाफ़र, मेहरा और अर्जुन सिंह। आज उनके कमाल देखकर ऑस्ट्रेलियन क्रिकेटर की धाक मेरे दिल से जाती रही। तीनों गेंद फेंकते हैं। जाफ़र अचूक गेंद फेंकता है, मेहरा सब्र की आज़माइश करता है और अर्जुन बहुत चालाक है। तीनों दृढ़ स्वभाव के लोग हैं, निगाह के सच्चे और अकथ। अगर कोई इंसाफ़ से पूछे तो मैं कहूँगा कि अर्जुन मुझसे बेहतर खेलता है। वह दो बार इंग्लैंड हो आया है, अँग्रेज़ी रहन-सहन से परिचित है और मिज़ाज पहचानने वाला भी अव्वल दर्जे का है, सभ्यता और आचार का पुतला। बृजेंद्र का रंग फीका पड़ गया। अब अर्जुन पर ख़ास कृपा-दृष्टि है और अर्जुन पर फ़तेह पाना मेरे लिए आसान नहीं है, मुझे तो डर है कि वह कहीं मेरी राह का रोड़ा न बन जाए।

25 फ़रवरी–हमारी टीम पूरी हो गई। दो प्लेयर हमें अलीगढ़ से मिले, तीन लाहौर से और एक अजमेर से और कल हम बंबई आ गए। हमने अजमेर, लाहौर और दिल्ली में वहाँ की टीमों से मैच खेले तथा उन पर बड़ी शानदार विजय पाई। आज बंबई की हिंदू टीम से हमारा मुक़ाबला है और मुझे यकीन है कि मैदान हमारे साथ रहेगा। अर्जुन हमारी टीम का सबसे अच्छा खिलाड़ी है और हेलेन उसकी इतनी ख़ातिरदारी करती है कि मुझे जलन नहीं होती, इतनी ख़ातिरदारी तो मेहमान की ही की जा सकती है, मेहमान से क्या डर! मज़े की बात यह है कि हर व्यक्ति अपने को हेलेन का कृपा-पात्र समझता है और उससे अपने नाज़ उठवाता है। अगर किसी के सिर में दर्द है तो हेलेन का फ़र्ज़ है कि उसकी मिज़ाजपूरसी करे, उसके सिर में चंदन तक घिसकर लगा दे। मगर उसके साथ ही उसका रोब हर एक के दिल में इतना छाया हुआ है कि उसके किसी काम की आलोचना करने का साहस नहीं कर सकता। सब-के-सब उसकी मर्ज़ी के ग़ुलाम हैं। वह अगर सबके नाज़ उठाती है तो हुकूमत भी हर एक पर करती है। शामियाने में एक-से-एक सुंदर औरतों का जमघट है, मगर हेलेन के क़ैदियों की मज़ाल नहीं कि किसी की तरफ़ देखकर मुस्कुरा भी सकें। हर एक के दिल में ऐसा डर छाया रहता है कि जैसे वह हर जगह पर मौजूद है। अर्जुन ने एक मिस पर यूँ ही कुछ नज़र डाली थी, हेलेन ने ऐसी प्रलय की आँख से उसे देखा कि सरदार साहब का रंग उड़ गया। हर एक समझता है कि वह उसकी

तक़दीर की मालिक है और उसे अपनी तरफ़ से नाराज़ करके वह शायद ज़िंदा न रह सकेगा। औरों की तो मैं क्या कहूँ, मैंने ही गोया अपने को उसके हाथों बेच दिया है। मुझे तो अब ऐसा लग रहा है कि मुझमें कोई ऐसी चीज़ ख़त्म हो गई, जो पहले मेरे दिल में डाह की आग सी जला दिया करती थी।

हेलेन अब किसी से बोले, किसी से प्रेम की बातें करे, मुझे गुस्सा नहीं आता। दिल पर चोट लगती ज़रूर है, मगर उसका इज़हार अकेले में आँसू बहाकर करने को जी चाहता है। वह स्वाभिमान कहाँ ग़ायब हो गया, नहीं कह सकता। अभी उसकी नाराज़गी से दिल के टुकड़े हो गए थे कि एकाएक उसकी एक उचटती हुई सी निगाह ने या एक मुस्कुराहट ने गुदगुदी पैदा कर दी। मालूम नहीं कि उसमें वह कौन सी ताक़त है, जो इतने हौसलामंद नौजवान दिलों पर हुकूमत कर रही है। उसे बहादुरी कहूँ, चालाकी और फुर्ती कहूँ, हम सब जैसे उसके हाथों की कठपुतलियाँ हैं। हममें अपनी कोई शख़्सियत, कोई हस्ती नहीं है। उसने अपने सौंदर्य से, अपनी बुद्धि से, अपने धन से और सबसे ज़्यादा सबको समेट सकने की अपनी ताक़त से हमारे दिलों पर अपना आधिपत्य जमा लिया है।

1 मार्च–कल ऑस्ट्रेलियन टीम से हमारा मैच ख़त्म हो गया। पचास हज़ार से कम तमाशाइयों की भीड़ न थी। हमने पूरी ईनिंग्स से उनको हराया और देवताओं की तरह पुजे। हममें से हर एक ने दिलोजान से काम किया और सभी यकसां तौर पर फूले हुए थे। मैच ख़त्म होते ही शहरवालों की तरफ़ से हमें एक शानदार पार्टी दी गई। ऐसी पार्टी तो शायद वायसराय की तरफ़ से भी न दी जाती होगी। मैं तो तारीफ़ों और बधाइयों के बोझ से दब गया। मैंने 44 रनों में पाँच खिलाड़ियों का सफ़ाया कर दिया था। मुझे ख़ुद अपने भयानक गेंद फेंकने पर अचरज हो रहा था। ज़रूर कोई अलौकिक शक्ति हमारा साथ दे रही थी। इस भीड़ में बंबई का सौंदर्य अपनी पूरी शान और रंगीनी के साथ चमक रहा था और मेरा दावा है कि सुंदरता की दृष्टि से यह शहर जितना भाग्यशाली है, दुनिया का दूसरा शहर शायद ही हो। मगर हेलेन इस भीड़ में भी सबकी दृष्टियों का केंद्र बनी हुई थी। यह ज़ालिम महज़ हसीन ही नहीं, मीठा बोलती भी है और उसकी अदाएँ भी मीठी हैं।

सारे नौजवान परवानों की तरह उस पर मँडरा रहे थे, एक से एक ख़ूबसूरत, मनचले, और हेलेन उनकी भावनाओं से खेल रही थी, उसी तरह जैसे वह हम लोगों की भावनाओं से खेला करती थी। महाराज कुमार जैसा सुंदर जवान मैंने आज तक

नहीं देखा। सूरत से रोब टपकता है। उनके प्रेम ने कितनी सुंदरियों को दुख दिया है, कौन जाने। मर्दाना दिलकशी का जादू सा बिखरता चलता है। हेलेन उनसे भी वैसी ही आज़ाद बेतकल्लुफ़ी से मिली जैसे दूसरे हज़ारों नौजवानों से। उनके सौंदर्य का, उनकी दौलत का उस पर ज़रा भी असर न था। न जाने इतना गर्व, इतना स्वाभिमान उसमें कहाँ से आ गया है! कभी नहीं डगमगाती, कहीं रोब में नहीं आती, कभी किसी की तरफ़ नही झुकती। वही हँसी-मज़ाक, वहीं प्रेम का प्रदर्शन, किसी के साथ कोई विशेषता नहीं, दिलजोई सबकी की, मगर उसी बेपरवाही की शान के साथ।

हम लोग सैर करके कोई दस बजे रात को होटल पहुँचे तो सभी ज़िंदगी के नए सपने देख रहे थे। सभी के दिलों में एक धुकधुकी-सी हो रही थी कि देखें अब क्या होता है। आशा और भय ने सभी के दिलों में एक तूफ़ान सा उठा रखा था, गोया आज हर एक के जीवन की एक स्मरणीय घटना होने वाली है। अब क्या प्रोग्राम है, इसकी किसी को ख़बर न थी। सभी ज़िंदगी के सपने देख रहे थे। हर एक के दिल पर एक पागलपन सवार था, हर एक को यकीन था कि हेलेन की ख़ास दृष्टि उस पर है, मगर यह अंदेशा भी हर एक के दिल में था कि ख़ुदा न ख़ास्ता कहीं हेलेन ने बेवफ़ाई की तो यह जान उसके कदमों पर रख देगा, यहाँ से ज़िंदा घर जाना क़यामत था।

उसी वक्त हेलेन ने मुझे अपने कमरे में बुला भेजा। जाकर देखता हूँ तो सभी खिलाड़ी जमा हैं। हेलेन उस वक़्त अपनी शरबती बेलदार साड़ी में आँखों में चकाचौंध पैदा कर रही थी। मुझे उस पर झुँझलाहट हुई, इस आम मजमुए में मुझे बुलाकर कवायद करने की क्या ज़रूरत थी। मैं तो ख़ास बरताव का अधिकारी था। मैं भूल रहा था कि शायद इसी तरह उनमें से हर एक अपने को ख़ास बरताव का अधिकारी समझता था।

हेलेन ने कुर्सी पर बैठते हुए कहा, "दोस्तों, मैं कह नहीं सकती कि आप लोगों को कितनी कृतज्ञ हूँ और आपने मेरी ज़िंदगी की कितनी बड़ी आरज़ू पूरी कर दी। आपमें से किसी को मिस्टर रतनलाल की याद आती है?"

रतनलाल! उसे भी कोई भूल सकता है। वह जिसने पहली बार हिंदुस्तान की क्रिकेट टीम को इंग्लैंड की धरती पर अपने जौहर दिखाने का मौका दिया, जिसने अपने लाखों रुपए इस चीज़ पर नज़र किए और आख़िर बार-बार पराजयों से निराश

होकर वहीं इंग्लैंड में आत्महत्या कर ली। उसकी वह सूरत अब भी आँखों के सामने फिर रही है।

सब ने कहा, "ख़ूब अच्छी तरह, अभी बात ही कै दिन की है।"

"आज इस शानदार कामयाबी पर मैं आपको बधाई देती हूँ। भगवान् ने चाहा। तो अगले साल हम इंग्लैंड का दौरा करेंगे। आप अभी से इस मोरचे के लिए तैयारियाँ कीजिए। लुत्फ़ तो जब है कि हम एक मैच भी न हारें, मैदान बराबर हमारे साथ रहे। दोस्तो, यही मेरे जीवन का लक्ष्य है। किसी लक्ष्य को पूरा करने के लिए जो काम किया जाता है, उसी का नाम ज़िंदगी है। हमें क़ामयाबी वहीं होती है, जहाँ हम अपने पूरे हौसले से काम में लगे हों, वही लक्ष्य हमारा स्वप्न हो, हमारा प्रेम हो, हमारे जीवन का केंद्र हो। हममें और इस लक्ष्य के बीच में और कोई इच्छा, कोई आरज़ू दीवार की तरह न खड़ी हो। माफ़ कीजिएगा, आपने अपने लक्ष्य के लिए जीना नहीं सीखा। आपके लिए क्रिकेट सिर्फ़ एक मनोरंजन है, आपको उससे प्रेम नहीं। इसी तरह हमारे सैकड़ों दोस्त हैं, जिनका दिल कहीं और होता है, दिमाग़ कहीं और, और वह सारी ज़िंदगी नाकाम रहते हैं। आपके लिए मैं ज़्यादा दिलचस्पी की चीज़ थी, क्रिकेट तो सिर्फ़ मुझे ख़ुश करने का ज़रिया था। फिर भी आप कामयाब हुए। मुल्क में आप जैसे हज़ारों नौजवान हैं, जो अगर किसी लक्ष्य की पूर्ति के लिए जीना और मरना सीख जाएँ तो चमत्कार कर दिखाएँ। जाइए और वह कमाल हासिल कीजिए। मेरा रूप और मेरी रातें वासना का खिलौना बनने के लिए नहीं है। नौजवानों की आँखों को ख़ुश करने और उनके दिलों में मस्ती पैदा करने के लिए जीना मैं शर्मनाक समझती हूँ। जीवन का लक्ष्य इससे कहीं ऊँचा है। सच्ची ज़िंदगी वहीं है, जहाँ हम अपने लिए नहीं सबके लिए जीते हैं।"

हम सब सिर झुकाए सुनते रहे और झल्लाते रहे। हेलेन कमरे से निकलकर कार में जा बैठी। उसने अपनी रवानगी का इंतज़ाम पहले ही कर लिया था। इसके पहले कि हमारे होशोहवास सही हों और हम परिस्थिति समझें, वह जा चुकी थी।

हम सब हफ़्ते भर तक बंबई की गलियों, होटलों, बँगलों की ख़ाक छानते रहे, हेलेन कहीं न थी और ज़्यादा अफ़सोस यह है कि उसने हमारी ज़िंदगी का जो आइडियल रखा, वह हमारी पहुँच से ऊँचा है। हेलेन के साथ ज़िंदगी का सारा जोश और उमंग ख़त्म हो गई।

15

भाड़े का टट्टू

आगरा कॉलेज के मैदान में संध्या-समय दो युवक हाथ-से-हाथ मिलाए टहल रहे थे। एक का नाम यशवंत था, दूसरे का रमेश।

यशवंत डीलडौल का ऊँचा और बलिष्ठ था। उसके मुख पर संयम और स्वास्थ्य की कांति झलकती थी। रमेश छोटे कद और इकहरे बदन का, तेजहीन और दुर्बल आदमी था। दोनों में किसी विषय पर बहस हो रही थी।

यशवंत, "हाँ, देख लेना। तुम ताना मार रहे हो, लेकिन मैं दिखला दूँगा कि धन को कितना तुच्छ समझता हूँ?"

रमेश, "ख़ैर, दिखला देना। मैं तो धन को तुच्छ नहीं समझता। धन के लिए 15 वर्षों से किताब चाट रहा हूँ, धन के लिए माँ-बाप, भाई बहिन सबसे अलग यहाँ पड़ा हूँ, न जाने अभी कितनी सलामियाँ देनी पड़ेंगी, कितनी ख़ुशामद करनी पड़ेगी। क्या इसमें आत्मा का पतन न होगा। मैं तो इतने ऊँचे आदर्श का पालन नहीं कर सकता। यहाँ तो अगर किसी मुक़दमे में अच्छी रिश्वत पा जाएँ तो शायद छोड़ न सकें। क्या तुम छोड़ दोगे?"

यशवंत, "मैं उनकी ओर आँख उठाकर भी न देखूँगा और मुझे विश्वास है कि तुम जितने नीच बनते हो, उतने हो नहीं।"

रमेश, "मैं उससे कहीं नीच हूँ, जितना कहता हूँ।"

यशवंत, "मुझे तो यकीन नहीं आता कि स्वार्थ के लिए तुम किसी को नुकसान पहुँचा सकोगे?"

रमेश, "भाई, संसार में आदर्श का निर्वाह केवल सन्यासी ही कर सकता है; मैं तो नहीं कर सकता। मैं तो समझता हूँ कि अगर तुम्हें धक्का देकर तुमसे बाज़ी जीत सकूँ, तो तुम्हें ज़रूर गिरा दूँगा और बुरा न मानो तो कह दूँ, तुम भी मुझे ज़रूर गिरा दोगे। स्वार्थ का त्याग करना कठिन है।"

यशवंत, "तो मैं कहूँगा कि तुम भाड़े के टट्टू हो।"

रमेश, "और मैं कहूँगा कि तुम काठ के उल्लू हो।"

यशवंत और रमेश साथ-साथ स्कूल में दाखिल हुए और साथ-ही-साथ उपाधियाँ लेकर कॉलेज से निकले। यशवंत कुछ मंदबुद्धि, पर बला का मेहनती था। जिस काम को हाथ में लेता, उससे चिपट जाता और उसे पूरा करके ही छोड़ता। रमेश तेजस्वी था पर आलसी। घंटे भर भी जमकर बैठना उसके लिए मुश्किल था। एम.ए. तक तो वह आगे रहा और यशवंत पीछे, मेहनत बुद्धि-बल से परास्त होती रही; लेकिन सिविल सर्विस में पासा पलट गया। यशवंत सब धंधे छोड़कर किताबों पर पिल पड़ा, घूमना-फिरना, सैर-सपाटा, सरकस-थिएटर, यार-दोस्त, सबसे मुँह मॉसकर अपनी एकांत कुटीर में जा बैठा। रमेश दोस्तों के साथ गपशप उड़ाता, क्रिकेट खेलता रहा। कभी-कभी मनोरंजन के तौर पर किताब देख लेता। कदाचित् उसे विश्वास था कि अब की भी मेरी तेज़ी बाज़ी ले जाएगी। अक्सर जाकर यशवंत को परेशान करता, उसकी किताब बंद कर देता; कहता, "क्यों प्राण दे रहे हो? सिविल सर्विस कोई मुक्ति तो नहीं है, जिसके लिए दुनिया से नाता तोड़ लिया जाए।" यहाँ तक कि यशवंत उसे आते देखता, तो किवाड़ बंद कर लेता।

आख़िर परीक्षा का दिन आ पहुँचा। यशवंत ने सब कुछ याद किया, पर किसी प्रश्न का उत्तर सोचने लगता तो उसे मालूम होता, मैंने जितना पढ़ा था, सब भूल गया। वह बहुत घबराया हुआ था। रमेश पहले से कुछ सोचने का आदि न था।

सोचता, जब परचा सामने आएगा, उस वक़्त देखा जाएगा। वह आत्मविश्वास से फूला-फूला फिरता था।

परीक्षा का फल निकला तो सुस्त कछुआ तेज़ खरगोश से बाज़ी मार ले गया था।

अब रमेश की आँखें खुलीं, पर वह हताश न हुआ। योग्य आदमी के लिए यश और धन की कमी नहीं, यह उसका विश्वास था। उसने क़ानून की परीक्षा की तैयारी शुरू की और यद्यपि उसने बहुत ज़्यादा मेहनत न की, लेकिन अव्वल दर्जे में पास हुआ। यशवंत ने उसको बधाई का तार भेजा; वह अब एक ज़िले का अफ़सर हो गया था।

दस साल गुज़र गए। यशवंत दिलोजान से काम करता था और उसके अफ़सर उससे बहुत प्रसन्न थे। पर अफ़सर जितने प्रसन्न थे, मातहत उतने ही अप्रसन्न रहते थे। वह ख़ुद जितनी मेहनत करता था, मातहतों से भी उतनी ही मेहनत लेना चाहता था, ख़ुद जितना बेलौस था, मातहतों को भी उतना ही बेलौस बनाना चाहता था। ऐसे आदमी बड़े कारगुज़ार समझे जाते हैं। यशवंत की कारगुज़ारी का अफ़सरों पर सिक्का जमता जाता था। पाँच वर्षों में ही वह ज़िले का जज बना दिया गया।

रमेश इतना भाग्यशाली न था। वह जिस इजलास में वकालत करने जाता, वहीं असफल रहता। हाकिम को नियत समय पर आने में देर हो जाती तो ख़ुद भी चल देता और फिर बुलाने से भी न आता। कहता, "अगर हाकिम वक़्त की पाबंदी नहीं करता तो मैं क्यों करूँ? मुझे क्या ग़र्ज़ पड़ी है कि घंटों उनके इजलास पर खड़ा उनकी राह देखा करूँ?" बहस इतनी निर्भीकता से करता है कि ख़ुशामद के आदी हुक्काम की निगाहों में उसकी निर्भीकता गुस्ताख़ी मालूम होती। सहनशीलता उसे छू नहीं गई थी। हाकिम हो या दूसरे पक्ष का वकील, जो उसके मुँह लगता, उसकी ख़बर लेता था। यहाँ तक कि एक बार वह ज़िला जज ही से लड़ बैठा। फल यह हुआ कि उसकी सनद छीन ली गई, किंतु मुवक्किलों के हृदय में उसका सम्मान ज्यों-का-त्यों रहा।

तब उसने आगरा कॉलेज में शिक्षक का पद प्राप्त कर लिया, किंतु यहाँ भी दुर्भाग्य ने साथ न छोड़ा। प्रिंसिपल से पहले ही दिन खटखट हो गई। प्रिंसिपल का सिद्धांत यह था कि विद्यार्थियों को राजनीति से अलग रहना चाहिए। वह अपने कॉलेज के किसी छात्र को किसी राजनीतिक जलसे में शरीक न होने देते। रमेश पहले

ही दिन इस आज्ञा का खुल्लमखुल्ला विरोध करने लगा। उसका कथन था कि अगर किसी को राजनीतिक जलसों में शामिल होना चाहिए तो विद्यार्थी को। यह भी उसकी शिक्षा का एक अंग है। अन्य देशों में छात्रों ने युगांतर उपस्थित कर दिया है तो इस देश में क्यों उनकी ज़ुबान बंद की जाती है। इसका फल यह हुआ कि साल ख़त्म होने से पहले ही रमेश को इस्तीफ़ा देना पड़ा, किंतु विद्यार्थियों पर उसका दबाव तिल भर भी कम न हुआ।

इस भाँति कुछ तो अपने स्वभाव और कुछ परिस्थितियों ने रमेश को मार-मारकर हाकिम बना दिया। पहले मुवक्किलों का पक्ष लेकर अदालत से लड़ा, फिर छात्रों का पक्ष लेकर प्रिंसिपल से राड़ मोड़ ली और अब प्रजा का पक्ष लेकर सरकार को चुनौती दी। वह स्वभाव से ही निर्भीक, आदर्शवादी, सत्यभक्त तथा आत्माभिमानी था। ऐसे प्राणी के लिए प्रजा-सेवक बनने के सिवा और उपाय ही क्या था? समाचार-पत्रों में वर्तमान परिस्थिति पर उसके लेख निकलने लगे। उसकी आलोचनाएँ इतनी स्पष्ट, इतनी व्यापक और इतनी मार्मिक होती थीं कि शीघ्र ही उसकी कीर्ति फैल गई। लोग मान गए कि इस क्षेत्र में एक नई शक्ति का उदय हुआ है। अधिकारी लोग उसके लेख पढ़कर तिलमिला उठते थे। उसका निशाना ठीक बैठता था, उससे बच निकलना असंभव था। अतिशयोक्तियाँ तो उनके सिरों पर से सनसनाती हुई निकल जाती थीं। उनका वे दूर से तमाशा देख सकते थे, अभिज्ञताओं की वे उपेक्षा कर सकते थे। ये सब शस्त्र उनके पास पहुँचते ही न थे, रास्ते ही में गिर पड़े थे। पर रमेश के निशाने सिरों पर बैठते और अधिकारियों में हलचल और हाहाकार मचा देते थे।

देश की राजनीतिक स्थिति चिंताजनक हो रही थी। यशवंत अपने पुराने मित्र के लेखों को पढ़-पढ़कर काँप उठते थे। भय होता, कहीं वह क़ानून के पंजे में न आ जाए। बार-बार उसे संयत रहने की ताकीद करते, बार-बार मिन्नतें करते कि ज़रा अपनी क़लम को और नर्म कर दो, जान-बूझकर क्यों विषधर क़ानून के मुँह में उँगली डालते हो? लेकिन रमेश को नेतृत्व का नशा चढ़ा हुआ था। वह इन पत्रों का जवाब तक न देता था।

पाँचवें साल यशवंत बदलकर आगरा का ज़िला-जज हो गया।

देश की राजनीतिक दशा चिंताजनक हो रही थी। ख़ूफ़िया पुलिस ने एक तूफ़ान खड़ा कर दिया था। उसकी कपोलकल्पित कथाएँ सुन-सुन कर हुक्कामों की रूह फ़ना हो रही थी। कहीं अख़बारों का मुँह बंद किया जाता था, कहीं प्रजा के नेताओं का। ख़ूफ़िया पुलिस ने अपना उल्लू सीधा करने के लिए हुक्कामों के कुछ इस तरह कान भरे कि उन्हें हर एक स्वतंत्र विचार रखने वाला आदमी ख़ूनी और क़ातिल नज़र आता था।

रमेश यह अंधेर देखकर चुप बैठने वाला मनुष्य न था। ज्यों-ज्यों अधिकारियों की निरंकुशता बढ़ती थी, त्यों-त्यों उसका भी जोश बढ़ता था। रोज़ कहीं-न-कहीं व्याख्यान देता; उसके प्रायः सभी व्याख्यान विद्रोहात्मक भावों से भरे होते थे। स्पष्ट और खरी बातें कहना ही विद्रोह है। अगर किसी का राजनीतिक भाषण विद्रोहात्मक नहीं माना गया तो समझ लो, उसने अपने आंतरिक भावों को गुप्त रखा है। उसके दिल में जो कुछ है, उसे ज़ुबान पर लाने का साहस उसमें नहीं है। रमेश ने मनोभावों को गुप्त रखना सीखा ही न था। वह सब कुछ सहने को तैयार बैठा था। अधिकारियों की आँखों में भी वह सबसे ज़्यादा गड़ा हुआ था।

एक दिन यशवंत ने रमेश को अपने यहाँ बुला भेजा। रमेश के जी में तो आया कि कह दे, तुम्हें आते क्या शर्म आती है? आख़िर हो तो ग़ुलाम ही। लेकिन फिर कुछ सोचकर कहला भेजा, कल शाम को आऊँगा। दूसरे दिन वह ठीक 6 बजे यशवंत के बँगले पर जा पहुँचा। उसने किसी से इसका ज़िक्र न किया। कुछ तो यह ख़्याल था कि लोग कहेंगे, मैं अफ़सरों की ख़ुशामद करता हूँ और कुछ यह कि शायद इससे यशवंत को कोई हानि पहुँचे।

वह यशवंत के बँगले पर पहुँचा तो चिराग जल चुके थे। यशवंत ने आकर उसे गले से लगा लिया। आधी रात तक दोनों मित्रों में ख़ूब बातें होती रहीं। यशवंत ने इतने समय में नौकरी के जो अनुभव प्राप्त किए, सब बयान किए। रमेश को यह जानकर आश्चर्य हुआ कि यशवंत के राजनीतिक विचार कितने विषयों में मेरे विचारों से भी ज़्यादा स्वतंत्र हैं। उसका यह ख़्याल बिल्कुल ग़लत निकला कि वह बिल्कुल बदल गया होगा, कादारी के राग अलापता होगा।

रमेश ने कहा, "भले आदमी, जब इतने जले हुए हो तो छोड़ क्यों नहीं देते नौकरी? और कुछ न सही, अपनी आत्मा की रक्षा तो कर सकोगे।"

यशवंत, "मेरी चिंता पीछे करना, इस समय अपनी चिंता करो। मैंने तुम्हें सावधान करने को बुलाया है। इस वक़्त सरकार की नज़र में तुम बेतरह खटक रहे हो। मुझे भय है कि तुम कहीं पकड़े न जाओ।"

रमेश, "इसके लिए तो तैयार बैठा हूँ।"

यशवंत, "आख़िर आग में कूदने से लाभ ही क्या?"

रमेश, "हानि-लाभ देखना मेरा काम नहीं। मेरा काम तो अपने कर्तव्य का पालन करना है।"

यशवंत, "हठी तो तुम सदा के हो, मगर मौका नाज़ुक है, सँभले रहना ही अच्छा है। अगर मैं देखता कि जनता में वास्तविक जागृति है, तो तुमसे पहले मैदान में आता। पर जब देखता हूँ कि अपने ही मरे स्वर्ग देखना है तो आगे क़दम रखने की हिम्मत नहीं पड़ती।"

दोनों दोस्तों ने देर तक बातें कीं। कॉलेज के दिन याद आए। कॉलेज के सहपाठियों की पुरानी स्मृतियाँ मनोरंजन और हास्य का अविरलस्रोत हुआ करती हैं। अध्यापकों पर आलोचनाएँ हुईं, कौन-कौन साथी क्या कर रहा है, इसकी चर्चा हुई। बिल्कुल यह मालूम होता था कि दोनों अब भी कॉलेज के छात्र हैं। गंभीरता नाम को न थी।

रात ज़्यादा हो गई, भोजन करते-करते एक बज गया। यशवंत ने कहा, "अब कहाँ जाओगे, यहीं सो जाओ, और बातें होंगी। तुम तो कभी आते भी नहीं?"

रमेश तो रमते जोगी थे ही; खाना खाकर वह बात करते-करते सो गए। नींद खुली तो 9 बज गए थे। यशवंत सामने खड़ा मुस्कुरा रहा था।

इसी रात को आगरे में भयनकर डाका पड़ गया।

रमेश 10 बजे घर पहुँचा तो देखा, पुलिस ने उसका मकान घेर रखा है। इन्हें देखते ही एक अफ़सर ने वारंट दिखाया। तुरंत घर की तलाशी होने लगी। मालूम नहीं, क्योंकर रमेश की मेज़ की दराज़ में एक पिस्तौल निकल आया। फिर क्या था, हाथों में हथकड़ी पड़ गई। अब किसे उनके डाके में शरीक होने से इनकार हो सकता था, और भी कितने ही आदमियों पर आफ़त आई। सभी प्रमुख नेता चुन लिए गए। मुक़दमा चलने लगा।

औरों की बात को ईश्वर जाने, पर रमेश निरपराध था। इसका उसके पास ऐसा प्रबल प्रमाण था, जिसकी सत्यता से किसी को इनकार न हो सकता था। पर क्या वह इस प्रमाण का उपयोग कर सकता था?

रमेश ने सोचा, यशवंत स्वयं मेरे वकील द्वारा सफ़ाई के गवाहों में अपना नाम लिखवाने का प्रस्ताव करेगा। मुझे निर्दोष जानते हुए वह कभी मुझे जेल न जाने देगा। वह इतना हृदयशून्य नहीं है। लेकिन दिन गुज़रते जाते थे और यशवंत की ओर से इस प्रकार का कोई प्रस्ताव न होता था; रमेश ख़ुद संकोचवश उसका नाम लिखवाते हुए डरता था। न जाने इसमें उसे क्या बाधा हो। अपनी रक्षा के लिए वह उसे संकट में न डालना चाहता था।

यशवंत हृदयशून्य न था, भावशून्य न था, लेकिन कर्मशून्य था। उसे अपने परम मित्र को निर्दोष मारे जाते देखकर दुःख होता था, कभी-कभी रो पड़ता था; पर इतना साहस न होता कि सफ़ाई देकर उसे छुड़ा ले। न जाने अफ़सरों को क्या महसूस हो? कहीं यह न समझने लगें कि मैं भी षड्यंत्रकारियों से सहानुभूति रखता हूँ, मेरा भी उनके साथ कुछ संपर्क है। यह मेरे हिन्दुस्तानी होने का दंड है, जानकर ज़हर निगलना पड़ रहा है। पुलिस ने अफ़सरों पर इतना आतंक जमा दिया कि चाहे मेरी शहादत से रमेश छूट भी जाए, खुल्लमखुल्ला मुझ पर अविश्वास न किया जाए, पर दिलों से यह संदेह क्योंकर दूर होगा कि मैंने केवल एक स्वदेश-बंधु को छुड़ाने के लिए झूठी गवाही दी? और बंधु भी कौन? जिस पर राज-विद्रोह का अभियोग है।

इसी सोच-विचार में एक महीना गुज़र गया। उधर मजिस्ट्रेट ने यह मुक़दमा यशवंत ही के इजलास में भेज दिया। डाके में कई ख़ून हो गए थे और इस मजिस्ट्रेट को उतनी ही कड़ी सज़ाएँ देने का अधिकार न था जितनी उसके विचार में दी जानी चाहिए थीं।

यशवंत अब बड़े संकट में पड़ा। उसने छुट्टी लेनी चाही; मंज़ूर न हुई। सिविल सर्जन अँग्रेज़ था। इस वजह से उसकी सनद लेने की हिम्मत न पड़ी। बला सिर पर आ पड़ी थी और उससे बचने का उपाय न सूझता था।

भाग्य की कुटिल क्रीड़ा देखिए। साथ खेले और साथ पढ़े हुए दो मित्र एक-दूसरे के सम्मुख खड़े थे, केवल एक कठघरे का अंतर था। पर एक की जान दूसरे की मुट्ठी में थी। दोनों की आँखें कभी चार न होतीं। दोनों सिर नीचा किए रहते थे।

यद्यपि यशवंत न्याय के पद पर था और रमेश मुलज़िम, लेकिन यथार्थ में दशा इसके प्रतिकूल थी। यशवंत की आत्मा लज्जा, ग्लानि और मानसिक पीड़ा से तड़पति थी और रमेश का मुख निर्दोषिता के प्रकाश से चमकता रहता था।

दोनों मित्रों में कितना अंतर था? एक उदार था, दूसरा कितना स्वार्थी? रमेश चाहता तो भरी अदालत में उस रात की बात कह देता। लेकिन यशवंत जानता था, रमेश फ़ाँसी से बचने के लिए भी उस प्रमाण का आश्रय न लेगा, जिसे मैं गुप्त रखना चाहता हूँ।

जब तक मुक़दमे की पेशियाँ होती रहीं, तब तक यशवंत को असह्य मर्मवेदना होती रही। उसकी आत्मा और स्वार्थ में नित्य संग्राम होता रहता था; पर फ़ैसले के दिन तो उसकी वही दशा हो रही थी जो किसी ख़ून के अपराधी की हो। इजलास पर जाने की हिम्मत न पड़ती थी। वह तीन बजे कचहरी पहुँचा। मुलज़िम अपना भाग्य-निर्णय सुनने को तैयार खड़े थे। रमेश भी आज रोज़ से ज़्यादा उदास था। उसके जीवन-संग्राम में वह अवसर आ गया था, जब उसका सिर तलवार की धार के नीचे होगा। अब तक भय सूक्ष्म रूप में था, आज उसने स्थूल रूप धारण कर लिया था।

यशवंत ने दृढ़ स्वर में फ़ैसला सुनाया। जब उसके मुख से ये शब्द निकले कि रमेशचंद्र को 7 वर्ष की कठिन कारावास, तो उसका गला रुँध गया। उसने तजवीज़ मेज़ पर रख दी। कुर्सी पर बैठकर पसीना पोंछने के बहाने आँखों से उमड़े हुए आँसुओं को पोंछा। इसके आगे तजवीज़ उससे न पढ़ी गई।

रमेश जेल से निकलकर पक्का क्रांतिकारी बन गया। जेल की अँधेरी कोठरी में दिन भर के कठिन परिश्रम के बाद सुधार के मनसूबे बाँधा करता था। सोचता, मनुष्य क्यों पाप करता है? इसलिए न कि संसार में इतनी विषमता है। कोई तो विशाल भवनों में रहता है और किसी को पेड़ की छाँह भी मयस्सर नहीं। कोई रेशम और रत्नों से मढ़ा हुआ है, किसी को फटा वस्त्र भी नहीं। ऐसे न्यायविहीन संसार में यदि चोरी, हत्या और अधर्म है तो यह किसका दोष? वह एक ऐसी समिति खोलने का स्वप्न देखा करता, जिसका काम संसार से इस विषमता को मिटा देना हो। संसार सबके लिए है और उसमें सबको सुख भोगने का समान अधिकार है। न डाका, डाका है, न चोरी, चोरी। धनी अगर अपना धन ख़ुशी से नहीं बाँट देता तो उसकी इच्छा के

विरुद्ध बाँट लेने में क्या पाप? धनी उसे पाप कहता है तो कहे। उसका बनाया हुआ क़ानून दंड देना चाहता है तो दे। हमारी अदालत भी अलग होगी। उसके सामने वे सभी मनुष्य अपराधी होंगे, जिनके पास ज़रूरत से ज़्यादा सुख-भोग की सामग्रियाँ हैं। हम भी उन्हें दंड देंगे, हम भी उनसे कड़ी मेहनत लेंगे। जेल से निकलते ही उसने इस सामाजिक क्रांति की घोषणा कर दी। गुप्त सभाएँ बनने लगीं, शस्त्र जमा किए जाने लगे और थोड़े ही दिनों में डाकों का बाज़ार गर्म हो गया। पुलिस ने उसका पता लगाना शुरू कर दिया। उधर क्रांतिकारियों ने पुलिस पर भी हाथ साफ़ करना शुरू कर दिया। उनकी शक्ति दिन-दिन बढ़ने लगी। काम इतनी चतुराई से होता था कि किसी को अपराधी का कुछ सुराग न मिलता। रमेश कहीं ग़रीबों के लिए दवाख़ाना खोलता, कहीं बैंक डाके के रुपयों से उसने इलाक़े ख़रीदना शुरू किया। जहाँ कोई इलाक़ा नीलाम होता, वह उसे ख़रीद लेता। थोड़े ही दिनों में उसके अधीन एक बड़ी जायदाद हो गई। इसका नफ़ा ग़रीबों के उपकार में ख़र्च होता था। तुर्रा यह कि सभी जानते थे, यह रमेश की करामात है, पर किसी की मुँह खोलने की हिम्मत न होती थी। सभ्य-समाज की दृष्टि में रमेश से ज़्यादा घृणित और कोई प्राणी संसार में न था। लोग उसका नाम सुन कानों पर हाथ रख लेते थे। शायद उसे प्यासा मरता देखकर कोई एक बूँद पानी भी उसके मुँह में न डालता; लेकिन किसी की मजाल न थी कि उस पर आक्षेप कर सकें।

इस तरह कई साल गुज़र गए। सरकार ने डाकुओं का पता लगाने के लिए बड़े-बड़े इनाम रखे। यूरोप से गुप्त पुलिस के सिद्धहस्त आदमियों को बुलाकर इस काम पर नियुक्त किया। लेकिन ग़ज़ब के डकैत थे, जिनकी हिम्मत के आगे किसी की कुछ न चलती थी।

पर रमेश ख़ुद अपने सिद्धांतों का पालन न कर सका। ज्यों-ज्यों दिन गुज़रते थे, उसे अनुभव होता था कि मेरे अनुयायियों में असंतोष बढ़ता जाता है। उनमें भी जो ज़्यादा चतुर और साहसी थे, वे दूसरों पर रोब जमाते और लूट के माल में बराबर हिस्सा न देते थे। यहाँ तक कि रमेश से कुछ लोग जलने लगे। वह राजसी ठाट से रहता था। लोग कहते, "उसे हमारी कमाई को यों उड़ाने का क्या अधिकार है?" नतीजा यह हुआ कि आपस में फूट पड़ गई।

रात का वक़्त था; काली घटा छाई हुई थी। आज डाकगाड़ी में डाका पड़ने वाला था। प्रोग्राम पहले से तैयार कर लिया गया था। पाँच साहसी युवक इस काम के लिए चुने गए थे।

सहसा एक युवक ने खड़े होकर कहा, "आप बार-बार मुझी को क्यों चुनते हैं? हिस्सा लेने वाले तो सभी हैं, मैं ही क्यों बार-बार अपनी जान जोख़िम में डालूँ?"

रमेश ने दृढ़ता से कहा, "इसका निश्चय करना मेरा काम है कि कौन कहाँ भेजा जाए। तुम्हारा काम केवल मेरी आज्ञा का पालन है।"

युवक, "अगर मुझसे काम ज़्यादा लिया जाता है तो हिस्सा क्यों नहीं ज़्यादा दिया जाता?"

रमेश ने उसकी तयोरियाँ देखीं और चुपके से पिस्तौल हाथ में लेकर बोला, "इसका फ़ैसला वहाँ से लौटने के बाद होगा।"

युवक, "मैं जाने से पहले इसका फ़ैसला करना चाहता हूँ।"

रमेश ने इसका जवाब न दिया। वह पिस्तौल से उसका काम-तमाम कर देना ही चाहता था कि युवक खिड़की से नीचे कूद पड़ा और भागा। कूदने-फाँदने में उसका जोड़ न था। चलती रेलगाड़ी से फाँद पड़ना उसके बाएँ हाथ का खेल था।

वह वहाँ से सीधा गुप्त पुलिस के प्रधान के पास पहुँचा।

यशवंत ने भी पेंशन लेकर वकालत शुरू की थी। न्याय-विभाग के सभी लोगों से उसकी मित्रता थी। उनकी वकालत बहुत जल्द चमक उठी। यशवंत के पास लाखों रुपए थे। उन्हें पेंशन भी बहुत मिलती थी। वह चाहते तो घर बैठे आनंद से अपनी उम्र के बाकी दिन काट देते। देश और जाति की कुछ सेवा करना भी उनके लिए मुश्किल न था। ऐसे ही पुरुषों से निस्स्वार्थ सेवा की आशा की जा सकती है। यशवंत ने अपनी सारी उम्र रुपए कमाने में गुज़ारी थी और वह अब कोई ऐसा काम न कर सकते थे, जिसका फल रुपयों की सूरत में न मिले।

यों तो सारा सभ्य समाज रमेश से घृणा करता था, लेकिन यशवंत सबसे बढ़ा हुआ था। कहता, "अगर कभी रमेश पर मुक़दमा चलेगा, तो मैं बिना फ़ीस लिए सरकार की तरफ़ से पैरवी करूँगा।" खुल्लमखुल्ला रमेश पर छींटे उड़ाया करता, "यह आदमी नहीं, शैतान है, राक्षस है, ऐसे आदमी का तो मुँह न देखना चाहिए!

उफ़! इसके हाथों कितने भले घरों का सर्वनाश हो गया, कितने भले आदमियों के प्राण गए। कितनी स्त्रियाँ विधवा हो गईं, कितने बालक अनाथ हो गए। आदमी नहीं, पिशाच है। मेरा बस चले, तो इसे गोली मार दूँ, जीता दीवार में चुनवा दूँ।"

सारे शहर में शोर मचा हुआ था, "रमेश बाबू पकड़े गए।" बात सच्ची थी। रमेश चुपचाप पकड़ा गया था। उसी युवक ने, जो रमेश के सामने कूदकर भागा था, पुलिस के प्रधान से सारा कच्चा चिट्ठा बयान कर दिया था। अपहरण और हत्या का कैसा रोमांचकारी, कैसा पैशाचिक, कैसा पापपूर्ण वृत्तांत था!

भद्र समुदाय बगलें बजाता था। सेठों के घरों में घी के चिराग जलते थे। उनके सिर पर एक नंगी तलवार लटकती रहती थी, आज वह हट गई। अब वे मीठी नींद सो सकते थे।

अख़बारों में रमेश के हथकंडे छपने लगे। वे बातें जो अब तक मारे भय के किसी की ज़ुबान पर न आती थीं, अब अख़बारों में निकलने लगीं। उन्हें पढ़कर पता चला था कि रमेश ने कितना अंधेर मचा रखा था? कितने ही राजे और रईस उसे महावार टैक्स दिया करते थे। उसका पर्चा पहुँचता, फ़लाँ तारीख़ को इतने रुपए भेज दो, फिर किसकी मजाल थी कि उसका हुक्म टाल सके। वह जनता के हित के लिए जो काम करता, उसके लिए भी अमीरों से चंदे लिए थे। रकम लिखना रमेश का काम था। अमीर को बिना कान-पूँछ हिलाए वह रकम दे देना पड़ती थी।

लेकिन भद्र समुदाय जितना ही प्रसन्न था, जनता उतनी ही दु:खी थी। अब कौन पुलिस वालों के अत्याचार से उनकी रक्षा करेगा? कौन सेठों के ज़ुल्म से उन्हें बचाएगा, कौन उनके लड़कों के लिए कला-कौशल के मदरसे खोलेगा? वे अब किसके बल पर कूदेंगे? वह अब अनाथ थे। वही उनका अवलंब था। अब वे किसका मुँह ताकेंगे। किसको अपनी फ़रियाद सुनाएँगे?

पुलिस शहादतें जमा कर रही थी। सरकारी वकील जोरों से मुक़दमा चलाने की तैयारियाँ कर रहा था। लेकिन रमेश की तरफ़ से कोई वकील न खड़ा होता था। ज़िले भर में एक ही आदमी था, जो उसे क़ानून के पंजे से छुड़ा सकता था। वह था यशवंत! लेकिन यशवंत जिसके नाम से कानों पर ऊँगली रखता था, क्या उसी की वकालत करने को खड़ा होगा? असंभव।

रात के 9 बजे थे। यशवंत के कमरे में एक स्त्री ने प्रवेश किया। यशवंत अख़बार पढ़ रहा था। बोला, "क्या चाहती हैं?"

स्त्री, "वही जो आपके साथ पढ़ता था और जिस पर डाके का झूठा अभियोग चलाया जाने वाला है।"

यशवंत ने चौंककर पूछा, "तुम रमेश की स्त्री हो?"

स्त्री, "हाँ।"

यशवंत, "मैं उनकी वकालत नहीं कर सकता।"

स्त्री, "आपको इख़्तियार है। आप अपने ज़िले के आदमी हैं और मेरे पति के मित्र रह चुके हैं, इसलिए सोचा था, क्यों बाहर वाले को बुलाऊँ, मगर अब इलाहाबाद या कलकत्ते से ही किसी को बुलाऊँगी।"

यशवंत, "मेहनताना दे सकोगी?"

स्त्री ने अभिमान के साथ कहा, "बड़े-से-बड़े वकील का मेहनताना क्या होता है?"

यशवंत, "तीन हज़ार रुपए रोज़?"

स्त्री, "बस, आप इस मुक़दमे को ले लें तो आपको तीन हज़ार रुपए रोज़ दूँगी।"

यशवंत, "तीन हज़ार रुपए रोज़?"

स्त्री, "हाँ, और यदि आपने उन्हें छुड़ा लिया, तो पचास हज़ार रुपए आपको इनाम के तौर पर और दूँगी।"

यशवंत के मुँह में पानी भर आया। अगर मुक़दमा दो महीने भी चला, तो कम-से-कम एक लाख रुपए सीधे हो जाएँगे। पुरस्कार ऊपर से, पूरे दो लाख की गोटी है। इतना धन तो ज़िंदगी भर जमा न कर पाए थे, मगर दुनिया क्या कहेगी? अपनी आत्मा भी तो नहीं गवाही देती। ऐसे आदमी को क़ानून के पंजे से बचाना असंख्य प्राणियों की हत्या करना है। लेकिन गोटी दो लाख की है। रमेश के फँस जाने से इस जत्थे का अंत तो हुआ नहीं जाता। इसके चेलए-चापड़ तो रहेंगे ही। शायद वे अब और भी उपद्रव मचाएँ। फिर मैं दो लाख की गोटी क्यों जाने दूँ? लेकिन मुझे कहीं मुँह दिखाने की जगह न रहेगी। न सही। जिसका जी चाहे ख़ुश हो, जिसका चाहे नाराज़। ये दो लाख नहीं छोड़े जाते। कुछ मैं किसी का गला

तो दबाता नहीं, चोरी तो करता नहीं? अपराधियों की रक्षा करना तो मेरा काम ही है।"

सहसा स्त्री ने पूछा, "आप जवाब देते हैं?"

यशवंत, "मैं कल जवाब दूँगा। ज़रा सोच लूँ।"

स्त्री, "नहीं, मुझे इतनी फ़ुर्सत नहीं है। अगर आपको कुछ उलझन हो तो साफ़-साफ़ कह दीजिएगा, मैं और प्रबंध करूँ।"

यशवंत को और विचार करने का अवसर न मिला। जल्दी से फ़ैसला स्वार्थ ही की ओर झुकता है। यहाँ हानि की संभावना नहीं रहती।

यशवंत, "आप कुछ रुपए पेशगी के दे सकती हैं?"

स्त्री, "रुपयों की मुझसे बार-बार चर्चा न कीजिए। उनकी जान के सामने रुपयों की हस्ती क्या है? आप जितनी रकम चाहें, मुझसे ले लें। आप चाहे उन्हें छुड़ा न सकें, लेकिन सरकार के दाँत खट्टे ज़रूर कर दें।"

यशवंत, "ख़ैर, मैं ही वकील हो जाऊँगा। कुछ पुरानी दोस्ती का निर्वाह भी तो करना चाहिए।"

पुलिस ने एड़ी-चोटी का ज़ोर लगाया, सैकड़ों शहादतें पेश कीं। मुख़बिर ने तो पूरी गाथा ही सुना दी; लेकिन यशवंत ने कुछ ऐसी दलीलें पेश कीं; शहादतों को कुछ इस तरह झूठा सिद्ध किया और मुख़बिर की कुछ ऐसी ख़बर ली कि रमेश बेदाग छूट गया। उस पर कोई अपराध सिद्ध न हो सका। यशवंत जैसे संयत और विचारशील वकील का उसके पक्ष में खड़े हो जाना ही इसका प्रमाण था कि सरकार ने ग़लती की।

संध्या का समय था। रमेश के द्वार पर शामियाना तना हुआ था। ग़रीबों को भोजन कराया जा रहा था। मित्रों की दावत हो रही थी। यह रमेश के छूटने का उत्सव था। यशवंत को चारों ओर से धन्यवाद मिल रहे थे। रमेश को बधाइयाँ दी जा रही थीं। यशवंत बार-बार रमेश से बोलना चाहता था, लेकिन रमेश उसकी ओर से मुँह फेर लेता था। अब तक उन दोनों में एक बात भी न हुई थी।

आख़िर यशवंत ने एक बार झुँझलाकर कहा, "तुम तो मुझसे इस तरह ऐंठे हुए हो, मानो मैंने तुम्हारे साथ कोई बुराई की है।"

रमेश, "और आप क्या समझते हैं कि मेरे साथ भलाई की है? पहले आपने मेरे इस लोक का सर्वनाश किया, अबकी परलोक का किया। पहले न्याय किया होता तो मेरी ज़िंदगी सुधर जाती और अब जेल जाने देते, तो आख़िरत बन जाती।"

यशवंत, "यह तो कहोगे कि इस मामले में कितने साहस से काम लेना पड़ा?"

रमेश, "आपने साहस से काम नहीं लिया, स्वार्थ से काम लिया। आप अपने स्वार्थ के भक्त हैं। मैं तो आपको 'भाड़े का टट्टू' समझता हूँ। मैंने अपने जीवन का बहुत दुरुपयोग किया, लेकिन उसे आपके जीवन से बदलने को किसी दशा में तैयार नहीं हूँ। आप मुझसे धन्यवाद की आशा न रखें।"

Mansarovar - 1

by Premchand

Price : Rs. 175
Pages : 162
Size : 7.75x5.25 inches
Binding : Paperback
Language : Hindi
Subject : Fiction/Anthology
ISBN : 9789380914978

"कहते हैं जिसने प्रेमचंद नहीं पढ़ा उसने हिन्दुस्तान नहीं पढ़ा।"

प्रेमचंद ने 14 उपन्यास व 300 से अधिक कहानियाँ लिखीं। उन्होंने अपनी सम्पूर्ण कहानियों को 'मानसरोवर' में संजोकर प्रस्तुत किया है। इनमें से अनेक कहानियाँ देश-भर के पाठ्यक्रमों में समाविष्ट हुई हैं, कई पर नाटक व फ़िल्में बनी हैं जब कि कई का भारतीय व विश्व की अनेक भाषाओं में अनुवाद हुआ है।

अपने समय और समाज का ऐतिहासिक संदर्भ तो जैसे प्रेमचंद की कहानियों को समस्त भारतीय साहित्य में अमर बना देता है। उनकी कहानियों में अनेक मनोवैज्ञानिक बारीक़ियाँ भी देखने को मिलती हैं। विषय को विस्तार देना व पात्रों के बीच में संवाद उनकी पकड़ को दर्शाते हैं। ये कहानियाँ न केवल पाठकों का मनोरंजन करती हैं बल्कि उत्कृष्ट साहित्य समझने की दृष्टि भी प्रदान करती हैं।

ईदगाह, नमक का दारोगा, पूस की रात, कफ़न, शतरंज के खिलाड़ी, पंच-परमेश्वर, आदि अनेक ऐसी कहानियाँ हैं जिन्हें पाठक कभी नहीं भूल पाएँगे।

OTHER HARDBACK BOOKS

- 1984 by George Orwell
  Fiction/Classics, ISBN: 9788193545836
- Abraham Lincoln by Lord Charnwood
  Biography/Leaders, ISBN: 9789387669147
- Alice's Adventures in Wonderland by Lewis Carroll
  Children's/Classics, ISBN: 9789387669055
- Animal Farm by George Orwell
  Fiction/Classics, ISBN: 9789387669062
- Gitanjali by Rabindranath Tagore
  Fiction/Poetry, ISBN: 9789387669079
- Great Speeches of Abraham Lincoln by Abraham Lincoln
  History/General, ISBN: 9789387669154
- How to Stop Worrying and Start Living by Dale Carnegie
  Self-Help/General, ISBN: 9789387669161
- How to Win Friends and Influence People by Dale Carnegie
  Self-Help/Success, ISBN: 9789387669178
- Illust. Biography of William Shakespeare by Manju Gupta
  Biography/Authors, ISBN: 9789387669246
- Madhubala by Manju Gupta
  Biography/Actors, ISBN: 9789387669253
- Mansarover 1 (Hindi) by Premchand
  Fiction/Short Stories, ISBN: 9789387669086
- Mansarover 2 (Hindi) by Premchand
  Fiction/Short Stories, ISBN: 9789387669093
- Mein Kampf (My Struggle) by Adolf Hitler
  Biography/Leaders, ISBN: 9789387669260
- My Experiments with Truth by Mahatma Gandhi
  Biography/Leaders, ISBN: 9789387669277
- Relativity by Albert Einstein
  Sciences/Physics, ISBN: 9789387669185

Get 25% off on Amazon.in | **Search the book by its ISBN**

OTHER HARDBACK BOOKS

- » Selected Stories of Tagore by Rabindranath Tagore
  Fiction/Short Stories
- » Sense and Sensibility by Jane Austen
  Fiction/Classics, ISBN: 9789387669109
- » Siddhartha by Hermann Hesse
  Fiction/Classics, ISBN: 9789387669116
- » Tales from India by Rudyard Kipling
  Fiction/Short Stories, ISBN: 9789387669123
- » Tales from Shakespeare by Charles & Mary Lamb
  Children's/Classics
- » The Art of War by Sun Tzu
  Self-Help/Success
- » The Autobiography of a Yogi by Paramahansa Yogananda
  Biography/General, ISBN: 9789387669192
- » The Diary of a Young Girl by Anne Frank
  Biography/General, ISBN: 9789387669208
- » The Jungle Book by Rudyard Kipling
  Children's/Classics
- » The Light of Asia by Sir Edwin Arnold
  Religion/Buddhism, ISBN: 9789387669130
- » The Miracles of Your Mind by Joseph Murphy
  Self-Help/Success, ISBN: 9789387669215
- » The Origin of Species by Charles Darwin
  Sciences/Life Sciences
- » The Power of Your Subconscious Mind by Joseph Murphy
  Self-Help/General, ISBN: 9789387669222
- » The Science of Getting Rich by Wallace D. Wattles
  Self-Help/Success, ISBN: 9789387669239
- » Think and Grow Rich by Napoleon Hill
  Self-Help/Success

www.ingramcontent.com/pod-product-compliance
Lightning Source LLC
Chambersburg PA
CBHW030610310726
48979CB00003B/646

* 9 7 8 9 3 8 7 6 6 9 0 9 3 *